時代物浮世草子論

江島其磧とその周縁

宮本祐規子
Miyamoto Yukiko

笠間書院

時代物浮世草子論――江島其磧とその周縁　目次

第三章　時代物浮世草子の消長――演劇と江島其磧への視座から

序章

近世小説史を考える時、「確執」とまで評される出版ジャーナルの競争の中で才能と新機軸を打ち出した人物として特記されるのが、江島其磧《えじまきせき》である。本書はその江島其磧の「時代物《じだいもの》」と呼ばれる小説を中心として、ジャーナルの伸張を視野に収めた後期の浮世草子に関する論考を収めたものである。

一、江島其磧と八文字屋本

近世小説史において、浮世草子というジャンルは井原西鶴《いはらさいかく》『好色一代男《こうしょくいちだいおとこ》』に始まる。それまでの、いわゆる仮名草子《かなぞうし》に含まれる雑多な作品群に比較し、浮世草子は当世を強く意識した新しさがあった。その新しさを以って、一躍西鶴は、流行作家に躍り出たのである。その西鶴没後、自他共に認める西鶴の後続作者として、近世小説界を牽引《けんいん》したのが、江島其磧であった。神沢貞幹《かんざわていかん》『翁草《おきなぐさ》』に「浄瑠璃は近松門左衛門《ちかまつもんざえもん》、草紙は其碩と、人丸赤人《ひとまるあかひと》の如くに世に賞せり」と評されたように、八十作を超える浮世草子を著した（存疑作も含む）其磧は、作家として高い評価を受けていたのである。

その其磧は、裕福な京都の商家に生まれた。方広寺《ほうこうじ》の門前で、大仏餅を商った村瀬家の当主として生まれ、[*1]商人の嗜《たしな》みとして身につけた教養の中で、特に彼が興味を抱いたのは歌舞伎・浄瑠璃であったらしい。

其磧がどうやって、書肆《しょし》、八文字屋八左衛門《はちもんじやはちざえもん》（初代自笑《じしょう》）と知り合ったのかは定かで無い。長谷川強《はせがわつよし》氏は『浮世草子の研究』[*2]にて、家が近くにあったことから幼馴染の可能性も推測しつつ、『大伽藍宝物鏡《だいがらんほうもつかがみ》』（元禄九年〈一六九六〉）の執筆刊行を通じて関係を持ったことと推察した。ともあれ八文字屋とタッグを組んだ其磧は、役者評判記の新機軸を狙った『役者口三味線《やくしゃくちじゃみせん》』（元禄十二年）で高く評価されることとなる。しかしこの時、其磧は裕福な商家の当主として名前を出すことを嫌い、自笑名義での刊行となる。これが後々の軋轢《あつれき》を生むことになる。

それはともかく、其磧の役者評判記は好評で、その威勢を駆って元禄十四年に初めての浮世草子『けいせい色三味線《いろじゃみせん》』を刊行することになる。これは、中村幸彦《なかむらゆきひこ》氏[*3]によれば、

> 体裁は書名も似せた役者評判記体に横本五冊。各冊を、京・大坂・江戸・鄙・湊に分け、各巻頭には役者の位付の如く「女郎惣名よせ」を付し、その中の女郎を主人公として（中略）いわば役者評判記の開口の如き短編小説二十四を収めた集

であった。この作品によって、評判記のみならず、浮世草子でも高い評価を得た其磧は、この後続々と評判記及び浮世草子の刊行を続けていくことになった。

ところが宝永期に入ると、其磧の生活基盤であった大仏餅屋の家業が傾いてくる。初めは家業そのものを何と

かしようと奔走《ほんそう》したであろう其磧は、やがて八文字屋に執筆料と実作者を明らかにするよう求める。ここに、八文字屋との蜜月期は終わったのである。

其磧の要求を拒否した八文字屋は、其磧以外の代作者《だいさくしゃ》を探し刊行を続ける。一方で其磧には、八文字屋以外の書肆からの誘いがあり、それに乗りつつ息子の名前を使った書肆、江島屋を開業する。自分の利益を確実に手に入れられる方法を考え出すのである。そして、新しい浮世草子の内容を模索し、『世間子息気質』『世間娘気質』といった気質物《かたぎもの》や、歌舞伎・浄瑠璃を利用した時代物といった人気作を生み出していく。

しかしながら、結局八文字屋は其磧以上の作者を手に入れられなかったし、其磧もまた八文字屋以上に売ることは叶わなかった。そこで両者は再び手を組み、刊行を再開したころから、時代物が中心となり、安定した人気を得ていくのである。それは、其磧が亡くなる享保末年頃まで変わらぬ出版界の様相となった。

二、江島其磧の気質物

(一)「気質物」と「時代物」「好色物」の定義

井原西鶴が『好色一代男』から浮世草子執筆を始め、都《みやこ》の錦《にしき》が『元禄太平記《げんろくたいへいき》』で西鶴を「分《わけ》の聖《ひじり》」といったように、浮世草子において最初に評価されたのは、好色物というジャンルになる。好色物は、当時の書籍目録で好色本（男色・女色の諸分書、遊女・野郎評判記等）に分類されていた。その点からも推測しやすいが、いわゆる男色・女色を描く風俗小説である。

西鶴の死後、江島其磧が浮世草子の新しいジャンルとして確立させたのは、気質物と時代物であった。長谷川氏によれば、このうち気質物は、「特定の身分・階層に通有で、他の身分・階層のそれと比べて特有な性癖」である「気質」を描いたもので「町人物に新しい方向を見出さうとして試みられた作」を指す。時代物は、「浄瑠璃・歌舞伎によった」作を指す。

(二)「気質物」の概説

さて、佐伯孝弘氏は、『江島其磧と気質物』*4の中で、

構成の評価が高く其磧の名を高らしめているのは気質物である。気質物は、其磧以後も命脈を保ち、明和・安永期には流行を見せ末期浮世草子の主流のスタイルとなる

と評価した。この評価は、現在もほぼ踏襲されてきた見解と言える。

佐伯氏によれば、気質物の代表作は『世間子息気質』(正徳五年〈一七一五〉)『世間娘気質』(享保二年〈一七一七〉)『浮世親仁形気』(享保五年)の三作である。三作いずれも現存刊本の数も多く、後摺本の存在や予告などから、当時非常に好評をもって迎えられたとされた上で、

気質物の原型をつくったのは其磧の『子息気質』『娘気質』『親仁形気』の三作であり、それらが非常に好評でかつ長く読み継がれたことが一因となって、後続の気質物が書かれたもの

であるとまとめた。その広範な享受の一例として、架蔵本『世間娘気質』を挙げておく【図1】。見返しには、寛政四年の貸本屋の書き入れがあり、近世後期まで流布されていたことが確認できる。また、蔵書印「百樹の」は、花岡百樹（茂三郎）の印である。彼は、『川柳類纂』（明治三八年）の著者で、大阪で薬業の傍ら川柳に親しんだ人間であった。小林一茶『寛政三年紀行』の写本[*5]を残している古川柳の研究者であり、川柳結社を創設した。つまり、彼のような近代人にとっても、江戸らしさの代表作の一つとして読まれていたことが推測できるのである。

さて、佐伯氏は、気質物の方法とは、長谷川氏が『世間子息気質』について挙げた

1、珍奇なケースを誇張したり、常識を逆手にとって誇張を行う。
2、二叉は三性格を対照させて描く。
3、逆転による葛藤を描く

という構成の分類を、「三作を通じて当て嵌めることができる」とする。

そして、時代物中心になった後半期に刊行された作品だけ

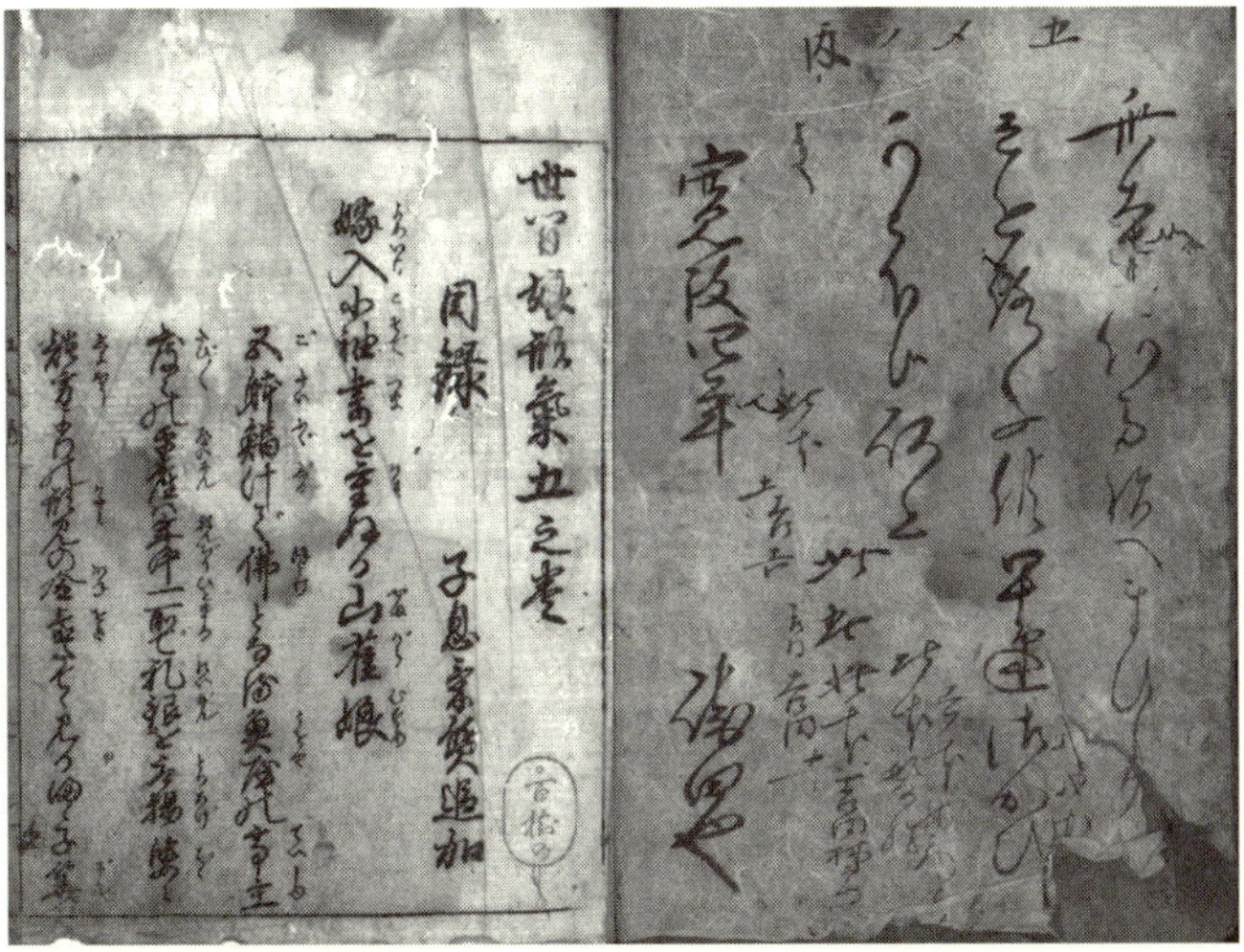

【図1】『世間娘気質』（架蔵）

ではなく、気質物の代表作である三作、特に『世間娘気質』に大幅な演劇利用が認められる点、西鶴からの流れでもある笑いの要素として噺本を大幅に取り入れる形で創出された点、周辺ジャンルからの影響により、会話文の多様と場面の強調による文章表現の画期性を指摘する。

篠原進氏が指摘したように、西鶴の最大後続作家としての其磧の在り方は、その「剽窃《ひょうせつ》」と呼ばれた西鶴の文章の利用すら単なる真似ではなく積極的な意味を持ち得る。*6 単なる文章を借りるのでは無く、多くの面で西鶴の影響を見せながら、新しい浮世草子ジャンルを創設し、当時の読者に評価されたといえる。その点において、この気質物は其磧を代表する作品群であることに疑いはない。一方で、「人間の極端な性癖・行為を描く手法を用いることで、西鶴の人身描写を復活させ、後続の文学へ伝える橋渡しの役割を果たしたの」が、気質物であれば、ほぼ同時に手を付け始めた時代物とは、その手法を更に発展させたものであった、との推測もまた成立しないだろうか。

三、時代物浮世草子の再検討

八文字屋を代表する作者である江島其磧は、生涯で浮世草子を約八十作残した。これらは、前述のように、好色物・気質物・時代物といった内容でジャンル分けされているが、高い評価を得ているのは、追随作が多数作られた好色物や気質物が主である。そのため、その分野における研究が進んでいる一方、其磧の後半生のほとんどを占める時代物浮世草子は等閑視《とうかんし》されてきたといってよい。

長谷川氏は前掲『浮世草子の研究』において、

享保期の其磧作の時代物はこれを二分して前半期が歌舞伎による事の多い時期、後半期は浄瑠璃による事の多い時期

と分析し、その理由を、

前半期に歌舞伎による作が多いといふ理由は何よりも其磧が年々役者評判記を手がけ芝居通であつた事によるのであらう。（中略）構成・趣向・描写法の上に歌舞伎の影響を認める事が出来るやうに思はれる（中略）演劇史においては享保は浄瑠璃が歌舞伎に対し優位に立つ時期である。歌舞伎が浄瑠璃を模倣し流用する歌舞伎の不振期であつたのである。自然其磧が歌舞伎狂言を利用しようとしても人気の点で歌舞伎は浄瑠璃に及ばず、（中略）浄瑠璃による方が人気に乗じ得るとともに、構成といふ点では浄瑠璃の方が緊密かつ複雑であり、歌舞伎利用の場合よりずつと苦心少くして浮世草子五巻を支へる構成を借りて来る事が出来るのである。更に浄瑠璃本が盛んに印刷され販売されて、読物としても楽しまれるといふ事態が進んで来た事の影響をも考へねばならぬ。

と指摘している。

其磧は八文字屋と袂《たもと》を分かち、宝永七年（一七一〇）に江島屋を開業する。正徳四年の役者評判記『役者目利講《やくしゃめききこう》』の口上において八文字屋に宣戦布告した後、享保三年の和解まで約五年にわたる抗争期に入る。

つまり、時代物浮世草子は、そのほとんどが八文字屋との抗争後に著されたものということになる。従来は、其磧が作品を量産するために、それまでの武家物からの流れを汲みつつ、歌舞伎の人気を借りることでより読者の興味を引くことを図ったものであり、歌舞伎の人気の低下により後には浄瑠璃に筋書きを借りるようになった作品群であるとされてきた。また、序文にも、其磧自ら演劇作品をまとめなおしたものである、と述べたり、元になる演劇作品の名前を明記したりするところから、先学も、演劇をそのまま小説化したものではない、という観点[7]に触れてはいても、「演劇翻案作として一くくり」[8]にするのが現状である。つまり、八文字屋との和解後、生活が安定した其磧による、新しい工夫が少ない作品群と捉え、長谷川氏が指摘された典拠と、その典拠によって前半後半に分類する、という捉えられ方がそのまま踏襲されてきた。

しかし、享保期は浄瑠璃と歌舞伎とが同じ外題《げだい》で、間をおかずに上演されることも多かった。典拠作を、歌舞伎と浄瑠璃とで分けるのは、非常に難しい時期と言える。また、時代物浮世草子を細かく見ていくと、典拠とされる演劇そのまま焼き直した作品は存外にない。其磧が典拠とされる演劇から取り入れた部分と新しく作り上げた部分とが上手く融合されて、新しい読物として再構成されている。元々其磧は、浄瑠璃脚本に関わり、役者評判記の執筆という演劇に近しい場所から作家として出発した。長年携わり、自家薬籠中《じかやくろう》のものであった演劇から、枠組み（あるいは世界）を借りて、演劇からの趣向《しゅこう》と浮世草子の知識を自由に取りこみながら作り上げた作品群が、時代物浮世草子と言える。其磧にとって、晩年になって出発点に回帰してきたとも言え、作家としての集大成でもあったのではなかろうか。そう捉え直すと、従来の低い評価に再考の必要があるかと思われる。

本書の構成と内容は、以下の通りである。

第一章では、時代物浮世草子の端緒《たんちょ》として赤穂《あこう》浪士ものの浮世草子、二作を取り上げる。演劇を多分に意識した武家物浮世草子から、時代物浮世草子の骨格が定まったことを指摘する。

第二章では、長谷川氏が指摘される、歌舞伎を材に取る前半時代物浮世草子群と、浄瑠璃を材に取る後半時代物浮世草子群とをそれぞれ取り上げる。歌舞伎では、荻野八重桐《おぎのやえぎり》という役者に着目し、彼と其磧との交錯《こうさく》する人生の作品への反映を述べる。浄瑠璃では、時代物浮世草子の構成及び特徴がどう形作られ定型化していったのかを概観する。

第三章では、時代物浮世草子のその後、として其磧没後の浮世草子について取り上げる。従来は、西鶴の後続作家としての評価が主だった其磧。しかし、後続浮世草子や初期洒落本《しゃれぼん》など後世の作品への摂取を考察することによって、その作家としての同時代の高い評価を確認する。また、読本作家である都賀庭鐘《つがていしょう》や上田秋成《うえだあきなり》の作品と演劇との関わりを考察することによって、彼らの八文字屋本との近似性及び差異について述べる。

以上、本書では、従来の時代物浮世草子の評価を再定義し、後の浮世草子への影響も含め、浮世草子周辺ジャンルとの密接な関係と、その文学史的位置づけを明らかにしたい。

注

＊1　野間光辰氏「大仏餅来由書」（『国語国文』二五二号、一九五五・八）、「江島其磧とその一族」（『国語国文』二五五号、一九五五・十二）

＊2　『浮世草子の研究』（桜楓社、一九六九）

＊3　『中村幸彦著述集』（中央公論社、一九八七）

＊4　若草書房、二〇〇四。以下、本節での佐伯氏のご指摘は全て本書に拠る。

＊5　佐藤悟氏「一茶「寛政三年紀行」花岡百樹写本」（『連歌俳諧研究』六七号、一九八四・七）

＊6　「『世間子息気質』論」（『弘前学院大学・弘前学院短期大学紀要』十五号、一九七九・三）など。

＊7　例えば、前掲注3書など。

＊8　倉員正江氏「八文字屋本板木の修訂と京都の出版規制」（『草稿とテキスト』二号、二〇〇一・十一）

第一章

時代物浮世草子の習作——其磧の赤穂浪士もの

江島其磧は、井原西鶴の好色物浮世草子の流れをくみ、好色物浮世草子の執筆から浮世草子作家として活動を開始する。そして、八文字屋との不和の時代に、気質物と時代物浮世草子を手がけていくことになるのだが、時代物浮世草子にすぐに移行したわけではなく、好色物と時代物との狭間に位置するような作品がある。

それが『けいせい伝受紙子《でんじゅがみこ》』（宝永七年〈一七一〇〉刊行、五巻五冊）と『忠臣略太平記《ちゅうしんりゃくたいへいき》』（正徳二年〈一七一二〉刊行、六巻六冊）である。この二作は、両作ともに赤穂浪士の事件を取り上げた作品となっている。但し、前者が八文字屋から刊行された横本体裁のものに対し、後者は江島屋から作者の記名なく刊行された本になる。

そのため、まずは『忠臣略太平記』の作者が、江島其磧であるのかについての疑義がある。江島屋からの刊行のため、其磧の目は入ったとしても実際に執筆したのは息子ではないか、との説もある。[*1] また、同じ赤穂浪士の事件を題材に扱うため、『忠臣略太平記』は『けいせい伝受紙子』の好色物浮世草子としての要素を減らした改作にすぎない、という認識が定着してきたように思われる。

周知の通り、元禄十四年（一七〇一）三月十四日に起こった赤穂城主浅野内匠頭長矩《あさのたくみのかみながのり》の吉良上野介義央《きらこうずけのすけよしなか》に対する刃傷事件を受けて、浅野内匠頭長矩の遺臣たちが決起し、元禄十五年十二月十四日に吉良上野介義央邸へ討入りした事件は、非常にスキャンダルなものだった。当然赤穂浪士の事件はすぐに、実録・演劇・小説の題材となり、本作以前に既に数多く取り上げられてきた。

そのため二作とも、赤穂浪士ものの先行作品からの影響は大きい。しかしながら、体裁の差異から、好色物浮世草子とそうではない浮世草子という区分を行い、内容についても単純な類推が行われてきたように見える。

しかし、八文字屋との微妙な距離感の残る其磧が置かれていた状況を鑑みると、この時期の執筆には作家としての工夫と模索があったに違いない。本章では、『けいせい伝受紙子』と『忠臣略太平記』について、赤穂浪士ものの中の位置づけを探るとともに、其磧の工夫について考察してみたい。その上で、この二作の再評価を行いたい。

＊1　長谷川強氏『浮世草子の研究』（桜楓社、一九六九）

第一節　『けいせい伝受紙子《でんじゅがみこ》』論——「陸奥《みちのく》」の人物造型を中心に——

はじめに

元禄十四年（一七〇一）三月十四日に起こった赤穂《あこう》城主浅野内匠頭長矩《あさのたくみのかみながのり》の吉良上野介義央《きらこうずけのすけよしかず》に対する刃傷《にんじょう》事件と、元禄十五年十二月十四日の赤穂浪士の討入《うちい》り事件は、実録《じつろく》・演劇・小説の題材として数多く取り上げられてきた。江島其磧もこの事件を取り上げた作品を執筆している。宝永七年（一七一〇）に刊行された五巻五冊の浮世草子『けいせい伝受紙子』である。本節ではこの作品について、先行作品からの影響を中心に、赤穂浪士ものの作品群の中で本作が占める位置と魅力について考察したい。

一、先行作品について

『けいせい伝受紙子』は、赤穂浪士ものの筋書きを大筋で取り入れながら『太平記《たいへいき》』の時代に設定した物語である。

長谷川強氏『浮世草子の研究』で「本格的な赤穂義士ものの嚆矢」という評価を受けている浮世草子ではあるが、この作品の前にも刃傷事件・討入りを当て込んだ数多くの作品が作られている。【表1】に、先行作品一覧表を作成した。

『新潮日本古典集成　浄瑠璃集』[*1]における年表によれば、『けいせい伝受紙子』の先行作品（同年の作品も含む）は演劇・小説両分野で十四作品数えられる。ここでは、『新潮日本古典集成』の年表に、上演時期が確定されていない作品も含め、三作品加えて考えたい。

【表1】『けいせい伝受紙子』先行作品一覧

	作品	成立	分類	
		元禄十四年三月	江戸城刃傷、浅野内匠頭切腹	
a	「東山栄華舞台」	元禄十五年頃か	歌舞伎	未詳
b	「傾城八花形」錦文流	元禄十五年十月頃か	浄瑠璃	好色物
		元禄十五年十二月	吉良邸討入り	
		元禄十六年二月	浪士切腹、浪士遺子遠島	
c	「傾城阿佐間曽我」	元禄十六年正月	歌舞伎	好色物
d	「難波染八花形」	元禄十六年春	浄瑠璃	好色物
e	「傾城三の車」近松門左衛門	元禄十六年	歌舞伎	好色物
f	『傾城武道桜』西沢一風	宝永二年八月	浮世草子	好色物
g	『御伽百物語』青木鷺水	宝永三年正月	浮世草子	武家物

h	「兼好法師物見車」近松門左衛門	宝永三年五月頃か	浄瑠璃	武家物
i	『傾城播磨石』	宝永四年	浮世草子	好色物
j	「福引閏正月」車屋忠右衛門	宝永五年	歌舞伎	未詳
k	『播磨椙原』都の錦	宝永五年	実録	武家物
		宝永六年七月	浪士遺子大赦	
l	「碁盤太平記」近松門左衛門	宝永七年頃か	浄瑠璃	武家物
m	「鬼鹿毛無佐志鐙」吾妻三八	宝永七年六月	歌舞伎	武家物
n	「太平記さゞれ石」	宝永七年七月	歌舞伎	武家物
	『けいせい伝受紙子』江島其磧	宝永七年八月	浮世草子	武家物
o	「硝後太平記」	宝永七年九月	歌舞伎	武家物
		宝永七年九月	浅野大学、五百石与えられる	
p	題未詳の歌舞伎	宝永七年秋	歌舞伎	未詳
q	「鬼鹿毛無佐志鐙」紀海音	宝永七年頃か	浄瑠璃	武家物

先行作品は大きく好色物《こうしょくもの》と武家物《ぶけもの》とに大別することができる。好色物と考えられるものは、

（b）「傾城八花形《けいせいやつはながた》」
（d）「難波染八花形《なにわぞめやつはながた》」
（e）「傾城三《けいせいみつ》の車《くるま》」
（f）『傾城武道桜《けいせいぶどうざくら》』

（i）『傾城播磨石《けいせいはりまいし》』

であり、武家物であると考えられるものは、

（g）『御伽百物語《おとぎひゃくものがたり》』
（h）「兼好法師物見車《けんこうほうしものみのくるま》」
（k）『播磨椙原《はりますぎはら》』
（l）「碁盤太平記《ごばんたいへいき》」
（m）「鬼鹿毛無佐志鐙《おにかげむさしあぶみ》」
（n）「太平記《たいへいき》さゞれ石《いし》」
（o）「硝後太平記《さざれいしごたいへいき》」
（q）「鬼鹿毛無佐志鐙《おにかげむさしあぶみ》」

である。（b）（d）も、城を明け渡す場面が出てくるように大名のお家騒動を絡めた物語であるし、（e）も武士のお家騒動が土台にある物語であるため、武家物に入れることもできるかもしれない。しかし、どちらに比重があるかと考えれば、題名からも類推できるように傾城にやつした敵討ちの物語と考えられるので、本書では好色物として分類する。（g）は全編を通して赤穂事件が当て込まれている作ではないが、討入りの場面には赤穂浪士を模す武士が登場するので、武家物に分類しておく。

（一）好色物の先行作

好色物の特徴は、大きく二点になる。

第一は、実際の事件はあくまで趣向として取り入れていて、いわゆる事件の情報を伝えるものでは無い、ということである。実際の事件が起こってから、まだ余り時間が経っていない時にそのまま作品に利用すると、幕府の取り締まりの対象になる惧《おそ》れがあった。そのため、あくまでも「刃傷事件」「城明け渡し」「敵討ち」「討入り」などのキーワードから、これが赤穂浪士ものの作品であるということが分かるか、ほのめかす程度の趣向しか利用していない。それは好色物の作品が、武士の敵討ちではなく町人の敵討ちに設定せざるをえなかった一つの理由でもある。しかし、実際の事件は武士の敵討ちであったことから、武士の趣を話に与えようとしている。例えば（f）では、

主君氏春は、町人なれど武芸をのぞみ呉子孫子がつたへをきく、武備漢書に眼をさらし、仁の道勇の道其徳兼ねさせ玉ふにより、かしづく奴にいたる迄君臣水魚の思ひをなし、日々夜々の繁栄中々申もおろか成き

と、浅野内匠頭に当たる「二見浅間之介」の人物について、町人ながら武士に近い生活を好んだ男であったことを家来に説明させ、（i）では、

杉左久は早聞きつけ、是は何で只事ならず、先様子を見届けて分別を極めうと思ひ、手元にありける長刀お

つとり

と、敵討ちを警戒する「左久」の描写や、挿画において本文中の華やかな女性の討入り装束を武士の男装に変更して描くことなどにより、元が武士の話であることをほのめかしている。

第二は、先行作品の名前に「傾城」を冠していることからも明白であるが、傾城の敵討ちにやつしているものがほとんどであるということである。そのため、敵討ちの主体は遊女となる。登場する男性は、殺されるか、家来として遊女の敵討ちを手伝うなど、目立つ活躍はせずに支援する側に回る。しかも、敵討ちに直結するような手助けは、遊女仲間として描かれることが多い。つまり、好色物における主人公は、あくまで遊女達であり、基本的に男性を描くことは必要とされていないと言える。

(二)武家物の先行作

武家物の特徴としては三点考えられる。

まず最大の特徴としては、武士の敵討ちとして描かれるようになり、実際の事件にかなり沿った情報が取り入れられるようになっていったことである。事件が起こってから時間が経ったことで、実際の事件に近い情報が許されるようになり、討入りするまでの苦労話や討入りそのものの描写が細かくなっていく。例えば、敵討ちの構造自体も(e)(f)(i)などの好色物では、切り付けられて死んだ方(被害者)の恨みを晴らす、という分かりやすい、復讐の一般的な構造が採用されていた。しかし、武家物となると、切り付けた方(加害者)の恨みを晴らす、という少し分かり難いものの、実際の刃傷事件における人間関係をそのまま反映させるような構造を採用するようになる。そのためには、敵討ちをする、という行動に対する理由の説明が不可欠となり、その私的な感情に基づく復讐を認めさせることが必要とされた。浅野と吉良の二者を、善悪の単純な型にはめて捉えるようにすることも、その一つの典型である。

そのために、第二の特徴として、（l）（p）のように説経の「小栗」、または（g）（h）（m）（n）のように『太平記』巻二十一「塩冶《えんや》判官《はんがん》讒死事《ざんしのこと》」を借りる必要が生じたようである。つまり、細かい説明を必要としなくても登場人物における善悪の役割分担が、受け手に分かりやすいような典拠世界を設定していることが多くなったのである。特に、『太平記』の世界に移す場合には、悪役を好色な男であるとする設定に、『太平記』における「高師直《こうのもろなお》」の持つ悪役性をそのまま利用できる。悪役の類型的な人物造型を踏襲《とうしゅう》しながら、そこに好色物の要素を加味していると考えられる。

これは、刃傷事件の発端が、「小栗」における、技芸をけなし度重なる恥辱を与える、というよりも、『太平記』における横恋慕が発端にあって、それが叶わない意趣返しに恥辱を与える、という構造の方が、卑近で読者に分かりやすいためである。浪士達の敵討ちを正義と感じてもらえるようにすることは作品展開上必須であった。そのため、世界を借りた作品における善玉と悪玉に当てはめて対比的な人物造型を作る。それにより、正義がどちらの側にあるのか、ということが明確になり、人物設定における多くの説明を必要としなくなったと言える。

第三点として、事実のように見せるための武士の敵討ちらしい詳しい描写があることが挙げられる。

実際の事実に沿ったものもあれば、話の展開を面白くするために考えられて後から付け加えられたものもある。しかし、たとえ事実とは違うエピソードでも、武士の世界を借りるようになり、実録《じつろく》風にまるで本当にあった事であるかのように描くことで、虚構の情報に重みを付け加えることができる。例えば、浪士の銘々伝《めいめいでん》と呼ばれるもののほとんどは事実ではない。しかし、人々に事実と同等の感動を与え、広がっていき、赤穂浪士ものの世界はますます膨らんでいくことになる。また、浪士の最期の描写についても同様である。善であるべき浪士達の行動は、当時の法の下において有罪と判断された。浪士達を義士として見るためには、主君の敵討ちを正当化しなければならない。そのため、自分達から切腹する、という武士らしい最後にすることで、情に訴えぼかしている。守るべき法を破っても主君に忠義を尽くし、最後に自分達の命で贖《あがな》うことによって、法を破った罪は清算され、浪士達の行動は美談になったのである。実際の討入り事件について、正確な情報が流れ、冷静な評価がされる前に、赤穂浪士達を義士と呼び吉良側を悪とする視点が定まってしまったことは、それを象徴している。好色物に比べ、事実に近い詳細な記述が特徴である武家物になっても、その大衆の評価を全面的に取り入れる格好で赤穂浪士ものの作品は作られている。

二、『けいせい伝受紙子』の視座

『けいせい伝受紙子』は好色物、武家物のいずれに配当されるべき、もしくは逆にその大別を拒否すべき作品なのであろうか。『けいせい伝受紙子』は、「けいせい」と付く題名だけを見れば明らかに好色物と見なされようが、その単純な公式が当てはまらないところに本作の評価と魅力があると思われる。この点については、次の長谷川強氏の指摘が有効な視座を提示してくれている。

早く『太平記』の塩谷・師直のトラブルを浅野・吉良の刃傷事件に結びつけたのは、歌舞伎の「さゞれ石」

と浮世草子の『伝受紙子』という事になる。しかし「さゞれ石」の方は『太平記』に比べて、塩谷の妻とせず許婚者とする事、師直ではなくて子の師安の恋愛と変改する事の理由は明らかでない。（中略）これに対して『伝受紙子』の方は、『太平記』通りに直接師直の塩谷妻への恋着としており、前述のように師直が塩谷に対し妻をあてつけて罵言を吐くという事もあり、「忠臣蔵」に一層近いといえよう。（中略）「忠臣蔵」において『太平記』の世界、塩谷・師直のトラブルを刃傷に結び付けたのは『伝受紙子』に思いつくといってよいのではないか。（中略）題名にもわかるように好色味の勝った作であるから、小栗をとらずに塩谷妻に対する師直の邪恋の方を採ったものと思われる。*2

すなわち、本作に武家物と好色物の両面を認めるという視座である。浮世草子においては、『けいせい伝受紙子』に先行する作品は、事件を趣向として取り入れ、町人の敵討ちにやつしたものがほとんどである。本書ではそれらの作品を好色物と呼んでいる。一方、好色物に遅れて武家物と呼ぶべき作品が歌舞伎や浄瑠璃に見られるようになる。『けいせい伝受紙子』が好色物と武家物との両面の性格を有するということは、本作が武家物の歌舞伎・浄瑠璃の先行作品と好色物の浮世草子の先行作品の影響を受けて書かれたという単純な事実があるのだが、その単純な事実がこの作品の文学史的位置づけにある重要性を与えている。つまり、浮世草子はじめての武家物作品が誕生したということである。

その意義は文学史的位置づけにのみ語られるものではない。赤穂浪士ものの小説作品の展開において、好色物から武家物に設定が変わったことは、そのまま武家社会の人々が主人公となって、敵討ち自体を主筋としていく作品様式を誕生させたのである。その結果、好色物の中心であった傾城などの描写は、あくまでもその脇筋に過ぎなくなっていく。その突き進む先に「仮名手本忠臣蔵《かなでほんちゅうしんぐら》」が用意されていることは論じるまでもないであろう。「仮名手本忠臣蔵」に集大成されていく赤穂浪士ものの基本的な構造は、其磧が作りだしたと考えられるのである。

三、「陸奥」の人物造型

『けいせい伝受紙子』は武家物小説作品の嚆矢《こうし》であるが、その点のみを強調すると、本作品の魅力を見失ってしまうのではなかろうか。本作が好色物の要素も持ち合わせている点についても意義を検討してみたい。本書では、登場人物の中で、「陸奥」という女性に特に焦点を当てたい。前述したように、本作は好色物からの影響を色濃く受けている。その影響を最も端的に表現しているのが「陸奥」という女主人公の存在であり、彼女の活躍がこの作品の面白さとなっていると考えるためである。

「陸奥」という女性は、浪士の一人である「鎌田惣右衛門」の妻であり、元遊女である。彼女を身請けして妻にしたために鎌田は主君から勘当を受けた。それが、彼にとって主君の最期の言葉を必ず成就させたいと願い敵討ちに参加する一つの理由にもなっている。夫に騙され遊廓に戻った「陸奥」は、派手な服装はしたくないと紙子を着たのが逆に好感を得、紙子女郎と呼ばれて全盛を極める太夫となる。その結果、夫の敵である「高師直《こうのもろなお》」に気に入られ、妾奉公をすることになり、夫達に内通することによって、敵討ちに多大な貢献をするのである。

このように、この作品における「陸奥」の活躍は非常に生き生きと描写されている。この全編を通して活躍する「陸奥」の造型については、江島其磧の独自の発想というわけではなく、先行作品の登場人物からの影響を多く受けていることが既に指摘されている。*3 しかし、先行作品には「陸奥」そのままに該当するような女性が登場するものはない。好色物における敵討ちの中心として活躍する女性像と、武家物における敵討ちを手伝う女性像とを加えて、この作品における「陸奥」像が作られているところに、江島其磧の工夫が見られ、本作の独自性があると考えられる。

「陸奥」の人物造型の特徴を挙げると、

（ア）浪士の妻で、遊女であること
（イ）敵に身請けされ内通すること
（ウ）討入り後出家して後世を弔うこと

の大きく三点になる。

まず、「（ア）浪士の妻で、遊女であること」という設定は、傾城にやつした先行作品からの影響と見られる。但し、夫のために身を売る、という趣向は、中込重明氏が、浄瑠璃「仮名手本忠臣蔵」のお軽の身売りについて、「六段目。お軽が夫のために身を売るという設定は、古典集成の頭注にも書かれているように、何も義士物に限ったことではなく歌舞伎・浄瑠璃に多く見受けられる方法*4」である、と述べているように、赤穂浪士ものに限らずに、多くの浮世草子や演劇に見られるものである。当時、女性がお金を稼ぐことができる職業というのは、そう多くはなかったことと、「身を売る」というところに悲劇性があることから、よく取り入れられていたと考えられる。また、一旦身請けされたものの、廓に戻ることによって、結局敵討ちのためになるという趣向は先行作品にも見られるが、敵討ちに対する立場の差異から、廓に戻る理由には違いが認められる。敵を見つけるため、あるいはお金が必要であったから廓に身を売る、という場合が多い。「陸奥」の場合は、討入りの際に妻を預かってもらう、という真意で夫が考えた手段とするところに独自性がある。また、先行作品では、身請けされる前の自分の姿を知っている者が敵である。そのため、敵が再び廓に戻った女性を呼ぶことは当然のことと考えられるが、「陸奥」の場合は、廓に戻って全盛の太夫になったことから敵が目を付けるのであり、ここにも題名「紙子」からの趣向を生かす工夫が見られる。本作では、いつどのようにして夫の敵討ちの意志を知ったのかについては描写が無くて明らかでないところから、筋書きとしては唐突な印象を受ける。しかし、敵討ちの意志が無かったのに、夫に騙されて廓に戻ったことが契機となって、結局当事者として巻き込まれ積極的に加担していくことになる「陸奥」の姿に面白さがある。

次に、「陸奥」の敵討ちに直接に関わる活躍という点では、「本作最大の趣向」[*5]である「(イ)敵に身請けされ内通すること」が重要である。これについては、演劇・浮世草子体を取るようになってから取り入れられていった趣向であったのではないか、との説[*6]がある。確かに、演劇・浮世草子の先行作品には、身請けとはいかないまでも敵に奉公する女性という存在は多い。もともと、敵の情報を得るために真意を隠して敵方に近寄っていく、という趣向は、浪士の苦心談の一つのパターンとして定型化していったものであった。しかし、男である浪士達の内通が、家来になって勤めたり、出入りの行商人として信頼を得ることであるのに対し、本作の「陸奥」をはじめとする女性の場合は、遊女と客として、あるいは妾としての奉公であるところに、女性の登場人物というところからの好色めいた思惑が見て取れる。しかし、討入りの際の働きを見ると「陸奥」のように、浪士達の一員というわけではないのに、討入りの時にその場所に存在し、浪士達を誘導したり、敵の場所を教えたりといった具体的な活躍をする人物は、先行作品中には見られない。本作の独自性と言える。

さらに「（ウ）討入り後出家して後世を弔うこと」についてであるが、討入り後の女性に言及がある作品は（e）（f）（h）（i）（p）である。このうち、史実における浪士達のように、討入り後自殺を選ぶのは（f）である。先行作品では、討入りに関わったほとんどの女性は死ぬ事になっている。夢オチにすることで幸せな結末に仕立てている作品もあるが、皆一旦は死を覚悟している。後世を弔うために尼になる「陸奥」の造型は、本作の体裁が、談義をする比丘尼《びくに》、という好色性にある。赤穂浪士ものの先行作品からの影響というよりは、物語の語り手という役割の定型から考え出されたものであると推測できよう。

以上を踏まえると、『けいせい伝受紙子』における「陸奥」という女主人公の造型は、先行作品の中にその原形の趣向が見られるものの、それに独自の設定が付け加えられていることが確認できる。

先行作品の特徴としては、好色物の作品における女性たちは、敵討ちに際して中心的な役割を果たしていることが多い。一方で、武家物の作品における女性は、あくまで浪士達の協力者としての枠組みを出るものではなく、討入りそのものに果たす役割は小さい。『けいせい伝受紙子』の「陸奥」は、好色物からの討入りにおける活躍ぶりが引き継がれ、主体的に敵討ちに参加する女性像となっている。一方で、敵討ちの首謀者というわけではないし、元々敵討ちのために廓に身を沈めたわけでもない。逆に敵討ちの邪魔にならないよう遠ざけられることを目的に夫に騙されて遊女になる事から、敵討ちそのものの中心的な筋書きからは少し外れたところに位置する女性でもある。しかし、最終的には物語全編を通してのかなめとなる登場人物となっているところに、この作品の独自性が見られる。また、最初、高師直に気に入られたことを知った時には、夫の狙っている敵だとは知らなかったのが、急にどうやって夫に内通しようかと悩む、というように、その人物の設定には矛盾もあるものの、自分から率先して考え動いていく女性として描かれているところに、魅力があり、登場人物の中でも多く筆がさかれた一つの理由でもあろう。

また、先行作品の女性としては、本作における、大岸宮内の母と妻、あるいは鳴尾崎船右衛門の妻に当たる女性が多く登場する。これらの女性達には、浪士の妻である、という点で「陸奥」との共通項がある。しかし、本作では、大岸の妻は登場せず、鳴尾崎の妻は夫の恥を元にして自殺してしまうため、重要な役目は担っていない。本先行作品では、「陸奥」の人物に相当する人物よりは、各々の浪士の妻の造型の方が多く見られるのに、本作ではそれら先行作品の登場人物のエピソードを種々入れるより、「陸奥」に焦点を当てることを選んでいる。これについては、大岸の活躍がほとんど描かれていないために、大岸関係の人物を登場させることに無理があったこと、多くの浪士達のエピソードを入れるよりも、好色関係の記述を優先して増やさざるをえなかったことが理由として考えられる。そこに、好色物としてのこの作品の限界が見られる。しかし、先行作品中の女性たちが何人かで担っていたものを、本作においては「陸奥」が一人で担わされることになったことから、登場人物が「陸奥」一人に焦点化されることになり、結果として、「陸奥」が活躍することになった。この「陸奥」の活躍が全編を通して続くことで、どの浪士にも「陸奥」に助けられる場面があり、本作において赤穂浪士達の行動は、どちらかといえば脇に追いやられているようにも見える。しかし、主君の刃傷事件を受けて、その敵を討つために仲間を吟味し、計画を練っていく浪士達の筋書きが主にあるからこそ、そこに巻き込まれて活躍することになる「陸奥」が生き生きと描写されることになる。そして、それが本作の面白さでもある。

おわりに

『けいせい伝受紙子』は、先行武家物浄瑠璃・歌舞伎の影響から、『太平記』の世界を借りることで、刊行された浮世草子としては初めて武士の敵討ちにした赤穂浪士ものの作品である。ただ、その主人公は、好色物からの影響を受けた「陸奥」という浪士の妻であり、全盛の太夫である女性で、夫の敵へ妾奉公した彼女が全編を通じて活躍するところに特徴があると考えられる。演劇・小説・実録分野の先行作品から多大な影響を受けて取捨選択した結果、赤穂浪士ものの好色物から武家物への橋渡し的な作品となったと言える。好色物と武家物の両要素がうまく融合したもので、橋渡しとはいえ、独特の魅力を有する作品に仕上げた其磧の手腕は評価されてよいであろう。

内容的には、実録などの影響が見られ、本作以降の赤穂浪士もの作品に使用される筋書きも多く含まれており、後世の作品への影響も大きいと思われる。

その一方で、好色味の強い描写が多いため、四十八人いるとされている浪士達についての記述は少なく、浪士達の苦心談も、「鎌田惣右衛門」と「鳴尾崎船右衛門」以外には筆が及んでいないという憾みがある。また、赤穂浪士ものの作品でありながら、「陸奥」が大きく取り上げられているために、浪士達の方へなかなか焦点が合っていかず、視点が分散してしまっており、話の統一感というものには欠ける点も否めない。読者の興味を引きそうなエピソードを積極的に盛り込もうとしている姿勢は見られるが、多くの要素を盛り込みすぎていて、何が話の展開上で重要なのかが分かり難いきらいもある。*7 しかしながら、本作の面白さは、「陸奥」の活躍、という人物の魅力で全編を通して読者を惹き付けていくところにあり、構成に破綻をきたさずまとめあげたところに、江島其磧の作家としての力量がうかがえるのではないかと考える。

注

＊1　土田衛氏『新潮日本古典集成　浄瑠璃集』（新潮社、一九八五）

＊2　「「仮名手本忠臣蔵」考――その成立と浮世草子」（『学苑』六五〇号、一九九四・二）

＊3　「内通は『武道桜』『播磨石』『碁盤太平記』にあり、前二者はこれを女性のこととする。遊女勤めのことは『武道桜』『播磨石』や歌舞伎にあるが、前二者が浮世草子の好色物系の作として執筆されていること、歌舞伎には脚色の約束事としてかならず廓場が設けられるべきであることから遊女勤めが必然的に出るのであって、『伝受紙子』は女性の内通と遊女勤めを結び付け、前述の『伝来記』よりのヒントもあって、敵に身請けされての内通という趣向になった。（中略）浪士関係の女性の内通が以後の小説に出る端緒は、右のような作によってこの時期に作り出されたのである」（長谷川強氏『新日本古典文学大系　けいせい色三味線、けいせい伝受紙子、世間娘気質』解説、岩波書店、一九八九）

＊4　中込重明氏「早野勘平像の形成――義士物浮世草子の果した役割」（『日本文学誌要』四三号、一九九〇・十一）

＊5　長谷川強氏『浮世草子の研究』（桜楓社、一九六九）

＊6　長谷川氏は、「浪士関係者の女性が吉良邸に奉公し内通ということは初期の実録類には見えない。『内侍所』五巻本の零本智之巻所見本（『内侍所』初期の形を伝えると思われる本）には討入りの後に「評曰」として、一説に大石が計略で女奉公人を入れ、夜討の時に案内させたというが「是附会の説也」と否定する。噂としてはあったのであろう」（注5書）と述べている。

＊7　杉本和寛氏「赤穂事件虚構化の方法と意味――享受者の視点をめぐって」（富士昭雄編『江戸文学と出版メディア』笠間書院、二〇〇一）に、同様の指摘がある。

第二節　『けいせい伝受紙子《でんじゆがみこ》』の独自性——男色描写と野村事件——

はじめに

前節で挙げたように、宝永七年（一七一〇）というのは「赤穂浪士もの」の豊作期であった。『けいせい伝受紙子』を含めて、全部で五作品が発表されているのである。その林立の状況と、『けいせい伝受紙子』の性格と位置づけについては前節で述べたところではあるが、『けいせい伝受紙子』以外の作品は、演劇媒体である。そのため本作については、これら同年代の演劇作品との比較における独創性の有無についても検討する必要があるであろう。なぜなら、其磧《きせき》が『けいせい伝受紙子』を書く際にそれらの演劇作品を意識しなかったとは考えにくく、それらに目を通していた可能性が推測できるからである。

同年発表の赤穂浪士もの作品が、全て武家物であることが、其磧が武家物に舵を切った一因であることは前節で指摘した。一方では、それらの演劇作品が描かなかった要素がある。「男色描写」や「野村増右衛門事件」（以下、野村事件）がそれである。其磧はこの野村事件を作品に当て込んでいるのである。そこに其磧の工夫があることは当然である。この点を中心に、『けいせい伝受紙子』の独自性を考えてみたい。

一、男色描写について

本作における男色の記述は、二章のほとんどを占める。藩内でも評判の美少年だったという設定の大岸力太郎《おおぎしりきたろう》に思いを掛けた八重垣村右衛門の恋の成就《じょうじゅ》と、主君の敵討ちに際しての行き違い、その後力太郎の真意を知った村右衛門が切腹する、という筋書きになっている。この男色に関する挿話については、先行演劇作品にそのまま重なる設定は見られない。但し、歌舞伎「硝後太平記《さざれいしごたいへいき》」には、討入りを果たして大名家に預けられた後に、鎌田物右衛門と力太郎が契りを結ぶ描写がある。また、後続作品には、男色の上での横恋慕を発端とする浮世草子『忠義武道播磨石《ちゅうぎぶどうはりまいし》』、『忠義太平記大全《ちゅうぎたいへいきたいぜん》』も見られる。

この男色描写について、長谷川強氏が、

『太平記さゞれ石』（中略）は義士が大名に預けられて後、鎌田がかるた賭博の銭三百文を落し、それを端緒に一悶着あって力太郎と男色の契りを結ぶことは、本作四の四、鎌田が紙入れをすられる前後の事件と力太郎・八重垣の契りに投影していよう。*1

とその影響関係を指摘されている。また、杉本和寛氏は、「力太郎の話も、好色的要素の部分が長く（中略）いわば「義士外伝」的な話でありながら、そうした印象を薄める結果となっている」*2として、このエピソードの追加が、逆に作品の完成度を低めていて失敗であった、と述べている。

そもそも、其磧は遊女や野郎との遊びを描いてきた作家である。その点から見れば、この男色の記述は、これまでの其磧の作品の定型に近いエピソードであると考えられる。しかし、力太郎と八重垣のどちらが主体性を持っているのかが明確ではない上、八重垣は力太郎との関係でしか語られないことが作品全体の筋から遠ざける結果となっている。そのために杉本氏のような評価を受けざるをえなかったと言える。この文脈で論じる限り、浪士の苦労譚の一つであり、しかも割腹《かっぷく》自殺をして討入りに賛同するという、後の「仮名手本忠臣蔵《かなでほんちゅうしんぐら》」における早野《はやの》勘平《かんぺい》像につながるような目立つエピソードであるにも関わらず、逆に印象を薄めている主犯、と見なされている原因と考えざるを得ない。

これは其磧の失敗なのであろうか。

このエピソードの印象が薄い一因は、この男色部分の描写に、さして新しい趣向が見られない点が挙げられる。例えば、力太郎に八重垣が思いを伝える手段として、自分の飼い犬を使うところには、井原西鶴《いはらさいかく》『武家義理物語《ぶけぎりものがたり》』巻四—二「せめては振袖着て成とも」に、同趣向があることは既に指摘がある。[*3] また、切腹することで心底を聞こうとする八重垣の決意の表し方と、切腹した死後に名前を義士に書き加えられる、という人物造型の浪士は、先行作品には見られない。しかし、大岸宮内の母や妻が自殺して、主君への敵討ちを勧める描写は多く見られるので、その類型と見ることができよう。

さらに、八重垣の切腹後、力太郎が、老母を養う為に遊女となっている八重垣の妹、まんに通って助けようとするという挿話についても、「元禄末年大坂の堀江阿弥陀が池辺に住む女が、夫が死去したので姑を養うために賎業に従った事実があり、宝永初年より再三浮世草子の趣向として用いられ、其磧も『野白内証鑑《やはくないしょうかがみ》』一—四に用いる。（中略）この事実による趣向である」[*4]という指摘がある。八重垣の妹とする設定は、其磧独自のものであるが、主たる趣向に新しいものはないと言えよう。

以上、この男色描写は、さしたる新趣向とは認められず、陳腐であって、逆に赤穂浪士ものとしての感動を薄れさせるものであったと言わざるを得ない。まさに、杉本氏が指摘しているように、特に全体の筋には必要の無い部分であった。前節では、この『けいせい伝受紙子』を赤穂浪士ものの好色物から武家物への橋渡し的な作品としてそれなりに評価すべきであると論じたが、この男色の挿話はその意味では蛇足《だそく》であるのだろう。かかる蛇足的な挿話を冗長に創作してしまう点に、其磧の作家としての限界を認めなければならないのだろうか。それはとりもなおさず、其磧の時代物小説への低評価への滑走路となるのかもしれない。

しかし、そのように判断する前に、この男色の挿話についてもう少し考察する必要があろう。この挿話の分量は、全体から見てもかなり多い。人気作家であり、世情に敏《さと》い書肆《しょし》経営にも関わった其磧が、何の狙いもなく、無駄にコストのかかるこの分量を許すのであろうか。これは、其磧が読者の要求を予想して、あるいは読者を獲得しようとしての営為とは考えることができないであろうか。その理由として、本作以降の其磧の作品は時代物に軸足を移していくが、この作品執筆時は、その模索期《もさくき》だった点を挙げたいと思う。演劇作品ではなく浮世草子という媒体において、演劇における時代物をそのまま踏襲《とうしゅう》することに対する不安があったのではないだろうか。そこで、ある程度は読者を獲得してきたこれまでの浮世草子の方法も意識的に多く取り入れて、ある種の保険をかけたのではないだろうか。その際に、好色描写における其磧の得意分野であった男色の記述を選択したと考えたい。そして、本作はより好色性を増す作品に仕上がってしまった。結果としては、杉本氏の述べるような「失敗」作となったかどうかは論の分かれるところではある。ただ、この記述を加えることによって、脚色の上に劇的な効果があったとは言えない一方で、構成上にそれほど大きな齟齬《そご》があるともいえず、其磧が、このエピソードを構成に何とか組み込もうとした工夫には一定の評価が可能であろうと思われる。

二、野村事件について

本作において、太鼓持《たいこも》ちの四郎平（後に改名して野沢政右衛門）が、高師直《こうのもろなお》に引き立てられて羽振りを利かすようになるが、その悪行が知れ結局一族全員処刑される、という三章から四章にかけて描かれるエピソードは、宝永七年五月晦日に処刑された野村増右衛門の事件を当て込んだものであることが既に指摘されている。*5「野沢政右衛門」と「野村増右衛門」の名前の類似、小身の身から出世するも一族処刑の憂き目に遭ったという「野村事件」と本章のストーリーの酷似から、その指摘は認めざるをえないが、その間にまず野村事件とはいかなる騒動であったのかを確認したい。

この野村事件は不明なことが多い。その史実性について、倉員正江氏は、

『桑名市史』によると、「増右衛門処刑の事情に関する藩の記録は後年ことごとく焼却されて全く不明である」という。事実、『月堂見聞集』『鸚鵡籠中記』『翁草』等、当時の著名な随筆・日記類はみなこの事件に言及してはいるが、記載が簡略で増右衛門及び、藩主松平越中守定重の功罪が今一つ具体的でない。（中略）この事件の結果として、定重は失政を理由として越後高田藩へ移封されるが、そこに至る過程には不明な点が多い。しかし、『桑名市史』に指摘されるように（中略）文政六年松平定永が白河藩から桑名藩へ復封され

ると同時に藩庁から赦免の沙汰があった点から察すると、増右衛門は何か複雑な政治上の争いの犠牲となったと考えるのが今日では妥当なようである。むしろ、元禄十四年二月の大火でほぼ全滅し桑名市街を三ヶ月にして復興するなど看過し難い功績のあった人物である。（中略）野村事件は桑名藩にとっては不祥事であったため、記録類は一切焼き捨てられたにもかかわらず、以後実録『野村奸曲録』等が流布したのは、この事件が耳目を引いた証拠である。*6

と述べている。現在でははっきりした事実は残っていないものの、当時は有名な事件であったと推測されている。煩雑にはなるが、長谷川強氏の指摘*7にもある『月堂見聞集《げつどうけんもんしゅう》』（本島知辰著、写本*8）を引いておく。

桑名松平越中守殿足軽役野村増右衛門の事件と申者、御切米四石扶持二人被下置相勤候処、十三年以前寅の年、殿様御為被ㇾ成候義申上、小代官役人之体に罷成、百姓町人方へ品々替り候事共仕出し、勿論御領分之内所々遊女町相拵運上を取上、百姓にも段々高免之切立、町人へ度々御用金申付、御領分上下難儀仕候、然共十二万石之御知行高に、右之増右衛門支配仕候以来、十八万石余上納、依ㇾ之段々首尾能、年々加増取上、四年已前千五十石に廿人扶持に罷成候、然共百姓町人へ莫大成非道仕候故、近国之取沙汰十年已来不ㇾ宣、御領者勿論之事に候へども、殿様へ格別成出頭人故、御家中共に不及是非罷在候、然るに増右衛門近年奢強く栄華に傲り、私欲夥敷工致し候、当春江戸より巡検衆中吟味帳面に相とまり、江戸御役人より越中殿へ申来候風聞仕候、当四月下旬より騒敷罷成、御穿議之上にて増右衛門兄弟男子成敗被仰付（巻之四）

以上のように、あまり詳しいことは書かれていない。傍線部のように、藩の財政を改善し主君に気に入られていたこと、小身より成り上がったこと、自分の利益のために奢《おご》った生活をしたこと、その話が幕府の役人の耳に入り、結果、一族郎党が処刑されたことが記されている。しかし、その奢りの具体的な内容などは分からない。

引用以下の省略した部分には、処刑された野村増右衛門一族の名前と年齢が細かに記されているから、自分の身内を登用して反感を買ったのかとも考えられる。ただ、その処罰の厳格さを強調するために詳しく記述したとも解することができる。要するに、悪行の有無、程度、内容については全く世間に流布せず、ただ実録『野村奸曲録《のむらかんきょくろく》』以前の伝搬状況として『月堂見聞集』を一つの典型とみるのなら、この程度の情報が一般には流布していたものとは考えてよいであろう。

さて、実態は不明ながら、この野村事件に同時代の狂言作者が感心を持たないはずはなく、いくつか野村事件を当て込んだ作品が作られる。そして其磧もまたその例外ではない。この点については、長谷川氏が、

> 野村増右衛門の事件は、小身より成り上がり、新地を開いて遊女屋・茶屋を建て増税をはかったりし、この年宝永七年五月晦日に一類処刑にあった。この事件も本作（『けいせい伝受紙子』——引用者注）刊行と前後する時期に歌舞伎で上演された。小説に取り上げたのは本作がもっとも早い。*9

とした。倉員氏も

長谷川強氏の指摘にあるように、本来坂田藤十郎の死を当て込むつもりを義士劇流行に乗じて構想を立て

直した作（『けいせい伝受紙子』――引用者注）である。故に野村事件も際物的興味からはめ込まれたに過ぎない[*10]。

として、【表2】に挙げる野村事件に取材した浮世草子五作品の中で最も早いということを指摘し、同時に作品の大筋の内容とは関係しないという視点から、時事的な興味により入れられたエピソードであると述べている。

しかし、本作における野村事件の当て込みは「際物的興味からはめ込まれたに過ぎない」と断じてしまってよいのであろうか。かかる断定の前提には其磧の時代物作品への低評価が無意識に介在しているのではないだろうか。もう少し積極的な意味を見出すべく、以下に考察していきたい。

【表2】「野村事件」関連作品一覧

	作品名	成立	
ア	『けいせい伝受紙子』江島其磧	宝永七年閏八月	（巻三―五～巻四―二）
イ	『名物焼蛤』作者不詳	宝永七年刊か	エと多く共通
ウ	『近士武道三国志』作者不詳	正徳二年正月	イと共通点ほとんど無し（巻八―一～巻九―四）
エ	『当世知恵鑑』都の錦	正徳二年三月	イと多く共通（巻二―二）
オ	『武道近江八景』江島其磧	享保四年正月刊か	お家騒動

三、『けいせい伝受紙子』の当て込み方

本作における設定は、同年の赤穂浪士ものの作品を利用したものが多いことは既に述べた。例えば、高師直の家来で、野沢政右衛門以外に活躍する薬師寺次郎左衛門は、(l)浄瑠璃「碁盤太平記《ごばんたいへいき》」や、(o)歌舞伎「硝後太平記《さざれいしごたいへいき》」の敵役に「薬師寺」という名前が見え、同年の作品との共通点が指摘できる。しかし、今問題にしている「野沢政右衛門」という名前は先行作品中には見られないのである。まずこの点に着目したい。この野沢という名前は野村を連想させるためだけに案出された。つまり、その人物造型は赤穂浪士とは何の関係も有さない。当代の耳目を引いた野村事件の当て込みのためだけの人物造型なのである。本来であれば、その人物造型は赤穂浪士ものである本作の本筋、好色物と武家物という本作の持ち味を破綻させる要素であるはずである。ところが、以下の理由により、其磧はこの野村事件を取り込むに際していくつかの設定を付与してその破綻を防ぎ、かつ逆に本作品の魅力を増すことに成功していると思われる。

まずこの「野沢政右衛門」が、元々は太鼓持ちからの立身出世という設定に意味が見出せる。これは、本作の好色物的な要素が密接に関係している。敵役の腰巾着《こしぎんちゃく》として太鼓持ちを登場させるのは、好色物浮世草子の主要な舞台である廓描写には必要不可欠な描写である。また、人に追従して機嫌とりをせねばならず、ゴマをすって立身出世していく生き方が野村の悪行と重なることに拠ろう。前節に挙げた【表1】の好色物作品では、(f)『けいせい武道桜《ぶどうざくら》』に「佐助」、(i)『傾城播磨石《けいせいはりまいし》』に「杉の左九」という太鼓持ちが敵方の手先となって働いている。このうち「佐助」は、敵役である「吉高」の廓での遊びの案内人であり、主人公「浅香之介」へ難癖を付ける時にも一緒になって斬りかかる。「杉の左久」は、頭を働かせるのは苦手であまり座の取り持ちもうまくはないと書かれているものの、下屋敷の建設や、その差配をする女郎の選定などを行なっている。二人ともこのような実際の働きがあるところは、本作における四郎平(後の野沢政右衛門)の働きにも通じるものがある。しかし、敵役に目を掛けられたからといって、武士にまで出世するのは本作にしか見られない設定である。野村事件は武士が起こした事件であったことから、加えた設定であろう。

また、小身の武士出身という史実を変更し、町人を武士に取りたてるという設定にした点は、高師直の権力のありかたを表現するには効果的であろう。同じ太鼓持ちの描写でも、大岸宮内の場合は、自分の身代わりにして難を逃れるというエピソードになっており、高師直との対照性を見ることができる。廓の案内人という面を持ちながらも、口先だけで遊客の機嫌を取り、酒興を助けることが仕事である太鼓持ちは、元々一段低く見られていた職業であったわけで、そのような人間を取り立てた高師直に対する批判的な眼が意識されているのである。その四郎平の高師直への取り入り方には、本作の女主人公である陸奥《みちのく》が深く関わる。

惣じて俄立身は表向ばかりにて、急に取上げらるゝ物でなし。第一は内証方から贔屓あれば、思ひの外はやくよい身に成事、楊貴妃に取リ入リ養子迄になりて、其身を過分に取あげし安録山など、「利口なる思ひ付をして髭くいそらして、楊貴妃を母に頼みし巧み、今の世のかしこき中では心ながら成まじき事」といひしが、政右衛門は四郎平と云時分、陸奥郭に有し時より心やすくなじみ、万事此女が心に入リてかくは立身しぬれば（中略）陸奥は此者邪智すぐれたれば、「是を立身させて我レ次第に廻し、夫の主君のお為を思ふ人々に本望をたつする方便にも成べし」（巻三―五）

この「主君の妻に取り入って立身する」という出世の方法は、【表2】に挙げた野村事件を扱った他の浮世草子にはまったく描かれておらず、陸奥との関連付けから取り入れられた記述と考えられる。すなわち其磧の創出した工夫であると思われる。そして、四郎平は欲のために、陸奥は夫のために知恵を回して、師直の驕りを招き、人々の反感を招くことになる。中国の故事を引用しその非道を強調しつつ、お気に入りの家来までもがひどい人物であったということを示す事で、恣意《しい》的な政治をする高師直の主君としての資質の無さを強調することができたのである。しかし結局、高師直は野沢政右衛門をかばいきれず処刑せざるをえなくなるわけで、そこには、驕る師直の末期が暗示されているのである。野沢政右衛門の人物造型を太鼓持ちに設定した点に、其磧の工夫と狙いがあったことを指摘しておきたい。

野村事件を本作に当て込んだ意義は、従来指摘されているように、耳目を集めることが最大の目的であったことは間違いない。そのために、全体の筋の上ではなくても特に支障は無い、無理矢理入れたエピソードであった事[11]もまた否定できない。また、この事件を当て込むために、赤穂浪士ものの作品に見られるような他の浪士達の話を大幅に削ることになったことも十分に考えられ、赤穂浪士ものとしての完成度を低める要因の一つになっているとも言えるだろう。しかも、結局脇役でしかない野沢政右衛門についてこれ以上描写を多くすることは、作品の構成上に無理があると考えたのだろうか、本作以後の野村事件を取り上げた作品に共通して取り入れられていくエピソードはほとんど描かれていない。そのため、野村事件の当て込みとしても中途半端に終わっている。

しかし、結果として登場人物数が減ったことで、視線が一本化し筋書きにまとまりが出たとも言い換えられよう。また、悪役側の情報が増えたこととなり、先行作品に比べて脇役の悪役人物造型にふくらみをもたらしたとも考えられるのではないだろうか。もう一人の高師直の家臣である薬師寺次郎左衛門は、先行作品中の人物造型を受け継いで、「勇もなく智もなく、只結構者にて、毒にも薬にもならぬ」（巻五―二）愚直な人物という描かれ方をされている。彼は、高師直に忠実ではあるものの、あまり悪役らしい行動は見せない。野沢政右衛門が登場したことで、悪役らしい悪役が登場したことになっているのである。調子が良くて、口先だけで世渡りをするような者への批判的な目と、そのような人物を登用してしまう高師直という人物の小ささとそれに対する嘲笑の目があり、先行作品に比べて敵役の登場人物へのより一層厳しい視線を感じさせるようになっているのではないかと考えられる。

以上のように、本作における野村事件の当て込みについて、

（1）野沢政右衛門が太鼓持ちからの出世という設定に、人物造型上の工夫を見る
（2）最新の情報を取り入れることで注目を集めようとしている
（3）脇役の悪役として描き込んだことで作品に厚みを与えている要素の一つになっている

という三点に、積極的な意味を見出せるのではないだろうか。その意味をお許しいただけるなら、江島其磧という作家、その時代物浮世草子にも新たな評価が与えられてしかるべきだと考えているが、そのように断定するには、【表2】に挙げた野村事件を扱う浮世草子との違いについて見ておく必要があるであろう。

まず、本作では、野沢政右衛門の悪事は、足利直義の輿に大勢の訴人が来て書状を渡すところで明らかになる。訴えられる彼の悪事とは以下の通りである。

一、寺内の塔の九輪をおろして鑵子にゐさせ候（僧侶の訴え）
二、主人代々の墓所枝橋と申所に、政右衛門指図にて師直に遊山所を立てさせ主君先祖の墳墓をこぼち、一

ツ家の骨をほり出し、犬狼の餌食とさせ申段（中略）難題を申かけ、菅の三位をさし殺し申候（北野の長者の家来の訴え）

三、蛙が池を急に埋させ申さんとて、くるしがる人夫を休めずして、杖棒などにて打たき、息もさせずつかい候（中略）とふらふて通り候を、政右衛門聞つけ（中略）賤しき日雇取が着申スつゞれ共を、無体に我々に着せ申、鋤をつかはさせ土をかきよせさせて、畚にてはこばせ申候（侍の訴え）

四、此蛙が池を埋られますにつき、大勢の人夫私の畠をふみあらし、其うへに真桑瓜西瓜どもを断もなし蔓を切て手に日雇共が取くらいます（中略）畠の土を取て池をうめられますにより、田畠が大きな谷に成まして難儀仕ります（百姓の訴え）

五、養ひ娘を（中略）あの方へ取て金子は今にこされませぬ。一日一歩づゝの花代に仕りましても、もはや一年半おりますれば大分の事でござります（遊女茶屋の主人の訴え）

六、師直公の御用金とござりまして、政右衛門殿御取次で先年二千両御用に立おきまして、御返弁の日限相のびますにつき御勘定衆迄申上しに（中略）御勘定衆御手形を御覧なされ「是は殿の御判ではない」と御意なさる（中略）手形をやぶりすて申され候（両替屋の訴え）（巻四―一）

これらの悪事のうち、六、御用金の横領《おうりょう》に関しては、倉員氏が指摘されている実録[*12]『野村奸曲録』の「野村が山田屋宗久本名入江彦左衛門なる松平家に大名貸するような大町人から金を捲き上げる」という記載との共通点があると考えられる。しかし、その他の行為については、【表2】の作品に共通する挿話の中には見られない。逆に、【表2】の本作以外の作品には見られる挿話も、本作では取り上げられてはいない。ここから、巷説で広まっていた情報にも限界があって、野村事件そのものの情報だけでは悪事の数が足りなかったので、本作における悪事は、当時実際に起こっていた訴えなどから加えたのではないかと推測できる。また赤穂浪士ものの先行作品には、敵方の家来の描写において主君を利するためではない私的な行動を描く、ということは見られない。全て私利私欲からの行動である野沢政右衛門の悪事についての本作の記述は、完全に野村事件の当て込みであることが確認できる。

また、【表2】の作品では、お家騒動を企むことが最も大きい悪事であり「野村事件がのちに桑名騒動と呼ばれ、やはりお家騒動として記憶される[*13]」のだが、本作には、お家乗っ取りに関する記述はない。本作の高師直には子の記述も無く、お家乗っ取りをするような状況には無かったことと、野沢政右衛門はあくまでも脇筋にはめ込まれた人物にすぎないことがその理由であろう。その代わりに、本作では蛙が池の造成が最も大きく取り上げられる。これは、お家騒動よりは史実に近い行動だと考えられ、初期の野村事件の情報にはお家騒動は無く、後に虚構が付け加えられていってお家騒動として記憶されるようになったということも推測できる。

また、【表2】の作品で見られるような、野村が好色な人物である、という設定についても、本作ではあまり強調されてはいない。色茶屋の娘をお金も払わずに連れていった、という訴えが唯一女性に関係している。しかし、それも好色さを強調するよりは、金を払わない、という理不尽な行動の方に重点がある。これは、本作における好色な人物としての造型は高師直の方で十分だったのが理由であろう。高師直は金銭面においては大尽であり、その豪勢な使い方に批判の目は在っても、金に絡んだトラブルは必要ない。そのために、野沢政右衛門の驕りを金銭面に大きく現われるような描き方をしたのだと考えられる。野沢政右衛門は、色欲と金欲、という人間の煩悩の金銭部分を担当する悪役といえよう。

さらに、「ひとへにかいるの執心恨をなせしゆへぞ」（巻四―五）とまとめられる、新田開発のために住処を追われ池の主を殺された蛙達の恨みが、政右衛門の滅亡を引き起こした、という怪異譚的な味付けも、【表2】の他の浮世草子には見られない。また、女性を除く一族が処刑される様は、本作では「政右衛門はじめ一ツ家幼稚の輩迄のこらず仕置にあいけるは、無慙成事共なり」（巻四―五）と淡白な書かれ方をされている。しかし、『焼蛤』などではそこに妾の話を挿入したりする事で、陰惨な描写が非常に長く続いている。『月堂見聞集』でも、記述のうち半分程を処刑の様子が占め、一族ことごとくが処刑され、胎児《たいじ》すらも許されなかったという苛烈《かれつ》な仕置《しおき》に対する興味がうかがえる。本作ではほとんど触れられない理由としては、其磧にとって、陰惨で残酷な描写は浮世草子の面白さには不要だったからと考えられる。その代わりに、怪異や、具体的な悪事描写を加えることで、読者の興味を引く工夫を施したと考える。

おわりに

以上見てきたように、『けいせい伝受紙子』では、浮世草子としての特徴として「男色描写」及び「野村事件の当て込み」という二点を指摘した。

まず男色描写について、主筋に関連しない点及び特に新しい趣向が見当たらない点から、従来の作品完成度を低めたという評価を否定はしにくい。しかし、一方で長編小説としての構成上、伏線として機能するなど、挿話として組み込む工夫を確認できる。

また、其磧は、野村事件という実際に起こった騒動の当て込みをするために、野沢政右衛門という人物を登場させた。これには、浮世草子の中では最も早くこの事件を取り入れて注目されよう、という目的があった。

しかし、その当て込み方には、他の野村事件を扱った浮世草子とは違いがある。それには、二つ理由が考えられる。一つは、事件後早い時期で取り入れたために情報が十分に集められなかったこと。このため、本作は以後に共通して取り入れられていく筋書きを採用できなかった。もう一つは、本作が目指したのはあくまで赤穂浪士ものの作品であり、陸奥の活躍に代表されるような赤穂浪士達の復讐譚が中心の筋書きであったことである。この野村事件の当て込みは、二章にわたるという、かなり多い割合で筆が割かれているにも関わらず、話の大筋から考えればなくても構わないような内容しか持っていない。あくまで脇筋でしかない「野村事件」には、本作が赤穂浪士ものの作品として成立するために、それ以上の内容を与えることはできなかったのである。

しかし、其磧は、元々の事件の記録を取り入れただけではなく、本作独自の設定を加えている。趣向として当て込むことに意義を見出していただけではなく、話の筋書き上で整合性を保つように苦心していると考えられるのである。このため、話を面白くしようと取り入れた、実際の事件を髣髴《ほうふつ》とさせるエピソードに引きずられずに、筋を組み立てていくことになった。そこで、本作の中に上手く取り入れるため、実際の情報を重視せず、本作の登場人物らしい人物造型にしている。例えば、高師直の不明さを強調するために、実際は小身の武士が出世する話であったのを、太鼓持ちからの出世としている。そして、出世の糸口も、陸奥が与えたことになっている。太鼓持ちも傾城も、本作の先行作品に多い好色物の作品では欠かせない、廓に登場する人物達である。そのような先行作品の人物造型に拠りつつ、本作の登場人物とつながりを持たせていくことで、野沢政右衛門は、本作の世界に違和感なく活躍する登場人物となったのである。実録ではない浮世草子における時事的な趣向の取り込み方の一つの事例と言えよう。

本作には、内容面からの趣向ではなく、時事的な取材をいれて人々の興味を引こうとした目論見と、浮世草子は読者にとっての娯楽である、と考えていた作者の姿勢がうかがえる。その姿勢は、男色描写を取り入れたことにも表れている。しかし、半ば無理やり入れた趣向であっても、好色物的要素からのつながりをもって設定を加えていくことで、作品の構成に自然に組み込もうとする姿勢は評価できる。この男色描写や、野村事件を当て込んだことによって必ずしも作品の完成度を下げたとは言えないところに、江島其磧の作家としての技量が見られる。

注

＊1　長谷川強氏「『けいせい伝受紙子』――時代物へ傾斜の兆」（『浮世草子の研究』桜楓社、一九六九）

＊2　杉本和寛氏「赤穂事件虚構化の方法と意味――享受者の視点をめぐって」（冨士昭雄編『江戸文学と出版メディア』笠間書院、二〇〇一）

＊3　前掲注1論文。

＊4　前掲注1論文。

＊5　前掲注1論文、藤原英城氏「正徳三年前後の其磧と八文字屋――時代物の成立と谷村清兵衛・中島又兵衛」（『国語と国文学』九五四号、二〇〇三・五）など。

＊6　倉員正江氏「野村増右衛門事件の転化」（『近世文芸』四六号、一九八七・六）

＊7　前掲注1論文。

＊8　『月堂見聞集』の本文は『続日本随筆大成別巻　近世風俗見聞集二』（吉川弘文館、一九八一）に拠る。
＊9　『新日本古典文学大系けいせい色三味線、けいせい伝受紙子、世間娘気質』（岩波書店、一九八九）解説。
＊10　前掲注6論文。
＊11　前掲注1書でも、「けいせい伝受紙子」には野村事件を初めとする赤穂事件以外の筋立てが多く絡まりすぎているとの指摘がある。
＊12　前掲注6論文、「続・野村増右衛門事件の転化」（『近世文芸研究と評論』三二号、一九八七・六）
＊13　前掲注6論文。

※『けいせい伝受紙子』本文は『八文字屋本全集　第二巻』（汲古書院、一九九三）に拠る。傍線は全て私に付した。旧字などは私に直したものがある。

第三節『忠《ちゅう》臣《しん》略《りゃく》太《たい》平《へい》記《き》』試論

——其磧作の可能性を求めて——

はじめに

正徳二年（一七一二）刊行の六巻六冊の浮世草子『忠臣略太平記』（以下『略太平記』と略す）は、赤穂浪士の事件に材を取った浮世草子である。

本作について、長谷川強氏は、

「伝受紙子」で一度扱ひずみの赤穂浪士一件を、「伝受紙子」のやうに野村増右衛門一件をからませず一本に絞り、好色味を減じ、新たに「太平記」による箇所（西鶴の剽窃も加へられているが）を加へ、時代味を増しているが、其磧の作とすればあまり高く評価出来ぬ作である。[*1]

とし、篠原進氏は、

同じ題材の『けいせい伝受紙子』に比しても、内容は平板で、其磧の作品としては甚だ面白味に欠ける。しかし、一方では、王昭君の故事を逆手にとった吉野の話（巻五―二）など、際立った〈趣向〉も無いわけではない。また、多岐に亘る剽窃や、用字・用語など彼の作品とする徴証も濃く残っているのである[*2]としている。いずれも作品の不本意を指摘し、其磧関与の可能性に否定的である。

しかし、本作は絶版以後も刊行され続けており[*3]、一定の需要のあったことが窺える。また、後続赤穂浪士もの作品にも影響を与えている点や、八文字屋との抗争期に江島屋から出版されている点を考えれば、決して軽視されるべきでは無く、むしろ作者の問題などの面からも、再評価が待たれている作品である。

一、赤穂浪士ものの展開――『忠臣略太平記』まで

赤穂浪士の事件は、人々の耳目を集めた事件であり、実録・演劇・小説の題材として多く取り上げられてきた。第一節に挙げた【表1】と一部重なるが、『略太平記』の位置づけを確認するために、赤穂浪士もの先行作品を【表3】に挙げる。

【表3】　赤穂浪士もの先行作品一覧

	年月日	分類	題名	設定	内容
	元禄十四年三月		江戸城刃傷、浅野内匠頭切腹		
A	元禄十四年三月か	歌舞伎	「東山栄華舞台」		未詳
B	元禄十五年十月か	浄瑠璃	「傾城八花形」錦文流（大坂）	傾城	城明渡し
	元禄十五年十二月		吉良邸討入り		
C	元禄十六年正月	歌舞伎	「傾城阿佐間曽我」（江戸）	傾城・曽我もの	討入り
	元禄十六年二月		浪士切腹、浪士遺子遠島		
D	元禄十六年春	浄瑠璃	「難波染八花形」（京都）	傾城	城明渡し
E	元禄十六年	歌舞伎	「傾城三つ車」近松門左衛門（京都）	傾城	討入り
F	宝永二年八月	浮世草子	『傾城武道桜』西沢一風	傾城	刃傷・苦労譚・討入り
G	宝永三年正月	浮世草子	『御伽百物語』青木鷺水	人形	討入り
H	宝永四年一月	浮世草子	『傾城播磨石』	傾城	刃傷・苦労譚・討入り
I	宝永五年一月	歌舞伎	「福引閏正月」車屋忠右衛門（京都）		未詳
	宝永六年七月		浪士遺子大赦		
J	宝永七年六月	歌舞伎	「鬼鹿毛無佐志鐙」吾妻三八（大坂）	小栗判官	討入り
K	宝永七年秋	歌舞伎	「太平記さゞれ石」（京都）	太平記	刃傷・苦労譚・討入り
L	宝永七年秋か	歌舞伎	「硝後太平記」（京都）	太平記	刃傷・苦労譚・討入り

M	宝永七年八月	浮世草子	『けいせい伝受紙子』江島其磧	太平記・野村増右衛門事件	刃傷・苦労譚・討入り
	宝永七年九月		浅野大学、五百石の旗本となる		
N	宝永七年	浄瑠璃	「兼好法師物見車」近松門左衛門（大坂）	太平記	刃傷
O	宝永七年	浄瑠璃	「碁盤太平記」近松門左衛門（大坂）	太平記	苦労譚・討入り
P	宝永七年	浄瑠璃	「鬼鹿毛武蔵鐙」紀海音（大坂）	小栗判官	刃傷・苦労譚・討入り
Q	宝永八年一月	浮世草子	『忠義武道播磨石』	太平記	刃傷・苦労譚・討入り
R	正徳二年秋以前	浮世草子	『忠臣略太平記』江島其磧	太平記	刃傷・苦労譚・討入り

この表に挙げた赤穂浪士ものの先行作品は、事件後すぐに劇化されたという歌舞伎A「東山栄華舞台《ひがしやまえいがのぶたい》」に始まり、『略太平記』に至るまで数多い。しかし前節でも述べてきたように、事件の取り入れ方には、時事的興味として触れる程度のものから大筋をなぞるものまでかなり温度差がある。

確かに、初期の段階では事件をそのままの形で取り上げることはできなかった。そのために傾城の敵討ちにやつしたものが多い。例えば、F『傾城武道桜《けいせいぶどうざくら》』、H『傾城播磨石《けいせいはりまいし》』では「浅間之介、頭振吉高」「浅香名所之助、吉郎次」という実説の人々の名前をほのめかすことによって、赤穂浪士の事件を取り込んでいることを示している*4ものの、外題に「傾城」の文字を大きく打ち出している。

その他、一方では〈曽我《そが》もの〉や、小栗判官《おぐりはんがん》の世界を借りたものなどが見られるようになる。その流れが、K「太平記さゞれ石」以後、『太平記』に世界を借りることが定着していく。武家の事件であり実説に近い設定を構成するために『太平記』は都合が良かったことと、また高師直《こうのもろなお》の横恋慕を契機に塩冶判官《えんやはんがん》との一件が起きるという動機付けが分かりやすく好まれたためであろう。赤穂浪士ものの基本的な枠組みを作った作品とも言える。ちなみに〈曽我もの〉では、敵討ちを助ける多くの仲間は存在しないが、『太平記』の場合は、判官には多くの家臣がおり、彼らの名前も明記されている。多人数の敵討ち、という枠組みに利用しやすかったのである。

『略太平記』も、それら先行作品の影響下にある。しかし、これらの先行作は事件を枠組みとして利用するものがほとんどであり、男色描写《なんしょく》や傾城、時事的事件の当て込みなど事件とは関係ない筋にも多く筆が及んでいる。それに対し『略太平記』は、専《もっぱ》ら事件の経過に沿って赤穂浪士達の行動を描いていくことを主眼としている点に特色がある。男色の記述も排し、判官が刃傷に及ぶまでの事件も最小限にすることで、赤穂浪士達の行動が六巻中五巻半を占めるようになり、それ以外の脇筋がほとんど切り捨てられているのである。

その点から見ると、本作は実録に近いともいえる。しかし、遊女の手管《てくだ》についての記述や、廓の当代性についての記述など、好色もの浮世草子によく見られるような表現も少なくない。赤穂浪士ものとしてのエピソードを増やすのではなく、表現に多彩な観点を持たせる点が、浮世草子ならではの特質であり、実録とも今までの赤穂浪士もの浮世草子とも違う位置にある作品であると考えられる。

ところで、江島其磧作と推定される赤穂浪士の事件を扱った浮世草子に前節で扱った『けいせい伝受紙子《でんじゅがみこ》』（以下『伝受紙子』と略す）がある。『略太平記』巻一の文章は、『伝受紙子』巻一の表現をほとんどそのまま利用しているが、巻一以後そうした傾斜はほとんど見られない。つまり、話の土台の部分については『伝受紙子』を含む赤穂浪士ものの先行作品をそのまま利用しているが、各浪士たちの挿話については『伝受紙子』を含む先行諸作で使われた趣向を避け、独自性を出している。この点から「『伝受紙子』の好色味を取り去った改作[*5]」という評価も生まれようが、逆にそこにこそ全く新しい作品を書こうとした作者の挑戦を見出すことも許されるはずである。

ちなみに、同じ浮世草子作者であった都《みやこ》の錦《にしき》には、赤穂浪士の事件を扱った実録『播磨椙原《はりますぎはら》』（宝永五年〈一七〇八〉成）がある。これは実録『介石記《かいせきき》』を見て書いたとの指摘がある。[*6]この他、年代は明確にできないものの、『略太平記』より先行、あるいはほぼ同時期に成立したと考えられる実録としては『易水連袂録《えきすいれんけつろく》』『内侍所《ないしどころ》』『赤穂鐘秀記《しょうしゅうき》』『忠誠後鑑録』などが挙げられる。[*7]しかし、『略太平記』に限っていえば、特別に挿話を採取したと特定できるような実録類の典拠は見当たらない。

本作が刊行されたと推定されている正徳二年には、『近士武道三国志《きんしぶどうさんごくし》』（正徳二年正月序）『当世知恵鑑《とうせいちえかがみ》』（正徳二年三月刊）など赤穂浪士の事件を扱った浮世草子が刊行されている。また、『頼朝三代鎌倉記』（正徳二年正月序）『文武《ぶんぶ》さざれ石』（正徳二年正月序）『御前義経記《ごぜんぎけいき》』（正徳二年九月三摺本）など軍記ものの体裁を借りた作品も数多い。赤穂浪士ものの実録も宝永・正徳期に多く成立したと考えられており、[*8]目に触れることが多かったであろうことは想像に難くない。これらに『太平記』の講釈などの存在を考え合わせれば、この時期に、赤穂浪士ものの筋に『太平記』の世界をより強調して描き足した作品が生まれたことは、時代の流れに沿っていたと考えられよう。

二、『太平記』の享受

本作の典拠や影響関係[*9]について、【表4】に確認しておく。

【表4】『忠臣略太平記』典拠・影響関係一覧

巻	章	忠臣略太平記	典拠など
一	一	〈冒頭〉	『太平記』巻二十四　天龍寺建立事
		〈塩冶判官、饗応役に任ぜられ、師直の指示を仰ぐ〉	『けいせい伝受紙子』巻一―二
		〈高師直、判官の妻への横恋慕が叶わず〉	『太平記』巻二十一　塩冶判官讒死事
		〈恥辱を受けるが、一回は堪える〉	『けいせい伝受紙子』巻一―二・三
	二	〈判官居城での怪異〉	『けいせい伝受紙子』巻一―三
		〈二回目の恥辱を受け、刃傷に至る〉	『けいせい伝受紙子』巻一―二・三
		〈判官に切腹の沙汰〉	『けいせい伝受紙子』巻一―三
		塩冶一族に四郎左衛門	『太平記』巻二十一　塩冶判官讒死事
	三	〈木村源三老母自害〉〈王凌の故事〉	『けいせい伝受紙子』巻一―五、『太平記』巻十　安東入道自害事付漢王陵事
	四	蛟竜蟄するは其身を振はんが為なり。	『太平記』巻十　安東入道自害事付漢王陵事
		〈大菱、山科閑居〉	『けいせい伝受紙子』巻二―四
		恥辱を雪んと。寝食ともにやすからず朝夕肺肝をぞ砕ける	『太平記』巻四　備後三郎高徳事付呉越軍事
		由良之助は智仁男の三徳を兼備へたる勇士	『太平記』巻十六　正成兄弟討死事
		垣根の葛かづら秋霜にいたみ。…竹の組戸をけはしくたゝき女男の声々	『西鶴名残の友』巻四―四
	五	〈岡山角之進妻及び子〉	『仮名列女伝』五―六、『新語園』一―四十二、『武家義理物語』五―二　等

二	一	由良之助が驕兵の計と覚へたり。	『けいせい伝受紙子』巻四―三
	三	死を善道に守るともいふ。	『太平記』巻十六　備中福山合戦事
		〈薬師寺公義、師直へ諫言後出家〉〈范増の故事〉	『太平記』巻二十九　師直師泰出家事付薬師寺遁世事
	四	古代は身を拵…今は顔に白粉いろどらず口紅をさゝず	『風流曲三味線』
三	一	眠りきけんなれば。目覚しに手鼓打て山姥をうたへ…先がたかきたる男のいへる	『西鶴名残の友』巻五―四
		大木の榎木にのぼり…こや極楽のかごかきなるべし	『西鶴名残の友』巻四―四
	四	〈田広先生の故事〉	『太平記』巻十　赤橋相模守自害事付本間自害事
四	一	〈大森彦七、女を負い騙される〉	『太平記』巻二十三　大森彦七事
		「やれおそろしや、みず一つ」	『好色五人女』巻二―二
	二	近辺の塔の九輪の宝形をおろさせ。薄鍋に鋳させて。鶏卵のふわ〳〵をさせて	『太平記』巻二十六　執事兄弟奢侈事、『けいせい伝受紙子』巻四―二
		楠が赤坂での釣屏の格	『太平記』巻三　赤坂軍事
五	一	梅が香を桜が色にうつして柳の枝にさかす風情	『太平記』巻二十一　塩冶判官讒死事
	二	〈王昭君の故事〉	『太平記』巻二十一　塩冶判官讒死事、『男色大鑑』巻五―二
		異見の段々…今の世の万里小路藤房卿	『太平記』巻十三　竜馬進奏事
	四	〈関屋万左衛門、女房を殺して討入参加〉	『太平記』巻一　頼員回忠事

		先年。先帝の御謀反あらはれしも。頼員が女房にもらしぬるゆへなり	『太平記』巻一　頼員回忠事
		ひとつ種に咲分の兄弟兄にまさるいもとがはたらき義を見て勇む武士の妻女	『世間娘気質』三之巻目録
六	一	丑三つ計に法成寺河原にて待揃。	『太平記』巻三十二　無剣璽御即位無例事
	三	〈侍従が判官妻の湯上り姿を師直に見せたこと〉	『太平記』巻二十一　塩冶判官讒死事
		能時分に無明酔さめ。	『太平記』巻二十九　松岡城周章事

以上のように、文章中に引用される故事や表現は、『太平記』に見られるものが多い。それらの享受方法は、次の三つにまとめられる。

第一に、『太平記』本文*[10]をほぼそのまま流用する。『略太平記』冒頭は、『太平記』巻二十四の冒頭部分をそのまま利用している。作品に引き込むべき最初の部分を『太平記』から持ってきた所に、『略太平記』が『太平記』を基本的な枠組みとして利用しようとする意図が確認できる。

第二に、『太平記』の故事を利用する。木村源三の老母が自害するエピソード（『略太平記』巻一―五）は『伝受紙子』にもあるが、引かれる故事は『伝受紙子』にはなく、『太平記』の文章を利用している。ただし、この王陵《おうりょう》の故事は、『太平記』では、入道が自害する場面に引かれていた。一方、『略太平記』では、母が息子のために自殺する、という、より故事本来の状況に即した場面で利用されており、理解しやすく且つ印象的な場面にする工夫が見える。

第三に、『太平記』を本作のエピソードに即して換骨奪胎《かんこつだったい》する。『略太平記』巻五における、関屋万左衛門のエピソードは、『太平記』巻一「頼員回忠事」の文章をそのまま利用している。しかし、『太平記』の頼員は裏切るが、万左衛門は女房を殺して討入りに参加する。同じ場面と文章を利用しながらも、結果を逆転させるところに面白さがある。

また、塩冶判官家中の裏切り者に塩冶四郎左衛門がいる。城明渡しの際に名前が見えただけでその後に登場はしないものの、家臣でなく塩冶一族の裏切り者、という設定は『略太平記』独自のものである。これは『太平記』の人物設定を利用して考えたものである。塩冶四郎は、『太平記』の評釈書である『太平記評判秘伝理尽鈔《たいへいきひょうばんひでんりじんしょう》』にも、「高貞舎弟四郎左衛経貞師直ニ返忠ノ事（中略）恩ヲ忘レ事ノ急ナルニ臨デ兄ヲ訴テ亡セシ事。人タル者ノセザル所[*11]也。」と評される不忠の者で、「常々師直に媚へつらひ。比興至極の男」（『略太平記』巻一―二）とある描写と共通する。作者が『太平記』の講釈などに材を得ていたことも推察できるだろう。

一方、『太平記』の人物像を使いながら、当世意識に即して大幅に造型を変えたのが、大森彦七である。『略太平記』巻四―一のエピソードは、『太平記』巻二十三を下敷きにしたものであるが、大森彦七は「猿楽の衆」から「安狂言師」に変更されている。『太平記』では、楠正成《くすのきまさしげ》の亡霊との緊迫した章につながっていく箇所であり、若い女性が鬼に変化するおどろおどろしい場面を、下心を持って負ぶってあげた女性が年寄りだったことに驚く滑稽な場面に変えている。「女を背負い歩き出すが、月の光で正体を知り、急にその重さを感じ、振り捨てようとする」という行動の経緯と、名前は同じでありながらも、かたや勇猛な武将であり、かたや泡を食って逃げる素人末社《しろうとまっしゃ》という落差に、面白さがある。

また、『略太平記』の登場人物を見ると、先行赤穂浪士もの作品における『太平記』摂取の流れに沿って、武士の名前を中心に『太平記』から借りてきた人名が多く見られる。しかし、K「太平記さゞれ石」、L「硝後《さざれいし》太平記」、M『伝受紙子』N「兼好法師物見車《けんこうほうしものみくるま》」、O「碁盤太平記《ごばんたいへいき》」では、「塩冶判官高貞」「高武蔵守師直」「塩冶が妻」「侍従の局」「山城守宗村」「木村源三」「八幡六郎」「鎌田」「赤松律師則祐」「木村源三」「桃井播磨守直常」「越後守師泰」「山名右衛門佐」「大平出雲守」「小林民部の丞」「塩冶四郎左衛門」「薬師寺次郎左衛門公義」などという『太平記』巻二十一に見られる人名が使われていることに対し、本作では巻二十三に見られる「大森彦七」や巻二十四に見られる「夢窓国師」という人々を登場させ、より『太平記』全体から借りてきている。但し、『太平記』巻二十一以外に見える人名で、『太平記』中の役割と行動とが一致するものは、天竜寺造営者《てんりゆうじ》としての「夢窓国師」のみであり、他は名前が一致していても行動や物語中の位置は異なる。『太平記』そのものを描くのではなく、赤穂浪士の物語を主筋としようとする意識からと考える。

一方、浪士の名前としては「木村源三」「八幡六郎」「鎌田」がK「太平記さゞれ石」、M『伝受紙子』、O「碁盤太平記」に見られるが、四十七人（四十八人の場合もある）いる浪士達に共通する名前はほとんど無い。赤穂浪士もの作品が多く書かれていく中で、主要な挿話になっていく、「判官の乳母子であること」「母が敵討ちを励ますための自害をすること」「判官の短慮を諫めること」「判官の不興を買っていたこと」などが、この三人の誰かに重なって描かれている。また、「力太郎」はK「太平記さゞれ石」M『伝受紙子』で、由良之助に相当する者の子息の名前として使われている。

敵側の人物では「薬師寺次郎左衛門公義」の名前が、M『伝受紙子』、O『碁盤太平記』に見られる。名前と高師直側の人間であることは共通するが、『略太平記』では、主を諫めるものの叶わず出家するのに対し、M『伝受紙子』、O「碁盤太平記」では敵側の主要人物として活躍する。

ところで、『太平記』の登場人物でもある「桃井播磨守直常」「越後守師泰」「山名右衛門佐」「大平出雲守」「小林民部の丞」「山城守宗村」は、M『伝受紙子』にも名前が見えている。しかし、その行動や役割は必ずしも本作とは一致していない。また、本作の廓描写における、女郎の「高橋」、やり手の「杉」という名前もM『伝受紙子』に見える。これらは女郎や下女の名前として一般的ではあるが、本作とM『伝受紙子』との共通点としてその距離の近さが確認できよう。一方、同じ『太平記』を借りていても、M『伝受紙子』以外の先行赤穂浪士もの作品から『略太平記』への影響は、ほとんど見られないことも確認できる。

以上のように、赤穂浪士ものの先行作品では、『太平記』を枠組みとして利用してはいても、その故事や内容まで『太平記』から取ることはほとんど無い。その時代に設定するために登場人物の名前を借りることはあっても、限られた巻の利用であり、その人物造型などには及ばない。その点から考えると、『略太平記』が縦横無尽《じゅうおうむじん》に『太平記』を利用する姿勢は、先行赤穂浪士もの作品の流れに沿ったものではなく、独自の工夫の結果である。『太平記』のよく知られた挿話だけではなく広範に取り入れている点、赤穂浪士の物語に即した『太平記』の挿話を取捨選択し自由にアレンジしている点は、赤穂浪士ものの先行作品とは異なる『太平記』利用の方法と言えよう。

また、『太平記』の世界をそのまま取り入れているようでありながらも、「楠が赤坂での釣屏の格」「頼員が女房にもらしぬるゆへ」という、『太平記』のエピソード自体が故事としても利用されている点などに、『太平記』を相対的に捉えているような姿勢も見られることは特徴的と言えるだろう。『略太平記』という題名からも『太平記』を略し、やつした上で利用しようとする姿勢は確認できる。枠組みとしては『太平記』の時代設定に拠りながらも、当代の廓と比べて「太平記時代は初心」というように、当代性を第一に考え強調することで、『太平記』の世界を突き放すような姿勢があることは、八文字屋本の時代物浮世草子すなわち其磧の意識と通底するものである。

その意味において、時代物浮世草子を先取りした本作の文学史的価値は大きいと考えられる。

三、西鶴の利用

最後に、西鶴作品の利用についても触れておきたい。西鶴作品の利用箇所は数箇所見られる。例えば、巻三―三における利用部分を【表5】に挙げる。

【表5】『忠臣略太平記』の西鶴利用例（異なる部分に傍線を私に付した）

『西鶴名残の友』巻四―四	『忠臣略太平記』巻一―四
垣根の葛かづら秋霜にいたみ、朝顔あさましく、花見し朝とは各別に替りて、松の夕風、綿入着よといはぬばかりの声さはがしく、南どなりには、下女が力にまかせて、拍子もなきしころ槌のかしましく、浮世に住める耳の役に聞ば、北隣には養子との言葉からかい、後には俳言つよき身の恥どもいひさがして、跡は定まつて盃事になるも、おかしき人心と…竹の組戸たゝきて	垣根の葛かづら秋霜にいたみ。朝顔あさましく花見し朝とは各別に替りて。松の夕風綿入着よといはぬばかりの声さはがしく。南隣には下女が力にまかせて拍子もなきしころ槌のかしましく。…浮世にすめる耳の役とて北隣をきけば養子との詞がらかい。後には互の身の恥どもいひさがして。跡はさだまつて盃事になるもおかしき人心と。由良之助はゐもねられず子息力太郎と。古の軍法咄一ツ二ツするをりから。竹の組戸をけはしくたゝき

其磧作品における西鶴作品の利用については、従来多く指摘されてきた。*12 先学の指摘によれば、『西鶴名残の友』（以下『名残の友』と略す）の利用は、『風流曲三味線《ふうりゆうきよくじやみせん》』『野白内証鑑《やはくないしようかがみ》』『寛濶役者片気《かんかつやくしやかたぎ》』『通俗諸分床軍談《つうぞくしよわけとこぐんだん》』などに

見られる。それらは、西鶴の文章をほとんどそのまま利用しており、本作と共通する利用法と言える。

ところで、太夫吉野に身請け話が持ち上がる際に、王昭君《おうしょうくん》の故事が利用されることは、本作の趣向として評価されてきた。[*13]この故事は、『太平記』にも見られる。しかし、本作が趣向として直接利用したのは、『男色大鑑《なんしょくおおかがみ》』の記述だと思われる。容姿に自信を持つ野郎が、絵に描かれる際に、賄賂を贈らなかったので醜く描かれてしまう、という王昭君の故事をそのまま利用したエピソードを、『略太平記』では逆転させている。このように、西鶴作品を逆転して利用することは、元禄末期から見られる其磧の手法であることが既に指摘されている。[*14]しかし、ただ単に西鶴の作品をもってきたのではなく、枠組みから想起し得る『太平記』の故事を利用している西鶴作品を選択した点に新しさがある。

また、次頁に挙げる【表6】の部分は、岩百右衛門を天川屋土平が探す件（巻三―一）である。『名残の友』巻五―四と巻四―四が利用されている箇所だが、同じ部分が、都の錦作『元禄曽我物語《げんろくそがものがたり》』（元禄十五年〈一七〇二〉刊）巻三―三にも利用されている。『略太平記』において、『名残の友』の二章をまとめて利用したのは、『元禄曽我物語』を介しているためと考えられる。

【表6】から、『略太平記』の文章は、直接『名残の友』から利用していることが確認できる。しかし、巻四―四と巻五―四には、身分のあった人物が零落した点以外に、特に共通する点は無い。一方、『元禄曽我物語』は、敵討ちの物語で赤穂浪士の事件と重なる点があることと、巻三―三では、身をやつすのに「太平記読になりて塩谷判官竜馬進奏の巻一冊懐中すれば」とあり、章全体に赤穂浪士の存在が見え隠れする。その設定の共通項から、『略太平記』が『元禄曽我物語』を利用し、その元ネタである『名残の友』の文章自体を利用したものと考えられる。都の錦が、赤穂浪士の事件に多大な興味を持ち取材していたことは先学に指摘がある。[*15]其磧が赤穂浪士ものの執

【表6】『忠臣略太平記』の西鶴・都の錦利用例（異なる部分に傍線を私に付した）

『西鶴名残の友』	（四―四）大木の榎木にのぼり枝にかゝりし塵をさがしけるを「何かする」とたづねければ「是に此程まで鴻の巣をかけしが、此巣の中にありける石は、笙の舌をしめすによしと、古人つたへける程にたずねまする」といふ。「汝は笙をふくか」といへば「むかしはすこし覚し事も御座候」と、懐より手なれし笙を取出して秋風楽の調子をふきける。さるほどに人はしれぬもの、乞食に筋なし。あれは極楽の乞食なるべし（五―四）眠り機嫌なれば目覚しに手鼓うつて「山姥」をうたへば、跡肩の者息杖を取なをし、休む重荷にかた替さまに「又今日もぶ拍子なる旦那殿をのせて次第にもちおもりがする」といふ。此詞耳にかゝりて「それは我〳〵が謡の事か。おそらく下がゝり一流の大事残らずならひ請て。世におそろしきものはなきに、汝いやしき渡世の身として何をか聞しりていふぞ」「わたくしは何も存ぜねどもうたひの拍子がたよき御かたをのせました時はかるし。素人のうたひの時はかならず駕籠がゆるぎ出ましてかたぼねがたまりませぬ」と無用の論をいたす時、さきがたかきたる男のいへるは「跡なる男はすこしうたひの事は覚へましたはづが御座る。」
『元禄曽我物語』	大木の松が枝にのぼり、枝にかゝりし塵を探しけるを「何にかする」と問ひければ「是に此程まで鴻の巣をかけしが、此巣の中に有ける石は、笙をふく時舌をしめすによしと、楽府にみへける程にたずねまする」といふ。「さて汝は笙を吹か」といへば「むかしは少覚し事も御座ります」と、ふところより手馴し笙を取出して太平楽の調子を吹ける。まことに人はしれぬもの、乞食に筋なし…眠り機嫌の男目覚しに手鼓うつて山姥をうたへば、跡肩の者息杖を取なをし、休む重荷に肩替さまに「またけふも不拍子なる旦那殿をのせて次第に持重りがする」といふ。此言葉耳にかゝりて「それは我々が謡の事か。おそらく観世一流の秘曲残らず習ひ請て四座の外には又世におそろしきものはなきに、汝いやしき渡世の身として何をか聞しりていふぞ」「いや、私は何もぞんぜねども、うたひの拍子方よき御かたをのせました時はかるし。素人のうたひの時は、かならず駕籠がゆるぎ出ましてかた骨がたまりませぬ」と無用の論をいたす時、さき肩かきたる男のいへるは「跡なる男はすこしうたひの事は覚えました筈が御座る。」
『忠臣略太平記』	眠りきけんなれば。目覚しに手鼓打て山姥をうたへは。跡肩の者息杖を取なをし。休む重荷にかた替さまに。今日もぶ拍子なる旦那どのをのせて。次第にもちおもりがするといふ此詞耳にかゝりて。それは我等が謡の事か。おそらく下かゝり一流は大事残らずならひ請て。世におそろしきものはなきに。汝いやしき渡世の身として。何をか聞知ていふぞとちとむつと気にていへば。私は何もぞんぜねども。謡の拍子がたのよき御方をのせました時はかるし。素人のうたいの時はかならず。駕籠かゆるきでまして。かたぼねがたまりませぬと。無用の論をいたす時。さきがたかきたる男のいへるは。跡なる男は…能の謡はちつとおぼへておりますさふなと。…くだんの謡知の跡肩のかごかき。茶屋の前に生茂りし大木の榎木にのぼりえだにかゝりし塵をさがしけるほどに。何かするとたづねければ。是に此程迄鴻の巣をかけしが。此巣の中にありける石は、笙の舌をしめすによしと。…かすかなる懐より手馴し穐風楽の調子をふきける。さるほどに人はしれぬもの。こや極楽のかごかきなるべしと感にたへて。

筆を考えた時に都の錦の名前が浮かび、作品を読み直し勉強したために、ここでその作品から摂取したということも考えられよう。『略太平記』の描写は、風流人であった百右衛門が零落した姿を描く点は西鶴の設定をそのまま利用しているが、その利用方法には他作者の作品からの経由も認められ、作者の知識の享受が幅広かったことをうかがわせる。

こうした西鶴利用の方法も其磧と共通するものを有しており、『略太平記』が其磧の作品であると考えられる一証左となるのではないだろうか。

また、後に、其磧の役者評判記『二《に》の替芸品定《かわりげいしなさだめ》』（享保十六年〈一七三一〉三月刊・大坂）でも、同じ部分を利用した開口部が見受けられるが、『名残の友』巻五―四ほぼそのままの剽窃になっている。評判記に比しても『略太平記』の方が工夫において軍配を上げるべきであって、決して軽く評価してはならないと思われる。

おわりに

ここまで述べてきたことをまとめると、次のごとくなる。

『略太平記』は、『太平記』の枠組みをかなり忠実に使っている。ただ、その利用は『太平記』の世界をそのまま借りるにとどまらず、重層的に利用されている。その利用手法に其磧の影がちらほらと見えそうなのである。

さらに、『略太平記』は、『伝受紙子』との共通点の多さを考えるに、このことは、両作品の作者が其磧だと断定する短絡《たんらく》的な根拠を一旦排したうえで、其磧の手がまったく入っていなかったと即断することは、西鶴利用の実例などから慎重になるべきではないか、という点を指摘しておきたい。

加えて、本作への従来の低評価についても、構成としてのまとまりや、本作に取り入れられたエピソードや人物造型が後の赤穂浪士もの作品にも多くの影響を与えている点から反論を加えておきたい。

例えば、浮世草子『忠義太平記大全《ちゅうぎたいへいきたいぜん》』においては、本書で描かれた浪士達のエピソードが数多く取り入れられているし、「海士川屋土平」は最終的に浄瑠璃「仮名手本忠臣蔵《かなでほんちゅうしんぐら》」の「天川屋」につながっていく人物造型である。[*16]また、先学の指摘[*17]にもあるように、『役者袖香炉《そでこうろ》』（京・享保十二年刊）菊川喜世太郎の条に「去嵐重次座のおつとめ（中略）当顔見せ妹背褥に高右衛門女房しづはた役（中略）兄はまゝ子故、ころされぬとの云わけ、忠臣略太平記の通り。賢女のいきかた。女形の肝もん。大でき〳〵[*18]」とある。これは、『略太平記』巻一にある岡山角之進妻のエピソードを指している。『略太平記』は、評判記に引用されるほどには、よく知られていたのである。

以上の点から『略太平記』は其磧作の可能性が存在すること、従来の低評価は改められるべきであること、の二点を提示してみたい。

注

＊1　長谷川強氏『浮世草子の研究』（桜楓社、一九六九）

＊2　篠原進氏「抗争期の其磧」（『近世文芸』三四号、一九八一・五）

＊3　長谷川強氏『浮世草子の研究』（桜楓社、一九六九）、「「曲輪太平記」考」（『かがみ』二三・二四号、一九八二・三）に既に指摘があるように、享保五年に絶版・売買禁止を命じられているものの、享保末頃には改竄されて『曲輪太平記』として刊行された。

＊4　杉本和寛氏「『傾城武道桜』成立の要件――一風による赤穂浪士事件小説化の意味について」（『国語と国文学』七三―五号、一九九六・五）に指摘がある。

＊5　前掲注1書。

＊6　野間光辰氏「都の錦作『播磨椙原』の紹介」（『近世作家伝攷』中央公論社、一九八五）、若木太一氏「都の錦『播磨椙原』をめぐって――関塚磨氏所蔵本の紹介を中心に――」（『江戸時代文学誌』一号、一九八〇・十二）

＊7　長谷川強氏「浮世草子と実録・講談――赤穂事件・大岡政談の場合」（『國學院雑誌』九五―十二号、一九九四・十二）。『易水連袂録』（斎藤茂、日本防人協会、一九七四）、『内侍所』（二千風円喜、広陽本社、一九八二）、『赤穂鐘秀記』『忠誠後鑑録』は『赤穂義人纂書』（国書刊行会）に拠った。

＊8　前掲注7論文。杉本和寛氏「赤穂事件虚構化の方法と意味――享受者の視点をめぐって」（冨士昭雄編『江戸文学と出版メディア』笠間書院、二〇〇一）に、読者の存在から、赤穂事件を扱う浮世草子と実録の接近及びその背景について指摘がある。

＊9　長谷川強氏『浮世草子の研究』（桜楓社、一九六九）に一部指摘があり、参照した。

＊10　流布本とされる『日本古典文学大系』（岩波書店）に拠った。正保頃刊行。

＊11　引用は、千葉県立中央図書館蔵本を使用した。

＊12　前掲注1書など。

＊13　前掲注1書。

＊14　佐伯孝弘氏「『けいせい色三味線』考（続）――その「気質物」的手法」（『浮世草子研究』二〇〇四・十一）

＊15　前掲注7書など。

＊16　前掲注3書の頭注には『忠義太平記大全』からの影響が指摘されている。
＊17　長谷川強氏「「曲輪太平記」考」（『かがみ』二三・二四号、一九八二・三）において指摘されている。
＊18　『歌舞伎評判記集成　第一期第九巻』（岩波書店）二五六頁。

※本文は、『忠臣略太平記』は『八文字屋本全集　第三巻』（汲古書院、一九九三）、『好色五人女』『西鶴名残の友』は『対訳西鶴全集』（明治書院）、『元禄曽我物語』は『叢書江戸文庫　都の錦集』（国書刊行会、一九八九）に拠る。傍線は全て私に付した。旧字などは私に直したものがある。

第四節　まとめ

本章では赤穂浪士ものである『けいせい伝受紙子《でんじゅがみこ》』と『忠臣略太平記《りゃくたいへいき》』を俎上《そじょう》に挙げて、其磧の手法や文学史的位置を論じてきた。その要点は以下の通りである。

まず『けいせい伝受紙子』（宝永七年〈一七一〇〉刊）は、先行武家物浄瑠璃・歌舞伎の影響から、『太平記』の世界を借りることで、刊行された浮世草子としては初めて武士の敵討ちにした赤穂浪士ものの作品である。但し、その主人公は、好色物からの影響を受けた「陸奥《みちのく》」という義士の妻であり、全盛の太夫である女性で、夫の敵へ妾奉公した彼女が全編を通じて活躍するところに特徴があると考えられる。演劇・小説・実録《じつろく》分野の先行作品から多大な影響を受けて取捨選択《しゅしゃせんたく》した結果、男色描写や野村増右衛門事件の当て込みなどの独自描写も加え、赤穂浪士ものの好色物から武家物への橋渡し的な作品を作り出した、と言える。好色物と武家物の両要素がうまく融合したもので、橋渡しとはいえ、独特の魅力を有する作品に仕上げた其磧の手腕は評価されてよいであろう。本作以降の作品に使用される筋書きも多く含まれており、後世の作品への影響も大きいと思われる。

『忠臣略太平記』（正徳二年〈一七一二〉刊）は、『けいせい伝受紙子』と同様に、赤穂浪士の事件に材を取った浮世草子である。本作は従来あまり高い評価を得てこなかったが、絶版以後も刊行され続け、一定の需要のあったことが窺える。その特徴として、『太平記』の枠組みをかなり忠実に使っている点が挙げられる。ただ、その利用は『太平記』の世界をそのまま借りるにとどまらず、改変したりずらしたりと重層的に利用されている。その利用手法は、其磧の時代物浮世草子の演劇を利用する姿勢と通低する。

さらに、『忠臣略太平記』は、『けいせい伝受紙子』との共通点の多さを考えるに、其磧の手がまったく入っていなかったと即断することは、西鶴利用の実例などからも慎重になるべきではないか、という点を指摘した。例えば両作の挿画を比較してみても、同じ討入りの場面で、浪士達の格好に共通点はあるが、真似をしたような図になってはいない【図1・2】。むしろ、『忠臣略太平記』にはより武士の話であろうとする姿勢が表れていよう。加えて、本作への従来の低評価についても、構成としてのまとまりや、本作に取り入れられたエピソードや人物造型が後の赤穂浪士もの作品にも多くの影響を与えている点から反論を試みた。

宝永七年は、全部で五作品もの赤穂浪士ものが発表された。このうち、『けいせい伝受紙子』以外は、演劇媒体である。そのため『けいせい伝受紙子』については、演劇作品との比較という視点が欠かせない。つまり、既に時代物浮世草子を語る上で外せない要素である演劇との近しさのある素材を扱っていたと言える。

その上で、内容を考え合わせると、好色物浮世草子の特徴を色濃く見せながら、武家物浮世草子として成立した『けいせい伝受紙子』には、女性登場人物の焦点化、廓や男色描写などの卑俗性など、時代物浮世草子につながっていく要素を多く見出せる。また、野村事件の当て込みに関しても、時事問題を取り入れながら再構成することで伏線として利用するなど、長編小説としての意識を強く感じさせる。これは、『忠臣略太平記』にも見られ、各浪士達のエピソードを連ねながら、登場人物を少しずつ重ねることで、長編小説としての構成を損ねないよう工夫されている。話の枠組みとして利用した『太平記』の利用姿勢も、時代物浮世草子の典拠とされてきた演劇利用の姿勢と重なっていく。

藤原英城氏は、野村事件の当て込みについて、『けいせい伝受紙子』に対抗する形で、約二ヵ月後に『名物焼蛤《やきはまぐり》』が八文字屋が関与する形で上梓されたことを指摘し、『御伽曽我』『武家鑑』は其磧の時代物成立に欠く事のできない作品であるが、その刊行の経緯に『高名松』『三代記』『一睡記』などの八文字屋異質本へ

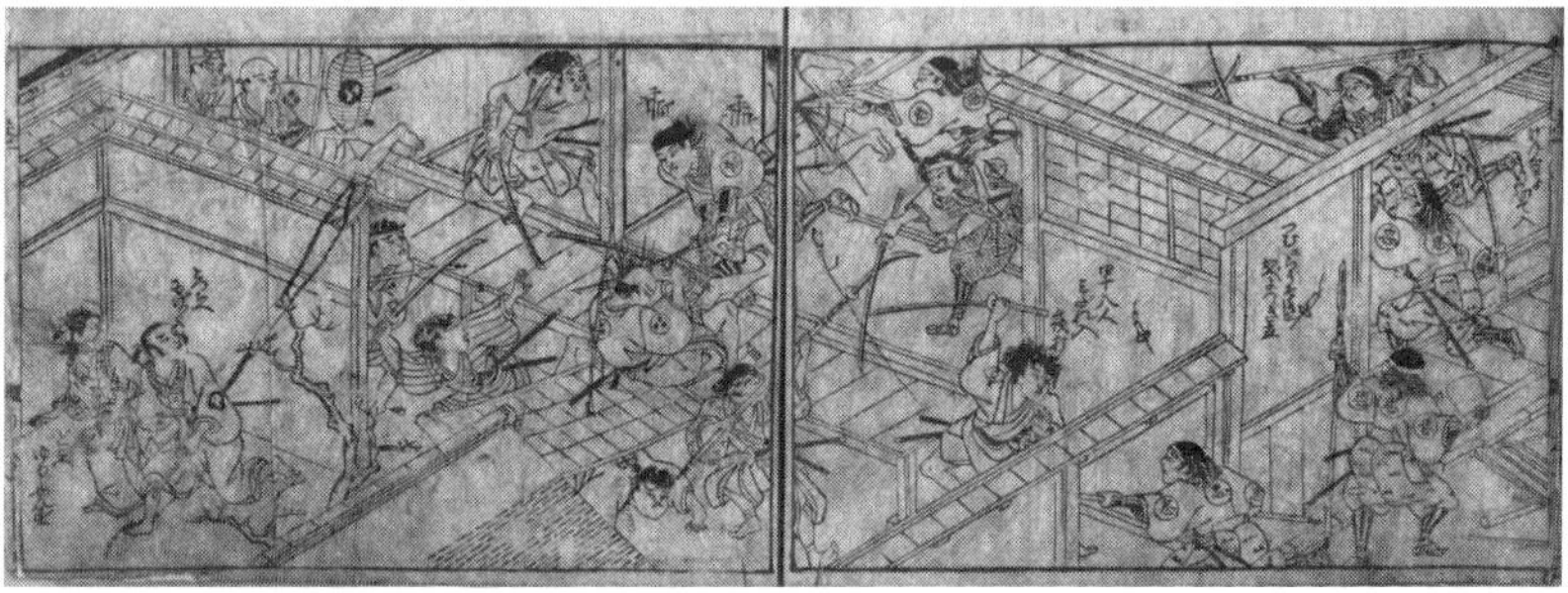

【図 1】『けいせい伝受紙子』（金城学院大学図書館）

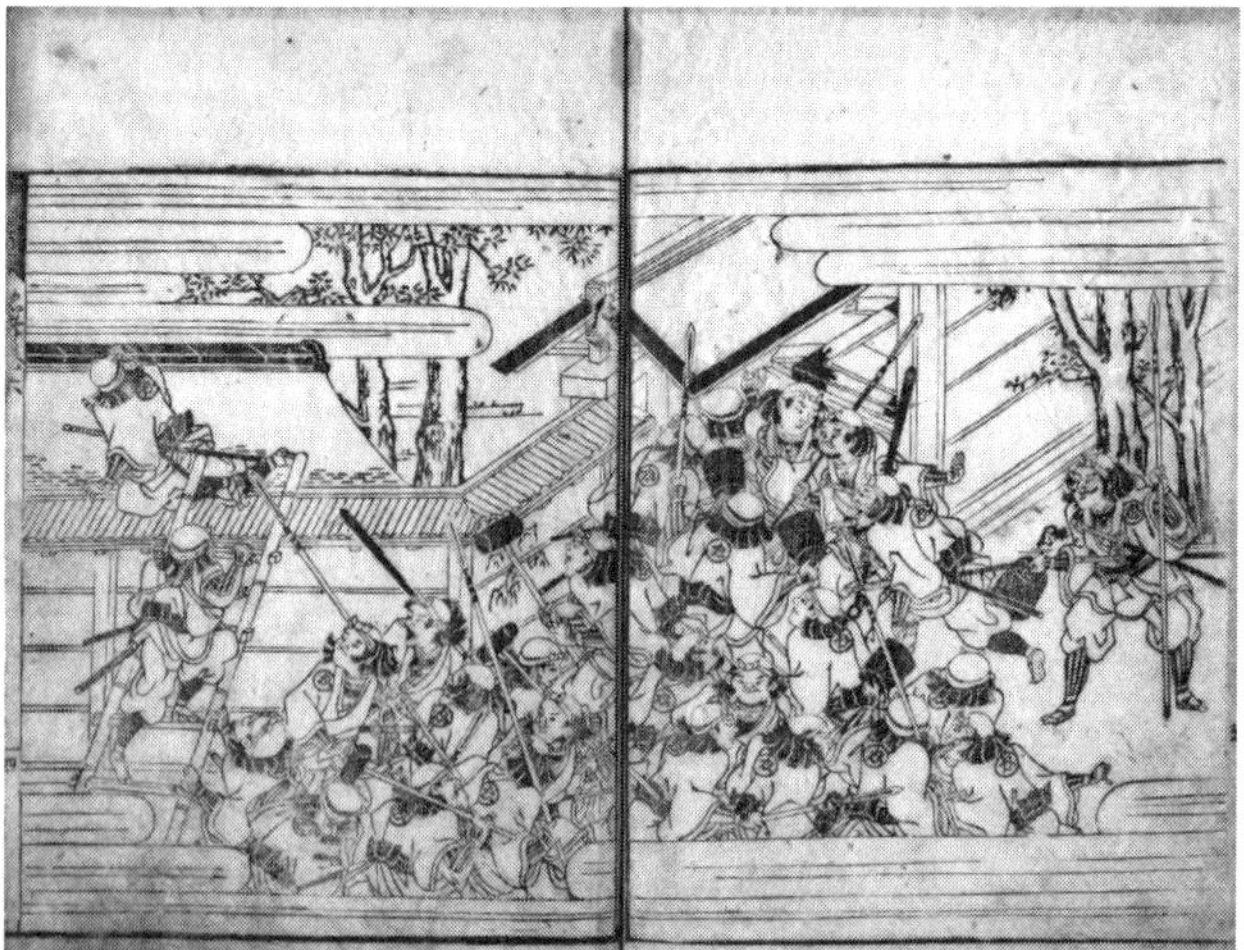

【図 2】『忠臣略太平記』（早稲田大学図書館）

の対抗が契機として存在することが窺えた。その意味で其磧時代物は、異質本の招来した副産物であったと言えそうである。*1

と述べる。対抗意識が、『当流曽我高名松』と同じ〈曽我もの〉・時代物への変更の契機になり、そこから時代物浮世草子が本格的に執筆されていく、という見取り図は肯《うがな》えるものである。そう考えるなら、その対抗意識が鮮明になる契機となった『けいせい伝受紙子』に、既に時代物浮世草子と通底する方法が見られるのは、果たして偶然なのであろうか。時代物に鮮明に舵を切る前の、其磧時代物構想期における習作として、『けいせい伝受紙子』『忠臣略太平記』は再評価できると考える。

注

＊1 「正徳三年前後の其磧と八文字屋——時代物の成立と谷村清兵衛・中島又兵衛」（『国語と国文学』九五四号、二〇〇三・五）

第二章

其磧と演劇

——時代物浮世草子を考えるために

江島其磧《えじまきせき》の時代物浮世草子を考えるためには、当然のことではあるが、同時代の歌舞伎や浄瑠璃との関係を考えねばならない。もともと、「時代物」、「世話物」というカテゴリーが演劇のそれを踏襲したものであることは明白であり、また、役者評判記の当代きっての書き手が江島其磧であることも異論はないであろう。この点から、其磧の時代物浮世草子を考えるには、まず当代演劇との関係を圏外に置いては考えられない。

その際に忘れてはならないことは、当代の演劇をあえて分類するとその大半が「時代物」となることである。すなわち、時代物浮世草子と当代の演劇とはきわめて肌合いが近い。其磧は演劇通である、ということは、其磧はこれらの演劇を作品に利用した、もしくは無意識のうちに影響を受けていたということを念頭に、其磧を論じなければならないということである。

この「利用」という語は、正確にいえば二つの言葉に置き換えられる。一つは「剽窃《ひょうせつ》」、もう一つは佐伯孝弘氏に倣えば「原拠逆転の趣向」[*1]である。其磧の同時代演劇利用を「剽窃」と捉える姿勢は、例えば長谷川強氏が、

浄瑠璃による方が人気に乗じ得ることともに、構成という点では浄瑠璃の方が緊密かつ複雑であり、歌舞伎利用の場合よりずつと苦心少くして浮世草子五巻を支へる構成を借りて来る事が出来る。[*2]

と述べるようなものである。

一方、「原拠逆転の趣向」というのは、其磧における西鶴の文章利用について佐伯氏が述べる、

西鶴をその文辞を記憶に残す程精読している一部の読者に対してはその展開予想を覆して見せ、同時に西鶴

の文や想の魅力を借りることで新たな読者をも開拓する。

という「西鶴ずらし」と呼ぶ趣向である。この手法については夙《つと》に長谷川氏が、時代物浮世草子について其磧の時代物は、書名や序によって何の演目に拠るかを読者に明示しながら、実は全体の構成や個々の趣向の上に相当自由な変改を行っており、そこにこそ「作者其磧の手腕のみせ所」があった。

と述べている点と重なるだろう。また、神谷勝広氏は正徳期以降の其磧の作品における中国故事利用について、同様の指摘をされている。[*3]

この「原拠逆転の趣向」という考え方は、其磧の時代物浮世草子にもあてはまるのではないだろうか。其磧は、典拠とされる演劇作品を熟知しながら浮世草子を読む「読み巧者の読者」(上の読者)と、典拠を含めた演劇に通じていない「初心な読者」(下の読者)の両方を相手にしたプロ作家なのである。演劇作品を「原拠」と捉えるなら、其磧の時代物浮世草子と演劇との関係は、単なる「剽窃」や「利用」という現象の指摘にとどまるだけではないだろう。本章では「浄瑠璃ずらし」とも呼ぶべき「原拠逆転の趣向」を意識して時代物浮世草子を考察してみたい。

*1 『江島其磧と気質物』(若草書房、二〇〇四)
*2 『浮世草子の研究』(桜楓社、一九六九)
*3 『近世文学と和製類書』(若草書房、一九九九)

第一節　其磧《きせき》と荻野八重桐《おぎのやえぎり》

――『風流七小町《ふりゅうななこまち》』『桜曽我女時宗《さくらそがおんなときむね》』『女将門七人化粧《おんなまさかどしちにんけしょう》』を中心に――

はじめに

荻野八重桐は、元禄歌舞伎後期を代表する女形であり、座本《ざもと》としても活躍した役者である。*1 江島其磧が、時代物浮世草子を執筆したのは、八重桐が活躍した時代とほぼ重なっている。実際其磧は、八重桐が演じた歌舞伎を基に、『風流七小町』（享保七年〈一七二二〉九月刊）『桜曽我女時宗』（享保八年正月刊）『女将門七人化粧』（享保十二年正月刊）を書いている。そこで、本節ではこの三作を中心に、其磧と八重桐の関係について考えることで、時代物浮世草子の性格の一端を明らかにしたい。

一、『風流七小町』と「けいせい七小町《ななこまち》」

『風流七小町』は、大本五冊で刊行された浮世草子である。梗概を挙げる。

文徳《もんとく》天皇が亡くなり、惟高惟仁《これたかこれひと》親王が争う。位定めの競馬において、染殿《そめどの》の后は紀僧正《きのそうじょう》に色仕掛けで失敗させる。負けた惟高親王は出羽郡司良実の領地・小野の里へ隠棲。染殿の后に恋慕した紀僧正は、大伴黒主《おおとものくろぬし》を呼び、謀反を持ちかける。賛同した黒主は伴善男など仲間を集め夜討ちし、惟高親王は小野の天皇として即位。しかし、三種の神宝が行方不明になっていることが判明する。

一方、小野の姉娘・小町御前は、言い寄る多くの男の中から九十九夜通った深草少将と盃をかわし、三種の神宝を預ける。その後、継母の讒言《ざんげん》で、九条のけいせい町へ捨てられるものの、けいせいの稽古をして揚屋に通う。その揚屋の内儀あぐりは、染殿后をかくまっている。そこに、元夫軍左《ぐんざ》衛門《えもん》が来る。彼は、紀僧正に命を助けられた恩があり、染殿后か深草少将を探し出せ、と言われ悩むところへ、少将が来る。少将は切腹し、首を与える代わりに軍左衛門に味方を頼む。軍左衛門が、名虎を討ち僧形にすると、名虎は天狗となって飛び去る。惟高親王は、母の遺言によって、孝養のために悪と知りつつ帝位を簒奪《さんだつ》したと述べ、出家の意志を示す。「代わりに王になってやる」と冠を取ろうとした大伴黒主は捕まり、流刑になる。

本作が、同年九月に京都、八重桐座で上演された歌舞伎「けいせい七小町」をもとにしていることは、既に指摘されてきた。[*2]『古今和歌集《こきんわかしゅう》』の仮名序をもじった序文に、

小野小町は、（中略）古今あるまじき大夫職。全盛の有さまを。とりあつめて歌舞妓せしを。そのまま五巻

の草紙に綴りて。人の心を慰るものならし

とあるところからも、歌舞伎をもとにしていることは一見明白であるように[*3]思われる。ただ、先述のように、それが単に「歌舞妓（「けいせい七小町」）」を「そのまま」「草紙（『風流七小町』）」に「綴」ったものなかどうか、それともいわゆる読者の広がりによる階層化を想定した其磧の「腕の見せどころ」があるのかを実は検討しなければならないのである。そこで注目されるのが八重桐という役者である。

この「けいせい七小町」については、『歌舞伎年表』に、「享保七年秋、京、八重桐座「けいせい七小町」。行平（百人一首[*4]）、七小町の七変化（座元　八重桐）」とあり、八重桐が七小町を演じたことに触れている。八重桐は、享保元年にも小町物である「大錺物見車《おおかざりものみぐるま》」において、「通小町《かよいこまち》」「卒塔婆小町《そとばこまち》」「関寺小町《せきでらこまち》」を演じたらしい。その演技がここでも生かされたことと考えれば、おそらく、能の「通小町」「卒塔婆小町」「鸚鵡小町《おうむこまち》」「草紙洗小町《そうしあらいこまち》」「関寺小町」に、小町の雨乞い説話や、玉造小町をモチーフにした場面が付加されていたことと想像できる。また、七変化については、前年の「女将門七人化粧」の好評をもとに、考えられたものであったとも考えられる。八重桐という役者なしにはまずは考えられない演目であったと思われる。

しかし、「けいせい七小町」の内容についての記述は、役者評判記にはほとんど見つからない。享保八年正月刊『役者春空酒《やくしゃとそのさけ》』（京）の立役の部で、上々に評されている、百人首源三良《げんざぶろう》の条に、

去秋けいせい七小町に。ゆき平となれり。かんふりしやうぞくにて。あげやにて　女郎とのくぜつ。和歌の心を持て。枕ことばでのくぜつ。近年の当り

とする記述と、八重桐の七変化の芸への言及程度である。その上、これら現在確認できる「けいせい七小町」の描写は、『風流七小町』には見当たらない。

まず大きな問題として、「けいせい七小町」に登場したと確認できる「行平」という人物は『風流七小町』には登場しない。揚屋で女郎と接する男は、「鬼塚官四郎」という紀名虎《きのなとら》側の侍に設定されているのみである。「官四郎」は、和歌の素養などないような無骨な男であり、その台詞などに特に工夫は見られない。当代の侍であるため、挿絵も大小を腰に指した羽織姿であり、冠装束をつけてもいない。また、八重桐が演じたという「七変化」も、『風流七小町』では特定できない。

ただ、小町が傾城になる筋書きを取り入れているところは、歌舞伎の廓場を利用したかと考えられる。「けいせい七小町」という外題からも、歌舞伎において小町と廓の場面が見せ場であったことは推測できる。その場面を『風流七小町』が取り入れたことは推測に難くないが、舞台の演出を特定できるものではない。

但し『風流七小町』後半部、小町が廓で生きる描写において、其磧作品によく見られる身売りの設定ではなく、継母との相克の結果、計略の結果の色好みから廓に出されるとしている点には、少しく注意すべきであろう。これは、元禄歌舞伎のお家狂言を男女逆にした設定であり、歌舞伎から採択した設定であろうかとは一応認めることができる。また、『風流七小町』の挿絵を見ると、割菱屋の内儀あぐりの着物の紋が、八重桐座の若女形、菊川喜太郎の紋と同じかと見える。ただ、それ以外の紋で役者と重なるものは無かった。つまり「けいせい七小町」と『風流七小町』には共通点が少ないのである。

それでは、なぜ其磧はそれほど共通点がないにも関わらず、わざわざ序文において歌舞伎から「そのまま」利用したと語るのであろうか。結論を先に言えば、この現象について本節では、『風流七小町』が「けいせい七小町」上演後すぐの刊行であることから、先に歌舞伎とは関係しない小町を主人公にした作品を其磧は完成させていて、その上に折から上演された歌舞伎の趣向を強引に当て込んだと考える。以下にその点を論じたい。

もともと、「けいせい七小町」が上演された理由には、翌享保八年が小野小町八百五十年忌に当たるため、その先取りの気持ちがあったのではないかと考えられる。実際、享保八年には、江戸で「和歌浦幼小町《わかのうらおさなこまち》」（中村座）、京都では「大和歌五穀色紙《やまとうたごこくのしきし》」（瀬川座）が演じられ、大当たりしたらしい[*5]。

また、享保七年正月刊『役者芸品定』（京・沢村長十郎条）では、「大伴黒主花見車《おおとものくろぬしはなみぐるま》」の評に、

> 顔うす赤くぬつて。大伴の黒主にて大あて。外につゞく兵もなく。通小町の段。狂言舞のしほらしさ。又外に似せ手もない上手芸。是から評判打かへでになつて。十月の仕舞しばゐ迄。御はんじやうお手がら。

と見える。この「大伴黒主花見車」は、それまで当たった作の出なかった沢村長十郎にとって最大のヒット作になったらしい[*6]。ここから、享保八年以前に、既に小町物の流行に近い素地もあったと考えられる。

このような小町物の流行の兆しがあったとすれば、其磧は「けいせい七小町」に先だって既に小町物の作品を書き上げていた可能性は十分にあるであろう。そこに、たまたま人気のある女形であった八重桐演じる「けいせい七小町」という歌舞伎作品が上演された。其磧は、すぐさま歌舞伎の趣向を書き加えたうえで刊行した。その思惑は当たり、『風流七小町』の売れ行きが良かったために、以後八重桐の人気に便乗する形で「桜曽我女時宗」（享保七年、京・八重桐座）や「女将門七人化粧」（享保六年、京・早雲座）といった八重桐を代表する舞台を浮世草子化

（享保七年八月刊『桜曽我女時宗』、享保十二年正月刊『女将門七人化粧』）したのではないか、という見取り図をまずは立てておきたい。

当時の八重桐の評価を見ると、享保五年十二月刊行かとされる『役者小評判《やくしゃこひょうばん》』（京・山下亀之丞条）に、「大当り思へば。八重桐殿ほどに名上給はんと思ひしに」とあって、売り出し中の若女方の役者が目指すべき対象として名前が出ている。『役者春空酒』（京）には若女形之部の巻頭、極上々吉にまで上り「今三ケ津にならぶ女形もなく何から何迄しのこさるゝ事なき大名人」と評されている。しかも、この『役者春空酒』は其磧作であるため、この八重桐の評価はそのまま其磧の八重桐に対する評価であったろう。当時最も人気と実力を兼ね備えた女形であり、人気を借りるにはふさわしい役者だったと言える。

また、『桜曽我女時宗』と『女将門七人化粧』が歌舞伎外題そのままを題名にしているのに対し、『風流七小町』だけは外題と異なる点も先の見取り図を補強するものである。「風流」には「やつす」というパロデイとも当世化への移しとも解釈しうる意味がある。ここでは、当然、傾城にやつすところから付けられた題名ではあるが、歌舞伎の外題を「やつし」たのだとする意識を読みとることもできるはずである。

つまり、『風流七小町』刊行時点では、そこまで八重桐そのものの人気に負うことを考えていなかったのではないだろうか。外題そのものを草紙の作品名とする必要性にまだ気づいていなかったと考えられる。単に歌舞伎作品を「やつし」たことだけで十分に効果があると把握していたのだろう。事実、『風流七小町』以前の時代物浮世草子を概観すれば、題名に特定の役者や座元名を入れることはなかった。そのため、われわれは下敷きにした舞台を特定できない。刊行前の数年間の舞台を探ってその趣向を探して「推量」しているに過ぎない。その「推量」は当代の読者、特に「下の読者」においても変わりはなかったであろう。しかし、『風流七小町』を境に、舞台が特定できるように明記されるようになっていくのは、『風流七小町』のヒットの結果だと考えられる。その意味で、当代演劇と其磧の作品との関係において『風流七小町』は重要な意味を有する作品だと捉え直されるべきであろう。

もともと、八重桐という女形は、立役もこなして評価が高い女形であった。[*7] 例えば、享保七年春に上演された「桜曽我女時宗」（京・八重桐座）は、曽我五郎を女形である八重桐が演じた、というのが眼目だったらしい。享保八年三月刊『役者随振舞《やくしゃうけぶるまい》』（江戸・市川團十郎条）に、

> 去年上がたにては桜曽我と申狂言に。市川団十郎と此人の名をかりて。五郎時宗で京にて八重桐。大坂にて万菊大あてをいたされたも。江戸の団十郎が風をまなんでするとの風聞

とあり、江戸風の荒事を標榜した役であったことがわかる。この曽我五郎の演技は、八重桐を代表するものとなり、

> おりふし曽我の五郎や。ひともしのあかづらをせらるゝ故。それできるみが有といふか（『役者随振舞』京・荻野八重桐条）

> 一とせあかづらの火とぼしをあてられてから。曽我の五郎の大当り是より女形の商売をわすれられて。山崎与次兵衛。村上彦四郎。ふた子角田川のやつこ。木津の勘介迄いたされ。むしやうにつよ気になつての立役（中略）此君立役を度々してあたらぬといふことなく（中略）曽我の五郎より外に。出来たとおもふ男役なし（享保九年正月刊『役者辰暦芸品定《やくしやたつごよみげいしなさだめ》』京・荻野八重桐条）

八重桐万菊などが。お姫さまのみそするやうなあらごとを。本あらごとゝと思ふか（享保十一年正月刊『役者正月詞《やくしゃしょうがつことば》』江戸・市川團十郎条）

桜曽我に五郎の役をして。あてられた（享保十一年正月刊『役者拳相撲《やくしゃけんずもう》』京・荻野八重桐条）

など、評価は相半ばしているものの、八重桐を語るときには欠かせない演目であったことがわかる。

また、『役者正月詞』（京・佐野川万菊条）に、「桜曽我」の演技について

去春二の替りのめいりしを。桜曽我をねぢて。花かいらげとかんばん出し友切丸のあらごとより。八重桐殿の上をのりこへ給ふ。いづれ色あつて。恋なら武道なら。当世女形の出来もの

と、八重桐と比較する記事が見える。享保十七年刊『役者春子満《やくしゃはるこま》』（京・荻野八重桐条）にも、

曽我の五郎をようない。万菊殿がかくべつよいとは。はらすぢな事をぬかす。万菊殿せられた庵木瓜の狂言は。すぐさま八重桐殿のなされた。桜曽我のなをしもの。此君の五郎をうつしてあてられたれば。此君の形のお影

とあるように、「桜曽我」は、八重桐とほぼ同時期に活躍した女形である佐野川万菊を語る上でも欠かせない役柄になったようである。八重桐の成功を受け、女形がする荒事の役として一定の評価を受けていたと言える。

八重桐は、享保頃には既にけいせい事よりも立役めいた女形であることを特徴にしていた。それは、八重桐そのもののイメージにも重なっていたことだろう。『風流七小町』は、小町を時代物のお姫様らしい受身の女性ではなく、自分で策を立て行動していく女性に描いていく。「男まさりの忠義の段」（巻二―一）とあるように、男顔負けの謀略知略と、その気丈な女性像に八重桐のイメージは重ねやすい。その点が『風流七小町』における小町との共通イメージに通じ、「けいせい七小町」を当て込むことを考えたものと思われる。

二、『風流七小町』について

ここで改めて『風流七小町』について、内容を確認しておきたい。

『風流七小町』は、〈惟高惟仁親王御位諍〉の世界を基盤に、六歌仙の名前を取った登場人物に、歌舞伎「鳴《なる》神《かみ》」に通じる趣向や、能「通小町」「卒塔婆小町」などの演劇作品の趣向を重ねている。七小町の趣向としては、巻二―一「夫婦の盃引うけて頼るゝ真の志」で、深草少将が百夜小町に通う設定に「通小町」、巻四―一「指当つて頭をかいた一札の文言」に「玉造といふ所は。元来軍左衛門出生の地なれば。爰に尺寸の地をもとめて。茅屋をしつらひ。染殿后小町御前をかくまひ。月日をくりければ。後には所の名を付て。玉造小町といひしも此因縁とかや」とある「玉造小町」、巻四―二「女夫の中は節のない細工浄瑠璃」で、深草少将が兵を集め小町の元に戻った時、小町が周囲をごまかすために卒塔婆が見えるとする場面に「卒塔婆小町」、巻四―三「器量は大名道具無疵の妹に姉の折紙」で、あぐりが大伴黒主の冠装束を付けて黒主の言葉を代弁する箇所に「鸚鵡小町」が利用されている[*8]。しかし、それらは詞章の細かい利用が主ではなく、あくまで共通する世界や、趣向に留まる。

そのまま下敷きにした作品があるわけではない。

次に、先述した通り、序文に明記してあるにも関わらず、歌舞伎「けいせい七小町」との共通点を現在はほぼ確認できないことを踏まえ、演劇作以外からの影響を見ておきたい。

ここで、未練《みれん》作と推定されている八文字屋本『女男伊勢風流《いんよういせふうりゅう》』（正徳四年〈一七一四〉正月刊行、横本三巻合一冊）と比較してみる。[*9]『女男伊勢風流』は、横本形態からもわかるように、好色物浮世草子に分類される。『伊勢物語《いせものがたり》』を材にして、主人公在原業平の女性遍歴をもじった作である。この作品の巻二―三「恥の書きあきを読売の哥争」以降には、小野小町、大伴黒主、四位少将が登場する。能「草紙洗小町」の後日譚の様相で、小町に恋慕するが相手にされない大友黒主と、黒主に謀られ小町に懸想する少将が描かれる。小野小町に対して、大伴黒主が悪役で登場するのは、浮世草子でも小町物の常套設定となっているといえる。ここで、文屋康秀の饗応によって花見する小町は、業平へ手紙を数多く送るのに返事がない、と嘆く。この、もともとは数多く恋文をもらった小町を、逆に恋文を出す設定にするのは、『風流七小町』と通じる。『風流七小町』の小町は、本当の色好みではなく計略であるとするところに、其磧の工夫がある。

また、巻二―四「隠し妻の心底は無疵の玉津嶋」では、業平の行方を占う「東寺の真雅僧都」が登場する。「空海の御弟子」である点も、『風流七小町』の「柿本の紀僧正真済と申は。東寺の一の長者。弘法大師の御弟子」と重なる。

続編『愛敬昔色好《あいきょうむかしおとこ》』（正徳四年三月刊、横本三巻三冊）では、小町が柴屋町に遊女に売られる描写がある。ここでは、大伴黒主に騙されて身売りをするが、『風流七小町』では、継母との確執の結果、としており、下敷きにあるお家騒動を髣髴とさせる。この『風流七小町』の設定には、歌舞伎からの影響が推測され得ることは先述した。また、『愛敬昔色好』巻下―一「揚詰は百夜のやつれ姿」では、百夜通う深草少将に、揚屋「かぎやのみせ」先に「女郎四五人あつまり」酒を勧める場面がある。ここも、『風流七小町』巻三―一「俄な身請は女郎も呑込ぬ腰掛酒」の場面と重なっている。また、『風流七小町』では、染殿后が紀僧正に色仕掛けを行ったが、『愛敬昔色好』では、染殿后の法事の時に、従姉妹である二条の后に善祐上人が恋慕し駆落ちする。

以上のように、重なる設定が多く見られ、其磧が先行浮世草子からも多くを得ていたことが確認できる。また、軍記物語からも多く表現を取っており、特に『太平記』からの利用が多い。これは、それまでの其磧の作に利用してきた知識を縦横に利用していると言える。[*10]

三、『桜曽我女時宗』と『女将門七人化粧』

ついで、八重桐関連舞台を浮世草子化したとされる他の二作『桜曽我女時宗』と『女将門七人化粧』の内容も見ておきたい。まず、『風流七小町』の再摺と同時に刊行された『桜曽我女時宗』である。序文に、

曽我兄弟の昔語。末代に伝へて称美し。さまざまに略し浄瑠璃歌舞伎の種となして。貧しき曽我の御かげにて。幾年か銭をもうける事ぞかし。孝行武勇は勿論。少将の夜の雨に。大磯の虎の尾は濡を含み。色盛成桜曽我の狂言を五冊となしぬ

と見えるように、曽我兄弟の敵討ちを主筋に、柾《まさき》の前（頼朝の娘）の恋模様及び悪七兵衛景清を脇筋に使用した

作品となっている。廓描写をふんだんに取り込み、雁金文七《かりがねぶんしち》の挿話を挟む点などに特徴がある。其磧は既に、享保六年正月刊『女曽我兄弟鑑《おんなそがきょうだいかがみ》』で曽我兄弟の敵討ちを題名に使うが、本作と共通する挿話などはない。

本作については、長谷川氏が、「歌舞伎狂言「桜曽我」による作であることを序に示している」と指摘し、歌舞伎「桜曽我」は「多分其磧作と同外題（桜曽我女時宗――引用者注）であらうか」[*11]と推測している。従うべきであろう。享保七年には、長谷川氏が指摘する八重桐の舞台の他、曽我ものが三都で次々と演じられていた。[*12]それらは好評だったようで、『役者正月詞』（江戸・市川團十郎条）に、

京大坂で此人の名をかり。藝を似せてさへ大入をとつたとは。定て京で八重桐殿のせられし桜曽我の事で有べし。其桜曽我は気をかへて。江戸勘三郎座狂言躰とかんばん出し、役者替名を江戸京の役人三通りに書て。表付のもやうをめづらしうしたもので。こりや太夫本の思ひ付て気をかへた一種での大入。八重桐殿や大坂で万菊殿のいたされたは。其まゝ上がた風を元にすへて。あら事をせられたによつて。大きにはねた

とあり、享保十五年正月刊『役者美男盡《やくしゃみおつくし》』（京・瀬川菊之丞条）には、

八重桐殿や。死なれた玉柏殿。其外上手の女形衆は。或時は顔を紅染にし。又は女のあいたてない泥仕相をし。立役半分。以てひらいて武道のつめあひ。あつはれよくいたさるゝによつて。三ケ津で間を合せて。手柄をしてわせた

とある。もともと曽我ものは人気のある狂言だが、特に注目が集まっていた時期であったと思われる。

この八重桐の「桜曽我女時宗」の舞台については、『役者春空酒』（京）に、

> 寅の春桜そがのすけつね大でき（染川六郎左衛門条）
> 去年桜そがでの少将で。評判出（上村吉彌条）

などと触れられている通り、大当りしたらしい。後年にも、金澤彦五郎について、

> 桜曽我ノ朝いな程の当り見へず（『役者遀振舞』京）

とあったり、染川六郎左衛門について、

> あわれ桜曽我の。すけつね程のお役が見たい〱（享保九年三月刊『役者三友会《やくしゃみつどもえ》』京）
> 去比京都八重桐座の御勤じふん。桜曽我祐経の役。大ふん出来ました。（中略）どふぞ桜そが祐経のやう成芸見とふ存る（享保十二年正月刊『役者袖香炉《やくしゃそでごうろ》』大坂）

と見え、八重桐以外の役者にも、当たり役の多い舞台だったことが分かる。

先述したように、八重桐にとっても五郎役は当たり役になり、享保七年以降も度々上演している。評判記にも、

其時（去春――引用者注）八重桐殿の方には。古い桜曽我を出し。…八重桐が五郎がよいとの評判（『役者正月詞』京・佐野川万菊条）

去盆狂言の曽我の五郎はよいと申たけれど。さりとはようござらなんだ（『役者春子満』京・荻野八重桐条）

桜曽我女時宗は。是八重殿の金蔵。いづかたにても大あたり。てりふりなしに。五十日間鼠木戸はゑいとう〳〵。舞台へは見物を。もり上ての大入〳〵五郎と二の宮の姉との二役のふきかへ。ずいぶんはやし見ごと〳〵。（享保二十年正月刊『役者初子読』奥尾張役者の評判・荻野八重桐条）

などの記述が見られる。「桜曽我女時宗」は八重桐の代表作であり、興行的にも一定の集客を見込める作だったことがわかる。

さて、『桜曽我女時宗』に直接影響したとされる、享保七年に上演された舞台の内容を詳細に知ることはできない。但し、八重桐が五郎役を勤めたことは確かである。先述した評判記から、二役を早替えしたこともあったことがわかるが、少なくとも五郎は演じていたと思われる。この五郎について、享保十三年三月刊『役者遊見始《やくしゃゆみはじめ》』（京・瀬川菊之丞条）に、

五郎や助八やなどは。万菊殿計か。女形の名人と。ほまれをたてられた。八重桐殿が仕初られて。女形の顔を紅でぬることがはじまつた

とあり、女形が立役の化粧を施したことが衝撃的だったことが窺える。『桜曽我女時宗』では、

けはひ坂の少将御難儀をすくはんため。紅粉にて顔を赤くなし。御床にかざり有たる鎧を取て着し。五郎時宗と名乗て出しも。五郎様の御不孝をゆるしてもらひましたさに。命を捨てて出たり。（巻三—三）

と、少将が紅を塗って五郎に化ける描写がある。本来、男の扮装をするのに「紅粉にて顔を赤くな」す、という行為はあり得ない。紅い化粧の立役が善側を表す、というのはあくまで舞台上の記号に過ぎないからである。そのため、この場面は、歌舞伎からの影響と考えられる、というより、歌舞伎舞台における八重桐を想定しない限りまったく面白みがない。

また、『桜曽我女時宗』では、五郎が雁金文七と名乗り廓で暴れる描写がある。これも、

火ともしのあかづら。五郎が雁金文七風は。女形の芸があまつて。気を替られた堪能の上の曲といふものじや（『役者春空酒』京・荻野八重桐条）

と見える、歌舞伎での見せ場の一つを取り込んだものであろう。ただ、

春曽我の老母役（中略）重井筒の時のやつし。手ぢやうちんさげて出て。文七の母のかく大出来（享保五年二月刊『役者三名物』江戸・袖岡政之助条）

曽我の時代に雁金文七。信田の時分に。おなつ清十郎をさしこみてするが。当流の作意といふものじや（『役者拳相撲』江戸・市川團十郎条）

とあるように、文七を曽我ものに取り入れた舞台は既にあったかと思われる。そのため、『桜曽我女時宗』の描写が「桜曽我」独自のものであったと断定するには慎重になる必要があるが、これらの描写が歌舞伎舞台から取り入れたものであることは間違いなく、読者にとって八重桐を想起させるものでもあったことも確かである。その他、傾城達が集められ塩汲みをしたり（巻一―一）芝居をする場面（巻二―一）など、舞台からの影響が推測できる描写も多い。

一方、歌舞伎「桜曽我」には、「だつたんぜんじ」（『役者春空酒』京・岡嶋元右衛門条）と、『桜曽我女時宗』には見えない名前も確認できる。また、後年上演された同外題の歌舞伎「桜曽我」の評判にも、「ゐづゝやのお花」「介経女房」「しんがいのあら次郎」などと見える名前は、やはり『桜曽我女時宗』には登場しない。以上から、『桜曽我女時宗』は、主筋自体はかなり歌舞伎舞台と近しい筋立てではなかったかと推測できるものの、「柾の前」などの脇筋は、其磧独自の設定だったと考えられる。

次に『女将門七人化粧』に移る。本作品は、平将門《たいらのまさかど》の妾、清洲とその娘が佞臣に対する復讐を果たすまでの話に、俵藤太《たわらのとうた》家のお家騒動を絡めた作品となっている。

芸盛と名にしおふ宮城野の萩の八重桐九重のみやこにて上手を尽せし当流女の風俗移りにけりないたづらの面影七人の粧ひから思ひ付た将門の娘とは相馬鰯の持たうまい仕組を五冊に綴りて狂言に実入のある俵藤太

の升掻八十八の寿命は永き春の慰草となす

と序文に八重桐の名前を出し、享保六年に京、早雲座で上演された歌舞伎「女将門」に拠ると謳う作品である。その他、長谷川氏が、「木曽梯女黒船」（享保十年盆替り、京・三保木座上演）、『前太平記』、近松門左衛門「関八州繋馬」からの趣向を指摘しているが、まずは八重桐の「女将門」を取り込んだ作品と言える。

「女将門」については、役者評判記における記述のみでは、その舞台内容までを明らかにすることはできない。『役者春空酒』（京・荻野八重桐条）に

去々年の女将門の七人芸。去秋の七小町の七変化は。皆女の事にてみぢんも男の形ちなし。其七人の女の風それくにうつり。水木が七ばけは磯な事。女花子のしこなし。ごせのいぎかたびくにの思ひ入。諸見物言語に絶し。又有ものではない

と評価されており、享保七年正月刊『役者芸品定』（京・荻野八重桐条）に

此君一人。三十三身に変じ給ひ。さまぐの芸づくしをせられし（中略）女正門七人げしやうの狂言に。将門娘になつての七人芸。時節あしく入かひなしといへども。評判は京中一はい。あれ程の名人とはしらなんだと。今にをいての称美。

とあるように、興行的に成功とは言えずとも、八重桐自体の評価は高い舞台だったらしい。しかし、これら評記に述べられている「女花子」「ごせ」「びくに」「将門娘になっての七人芸」を想起しうるような描写は、『女将門七人化粧』には見られない。

また、山東京伝に同名の黄表紙『神田利生王子神徳女将門七人化粧』（寛政四年〈一七九二〉刊）があるが、内容に重なるものはほとんど無い。「借用も趣向であったろう[*14]」との指摘もあるが、ここは「路考の七変化の所作を舞って開店を寿くところが眼目であれば、書名は偶然の一致であったのかも知れない[*15]」との指摘に従いたい。

以上のように、『桜曽我女時宗』と『女将門七人化粧』の二作とも、歌舞伎の詳細な内容を知ることは出来ない憾みは残るものの、少なくとも其磧が独自に加えたであろう趣向が多々存在することは確認できる。

いくら人気のあった舞台であっても、それをそのまま浮世草子化することはない。時代物浮世草子といっても、その執筆姿勢は単に舞台内容を字に起こすこととは似て非なるものであることは留意しなければならないだろう。そこに、作家としての其磧の姿勢が表れていると考える。

四、八重桐の空白と刊行年の差

さて、先述したように、『桜曽我女時宗』と『風流七小町』は、刊行の同年に上演された歌舞伎をかなり早く浮世草子に当て込んだものであった。しかし、『女将門七人化粧』だけは、歌舞伎の初演時と刊行年にずれがある。その上『女将門七人化粧』は、他二作の浮世草子とも四年の間が空いて刊行されている。その理由は何であろうか。自分の舞台が浮世草子として出版されることは、八重桐にとっても大きな宣伝効果があったことと考えられる。

特に、舞台上演後すぐの浮世草子であるならなおさらであろう。そう考えると、『桜曽我女時宗』と『風流七小町』刊行時の八重桐と其磧は、お互いに恩恵を十分受けうる状況だったと言えるだろう。しかし、『女将門七人化粧』については、そのような相互利益の関係は認められない。上演後時間を空けることによって受ける恩恵の理由が見当たらないからである。例えば『桜曽我女時宗』ならば、八重桐の代表作であるので、時間差があってもある程度は売れたと推測できる。しかし、『女将門七人化粧』は八重桐の芸の評価を高める契機になった作とはいえ、評判記を見る限り何年も語り草になるほどの舞台ではなかったようだ。一方で、享保八年正月に刊行された『役者春空酒』の京の部の巻末には、『女将門七人化粧』『桜曽我女時宗』『風流七小町』の広告が並んで載り、明白に三作をまとめて刊行する意思が確認できる。そう考えるならば、ここには其磧の思惑を読まざるをえないのではないだろうか。その思惑はやはり八重桐の動向や人気から探るべきであろう。

八重桐は、享保九年三月刊『役者三友会《やくしゃみつどもえ》』以後、享保十一年三月刊『役者拳相撲』まで、評判記から姿を消す。享保十年正月刊『役者美野雀《やくしゃみやすずめ》』（京・巻頭）には、布袋屋梅之丞の座元として名が見え、「一近日より顔見せ仕候故極番付ニ而有増ニ位を付爰ニ印」とあるがそれ以上の記述はない。享保十一年正月刊『役者正月詞』（京）には、「若女　荻野八重桐　同断（お休み――引用者注）」とあった上で「名代ゑびすや吉郎兵衛座本藤岡大吉とかんばん上り有は休の衆お出ヲ待ます〳〵」と見える。それは、『役者拳相撲』（京・荻野八重桐条）に、

しばらくの内も。京地をはなし。大津さんがい迄しんぜましし…藤岡大吉殿の番付の一の筆。ヤレうれしやこちの八重さまがお帰りなされた。…待た所に大事の君が名を。北風に吹付ケさせて。正月が皆になれど。顔見せが出さふになかつた所に。三保木殿のしばゐへ御すけなさるゝ

と、八重桐が京に落ちつかなかった近年を述べている箇所からも裏づけできる。

八重桐が休んだ理由については、今回の舞台が昔と同じものであることへの批判に対し、

今度は御つむりの御腫物いたみ、御なやみにつき取あへず（『役者拳相撲』京・荻野八重桐条）

との擁護がある。頭に腫瘍ができたことで体調不調だったのでは、と推察できるが、どの程度深刻なものであったかは不明である。その後も、享保十三年三月刊『役者遊見始』（大坂・荻野八重桐条）に、

近年京大坂で半年と。出つづけられたしばゐがなく、去春は桜橋のしばゐで。かるい座組の太夫本して。間もなくしまはれ。伊勢へ下られ。勢州て大あてせられたげなれど。それが手がらとは思はれぬ

とあり、享保十六年正月刊『役者若見取《やくしゃわかみどり》』（京・荻野八重桐条）には、

今三ケ津にま一人ともなきお名人を。尻のすはつたしばゐへ御縁もむすばれず。或は伊勢又は南部。さなければしゞめ川辺の。辺土しばゐへありつけらるゝ。

などと見えるように、当たりがなく地方を回り、評判記にも出ない年が続いていく。このように、八重桐の人気

は、享保九年頃から徐々に絶頂期から落ちてきた時期であったといえる。この八重桐の人気の陰りを其磧の商才はいかに捉えていたのであろうか。

其磧は、八重桐の人気の下降を意識する一方で、

都などでは。諸見物がひいきいたして。よい座ぐみへはひられ。せめて一年とつくりと。顔見せて下されかしとの。心願かけられるるほどに。おもはれてござる君（『役者遊見始』大坂・荻野八重桐条）

とあるように、昔からの贔屓はまだ根強く存在していたことを知っていた。

ここから鑑みれば、其磧は『風流七小町』『桜曽我女時宗』の後、『女将門七人化粧』を続けて刊行しようとはしたが、八重桐が休んだり京都にいなかったことから、舞台に戻る時を狙って刊行するつもりで待っていたのではないか、と考えるのが順当であろう。『風流七小町』の享保八年再摺には、『女将門七人化粧』を二月から出すとの予告があり、『役者春空酒』の広告に三作並んでいたことからも、この三作は八重桐の人気を当て込んだ作品である。まとめて次々に刊行した方が売れ行きが伸びたであろうことは想像に難くない。しかし、当の八重桐はなかなか京に戻れず、ヒット作もなかったので、其磧側としては八重桐を待つことに見切りを付けた末での刊行時期になったのではないだろうか。そこに其磧の「職業作家」という冷徹な眼が潜んでいるのである。

奇しくも、其磧の処女浮世草子作である『けいせい色三味線』が刊行されたのは、八重桐が初めて役者評判記に位付けされた、同じ元禄十四年（一七〇一）であった。それぞれの分野で頂点に上り詰めた軌跡が重なるのは、二人ともに時代の空気を体現した人間であったからだろう。其磧は『女将門七人化粧』以後、序文に歌舞伎外題

名そのままを謳わなくなっていく。これについては、歌舞伎に比して浄瑠璃の人気が高かったことや丸本の存在から、浄瑠璃作品に傾斜していく、との指摘がある。[*16]しかし、次節で触れる通り、本作以降の時代物浮世草子が、歌舞伎を切り捨て浄瑠璃だけからの影響で成っていくとは言い難いし、浄瑠璃の内容そのままを流用する作品も無い。それを踏まえれば、本作以降は、特定の舞台を思い浮かべられる要素を最小化して行くと言った方が近い。そこには、八重桐と彼以外の役者に対する距離感の違いが垣間見える。ある意味では八重桐ファン、ある意味では冷徹な職業作家の其磧の姿を浮かび上がらせるように思う。

『女将門七人化粧』が、京にいない八重桐に対する後方支援のような気持ちでの刊行だったとすれば、その後京都にほとんど戻れず、評判記の記述もお情けのようになっていく八重桐に、「殉じた[*17]」と見える程度には、其磧は八重桐に対して共感を持っていたようにも思うのである。

おわりに

八重桐と其磧の間に、一役者に対する関係以上のものがあったのだろうか。長谷川氏が「見巧者[*18]」とし、あれほど多くの役者評判記を執筆してきた其磧には、役者の知人もいたことと推測はできる。享保五年刊の浮世草子『役者色仕組《やくしゃいろしぐみ》』（八文字屋江島屋相板）では、役者替名に当時の三都の有名役者達の名前を利用もしている（但し、ここに八重桐の名前は無い）。しかし、『風流七小町』を取り上げた結果、八重桐という役者は其磧にとって特別な位置にまで持ち上げられたようである。そのことは其磧の時代物浮世草子を考えるに際し、以下の視点を与えてくれるのではなかろうか。

第一は、『風流七小町』を境として特定の役者や舞台の人気を借りる作品が生まれたことである。これは、従来時代物浮世草子は一くくりに考えられてきたものを、『風流七小町』以前と以後で切断して考えるべきだという文学史への提言でもある。その際に重要なことは、役者や舞台の人気を「利用」することは、単に「剽窃」という安易な執筆に流れたと短絡的に処理するのではなく、利用するだけの人気があった役者がいた時代であったことを重要視しなければならない、ということである。それは、西鶴が個々の役者を取り上げた作品を数多く残しているのに対し、其磧がそうではないことへの理由の一つと考えられる。いい意味でも悪い意味でも其磧の方が役者に対しては純愛ありと認められるものである。

第二に、従来、歌舞伎人気が低迷して浄瑠璃人気が興隆する時代的な要因を重んじすぎることにより、典拠とされる作品が歌舞伎から浄瑠璃に移る理由を、さしたる考証もなく軽く処理されてきたという研究上の問題がある。しかし、予告よりかなり時を経て刊行された『女将門七人化粧』という作品はその従来の解釈に一つの考証の材料を有していると思われる。この作品は、其磧が歌舞伎からでなく浄瑠璃に材を取るちょうどその分岐点に当たる作である。そして、八重桐という役者の動向にかたや贔屓として、かたや職業作家としてアンビバレンツな姿勢を見せる作品である。八重桐の舞台を浮世草子化してきた路線が、八重桐の人気が下降するのと重なって一つの終わりを迎え、新しい路線の開拓が必要になる。其磧は、その新路線を、浄瑠璃を含めたより演劇全般から利用できる手法に見つけていったのだと言えよう。

次節では、浄瑠璃作品と其磧との関わりについて論を展開していきたいと思う。

注

＊1　萩野八重桐とも称したが、本論の表記は荻野に統一した。風来山人作『根南志具佐』（宝暦十三年刊）に見られる溺死した八重桐は二代目である。その他、伊原敏郎氏『日本演劇史』（クレス出版、一九九六）、井上伸子氏「初代萩野八重桐とその時代の女方――付、上演年譜」（『近世文芸』三五号、一九八一・十二）、同氏「『嫗山姥』――金時出生譚と萩野八重桐」（『国文学　解釈と教材の研究』六八三号、二〇〇二・五）を参照した。

＊2　長谷川強氏は、「注目すべき事は（中略）ともにその座元が荻野八重桐である狂言をとり上げ、「七小町」序には八重桐をにほはせ、「七人化粧」序においてははつきりと八重桐の名をあげてゐる事である。これは前にあげた享保五六年前後の作に比べて一層歌舞伎の人気を積極的に利用しようといふ姿勢を示してゐるものと考へられる。」（『浮世草子の研究』桜楓社、一九六九）と指摘し、「享保七年九月刊行後、わずか三ヶ月で、本文などの修訂なく、序の年月を補い、刊記年月を改めて再刊に及んだ理由は明らかではない。（中略）享保七年秋、京都布袋屋座で荻野八重桐の座元で「けいせい七小町」を上演している。本書は、後年八文字屋の蔵板目録に掲げられていない。何らかの八重桐との間のもつれが介在したかとも考えられる。」（『八文字屋本全集』解題、汲古書院）とも指摘している。また、篠原進氏は、「先行歌舞伎「けいせい七小町」にヒントを得て「大伴黒主花見車」や浄瑠璃「惟高惟仁親王位諍」などの〈世界〉と自在に絡ませ、独特の『七小町』ものを造形していったのが『風流七小町』であった。」（「抗争後の其磧」『弘前学院大学・弘前学院短期大学紀要』二一号、一九八五・三）と指摘し、「八重桐の下降期と其磧浮世草子の空白期とが重なることである。（中略）八重桐のいわくとは何か。（中略）八重桐に対して当局が警告するようなことがあったのではないか」（「絵島事件以後と其磧」『弘前学院大学・弘前学院短期大学紀要』二二号、一九八六・三）と推測している。

＊3　しかし、歌舞伎そのままを文章化したわけではないことは時代物浮世草子の基本姿勢であるとの指摘が、長谷川強氏『浮世草子の研究』等に、既にある。

＊4　ここは、百人首と同一人物。

＊5　『歌舞伎年表』に「小野小町八百五十年忌の狂言にて浄瑠璃の改作なり」とあり、『役者随振舞』（享保八年三月刊）にも「小町八百五十年忌は瀬川座三の替　是十年以前午ノ初狂言万大夫座で、五こくの色紙といふげだいにて大当の狂言。又此度大当りゆへほうび評判申まする」とある。

＊6　篠原進氏「抗争後の其磧」（『弘前学院大学・弘前学院短期大学紀要』二一号、一九八五・三）にも、触れられている。

＊7　井上伸子氏「初代萩野八重桐とその時代の女方――付、上演年譜」（『近世文芸』三五号、一九八一・十二）に指摘されている。

＊8　「通小町」「卒塔婆小町」「玉造小町」は、前掲注6論文にも指摘されている。

＊9　前掲注6論文にも触れられている。以下、【付録1】に典拠を挙げておく。

【付録1】『風流七小町』典拠・影響関係一覧

巻	『風流七小町』	典拠など
一―一	山獺といふ獣は。女気をかぎて命をかへりみず	『和漢三才図会』など
	一角といへる仙人女に心をよせ。通力自在を失へり。	『太平記』三七など

	志賀寺の上人は…京極の御息所に恋慕して御手のちぎりにうき名をながし。	『太平記』三七など
	花山の法皇十善の御位をふりすて御遁世ありしだに。めのとの中務といへる女房に墜給ひにき	『栄華物語』四
	鬼神といはるゝ武き人	『古今和歌集』仮名序
	肝胆をくだき	『太平記』『保元物語』『平家物語』
	唐土斉の国のみだれ。…管仲・鮑叔	『太平記』二八を踏まえるか
	一たびかへりみれば国をかたふけ。二たびかへりみれば城をかたふく	『浮世物語』五
	眉ずみの色は遠山の茂き匂ひをほどこし	『浮世物語』六「黛の色は遠山の緑の木末に異ならず」
一―二	不動の利剣は煩悩の敵を断ずる刃の先	『沙石集』二「不動の剣」
	毒喰はば皿ねぶれ	諺。『愛敬昔色好』『風流宇治頼政』三―一など
	巫山の神女雲と成し夢のおもかげ。玉妃大真殿を出し春の媚を残せり。たゞ容色嬋娟の世にすぐれたるのみならず。衣通姫のながれを汲で。哥の道に妙なり	『太平記』十五「巫山の神女雲と成し夢のおもかげ。玉妃大真殿を出し春の媚を残せり。たゞ容色嬋娟の世にすぐれたるのみならず。小野小町が弄びし道を学び」
	衣通姫のながれを汲で。哥の道に妙なり	『古今和歌集』仮名序
一―三	小野姫が采女を切ろうとする兄の前に立ちふさがって庇う	『風流宇治頼政』一―二「たつたの前が源之丞を切ろうとする兄の前に立ち庇う」
	親に似ぬ子は鬼子	諺。『毛吹草』『諺苑』
	針ほどな事を棒	諺。『諺苑』

二―一	彼業平が玉津嶋にて法楽の舞ありし	『愛敬昔色好』
	〈深草の四位の少将の百夜通い〉約束の車の榻にきざをつけて帰らん	能「通小町」
二―三	貞女両夫にまみえず	諺。『平家物語』九、『義経記』二
	千日に苅たるかや一時に亡	諺。『毛吹草』『諺苑』
三―二	牝鶏旦する時は。色宿かならず繁盛する	『役者懐相性』京「牝鶏旦する時は。色宿かならず繁盛する」、『風流宇治頼政』四―一「牝鶏朝する時は。必ず」
	朝夕の煙さへほそぐ	『傾城禁短気』三―一
	わが身つめつて人のいたさをしれ	諺。『毛吹草』
三―三	身は浮草をさそふ水の。ながれにしづむ浮世かな	小町和歌「詫びぬれば身をうき草の根を絶えて誘ふ水あらばいなむとぞ思ふ」を踏まえる。
	翡翠の笄はあだと嬋娟にして。楊柳の春の風になびくがごとし。	能「卒塔婆小町」
	天上の五衰人間の一炊。たゞ夢とのみあきらめゐれば	『太平記』三「天上の五衰人間の一炊。たゞ夢とのみはかなければ」
四―一	肺肝をなやませし	『太平記』頻出
四―二	三人よれば文殊の知恵	諺。『毛吹草』
	おふた子よりも抱た子	諺。『毛吹草』
	提婆が悪も観音の慈悲…槃特が愚痴も文殊の知恵	能「卒塔婆小町」。元々は諺。『毛吹草』
四―三	兄弟は左右の手のごとし	諺。『愛敬昔色好』
	法師がにくければ袈裟までにくい	諺。『毛吹草』

五―一	虎とのみ用ひら礼（れ）しはむかしにて。今は鼠のあなう世の中	『増鏡』中・七
	四恩とは第一に国王の恩。第二に国土の恩。第三に父母の恩。第四に衆生の恩。	仏教語。『太平記』『日本霊異記』など
五―三	君が代は千代に八千代にさゝれ石のいはほと成てこけのむすまで	『拾玉和歌集』『曽我物語』六

*10　其磧は既に『太平記』の世界を借りた『忠臣略太平記』等多く刊行していた。

*11　『女曽我兄弟鑑』は、大内義隆への下克上を絡めた、姉妹の敵討ち譚で、内容は曽我ものと関連は無い。序文に「浄瑠璃の節をこめたる」とあり、長谷川氏は「姉妹の敵討ちを扱った浄瑠璃があつたやうであるが明かにし得ぬ。…敵の士馬渕外記左衛門は挿画に庵木瓜の紋を付けさせて」（注2書）いる、と述べた上で「けいせい八万日」（享保五年万太夫座二の替）の影響を推測している。管見では、享保四年春「福寿海近江源氏」（江戸・市村座）に姉妹の敵討ちが出ており、この姉妹がそれぞれ曽我の五郎と十郎役で狂言をした、との記述がある。内容と題名の齟齬を鑑みるに、この舞台の影響かとも思うが、曽我ものの歌舞伎はほぼ毎年上演されているため、特定し難く推測に留まる。

*12　「竹嶋座「桜曽我」五郎（十次郎）」「同年　大坂　嵐三右衛門座「桜曽我」五郎（萬菊）」（『歌舞伎年表』岩波書店）

*13　前掲注2書。

*14　森銑三氏『続黄表紙解題』（中央公論社、一九七四）

*15　『山東京伝全集　第三巻』（解題、ぺりかん社、二〇〇一）

*16　前掲注2書。

＊17　前掲注6論文。
＊18　前掲注2書。
※本文は、各役者評判記は『歌舞伎評判記集成』（岩波書店）、『女男伊勢風流』『風流七小町』『桜曽我女時宗』は『八文字屋本全集』（汲古書院）に拠る。傍線は全て私に付した。旧字などは私に直したものがある。

第二節　『安倍清明白狐玉《あべのせいめいびやっこのたま》』論
——浄瑠璃・歌舞伎における晴明ものの系譜として——

はじめに

江島其磧作『安倍清明白狐玉』（以下『白狐玉』と略す）は、享保十一年（一七二六）正月に刊行された五巻五冊の浮世草子であるが、従来あまり論じられてこなかった作品である。

長谷川強氏『浮世草子の研究』[*1]においても、序文を挙げた後、

『白狐玉』のよつた早雲座上演の芝居については明かでないが、他の三作品（『風流七小町』『桜曽我女時宗』『女将門七人化粧』——引用者注）は夫々歌舞伎狂言（中略）による作なる事を序に示してゐるのである。さうしてこの場合注目すべき事は『白狐玉』においては上演の座名までを示してをり、他の三作においてはともにその座本が荻野八重桐である狂言をとり上げ、「七小町」序には八重桐をにほはせ、『七人化粧』序においてははつきりと八重桐の名をあげてゐる事である。これは前にあげた享保五六年前後の作に比べて一層歌舞伎

の人気を積極的に利用しようといふ姿勢を示してゐるものと考へられる。

と触れられるのみの作品である。「歌舞伎の人気を積極的に利用した」作品でありながら、同様の趣向を持つ『風流七小町《ふうりゅうななこまち》』『桜曽我女時宗《さくらそがおんなときむね》』『女将門七人化粧《おんなまさかどしちにんけしょう》』と異なることを指摘されている。『風流七小町』『桜曽我女時宗』『女将門七人化粧』が八重桐との関係が顕著なのに対し、『白狐玉』が拠ったという京、早雲座の歌舞伎の委細は要検討ということになろう。

また、この『白狐玉』は安倍晴明の物語であることは明らかなので、渡辺守邦氏は「狐の子別れ文芸の系譜[*2]」において、〈信田妻物《しのだつまもの》〉の一系譜として、

狐の子清明の伝承を花山院の両后の争い譚に結びつける趣向は、間もなく歌舞伎にも持ち込まれたもののようである。享保十年ごろ、『日本霊場順礼の始り』という外題の歌舞伎が、京早雲芝居の舞台に上せられている。この狂言は台帳も伝わらず、評判記にも言及がなく、上演年時を明らかにしないが、浮世草子『安倍晴明白狐玉』（享保十一年刊）が、よくその内容を伝えている。

とした後[*3]、梗概を紹介し、

前半であるが、弘徽殿と乙鶴は対立する関係にないものの、平正盛と頼光の臣四天王とが后の位をめぐって争う設定を『花山院后諍』の変形と考えることは出来るであろう。そこに道満や清明がからむ。二人の行力

競べのあることが〈信田妻物〉に連なることを示すが、物語が後半に及ぶに至って、この事実はさらに明瞭になる。後半は吉備大臣の嫡孫、真備中納言家のお家騒動の形をとる。（中略）その後しかじかの事があり、蘭菊の犠牲によってお家安堵に至るのであるが、終末にいたって、蘭菊が、実は葛の葉を伯母に持つ大和十市郡の狐であって、人間界に貸し与えた霊玉を取り戻すため真備家に嫁入ったことが明かされる。蘭菊の名も、古浄瑠璃『しのだ妻』で葛の葉が正体を顕わす、あの印象的な場面に因むものであろう。本作の後半は『蘆屋道満大内鑑』以前の歌舞伎の〈信田妻物〉の傾向に従っている。

と述べる。つまり、其磧の浮世草子『白狐玉』をもって、内容不詳の京早雲座で上演された「日本霊場《にほんれいじょう》順礼の始《はじま》り」という外題の歌舞伎の梗概を推定されたものである。これは、古浄瑠璃から『蘆屋道満大内鑑《あしやどうまんおおうちかがみ》』への移行期作品の一として「日本霊場順礼の始り」を位置づけられたものと見ることができるが、ここに大きな陥穽がある。それは、『白狐玉』のみならず其磧の時代物浮世草子が歌舞伎をそのまま写した（移した）ものとの無意識の前提がある点である。果たして、『白狐玉』は歌舞伎「日本霊場順礼の始り」に何ら手を加えることなく、そのまま写したと断定してよいものであろうか。

原点に立ち返ってみれば、『白狐玉』の序文には、

櫓太鼓の音に鳥おどろかぬ…四季をりをりの替り狂言直に看版の題号日本霊場順礼の始り早雲芝居の仕組読本清明白狐玉五冊に編て

とあり、歌舞伎作品に拠ることが明記されてはいる。しかし、先述したように、この序文で名前を出す「日本霊場順礼の始り」という外題は、早雲座はもちろん、それ以外の座でも確認できていないのである。つまり『白狐玉』で序文に外題まで掲げられるにも拘わらず、その舞台が現在特定できない珍しい作品なのである。その意味では、まったく当たらなかった、すなわち人気のない作品であったと考えるのが自然であろう。その人気がなかったと見なされる作品をわざわざ序文で記しているのであるから、やはりそこに其磧の作為を探ることが専要ではなかろうか。

結論を先に述べるなら、『白狐玉』は「歌舞伎の人気を積極的に利用した」作品では決してない。逆に不人気の歌舞伎作品を上手に利用したという視点から作品論を展開すべきと考える。その際には当然ながら、他の作品利用の有無についても念頭に置かなければならないであろう。

本節では、其磧が演劇作品を浮世草子にどのように利用しているか、その制作姿勢を考える一助として、本作の位置を明らかにしてみたい。

一、『白狐玉』梗概

まず、梗概を巻ごとに挙げる。

【表1】『白狐玉』梗概

1	『豊葦原卜定記《とよあしはらぼくじょうき》』に拠ると「白狐の名珠を以って狐は神通力を得る」そうだ。渡部綱は九条色町に通い、馴染の遊女、乙鶴を身請けしようとしたが、平正盛に先を越される。①茨木童子の例に習い、姨の姿に化け二階座敷に入り、見張りの権藤太を殺すところに、四天王が諫言に来る。実は、綱は関白の命で、先日亡くなった天皇寵愛の弘徽殿女御に似た女を捜すため色町に通っていたと打ち明ける。関白融子となり入内した乙鶴は旭御前と呼ばれ寵愛される。花山の花見に天皇と旭御前が同道した時、牢人雛形が出てきて「自分は乙鶴の夫」と訴える。正盛は驚いた態で、関白に伝える。関白は綱に夫のいる女を連れてきたのか、と怒る。天皇は旭を遠ざける。
2	関白の前で詮議が行われ、雛形は正盛に頼まれた騙りと知れる。正盛は閉門の沙汰が下るが、すぐ赦免される。頼光への意趣返しを企む折、乙鶴の意向で兄である石川悪右衛門が北面の武士として取り立てられたことを知る。悪右衛門に頼光の悪評を吹き込み天皇に伝えてもらおうと馳走するが、失敗。悪右衛門は関白と同席の折、目の前を走る鼠が変化したものと看破。易を修めたことを話す。鼠の主、安倍晴明が呼ばれ、悪右衛門は晴明にやりこめられる。
3	真備中納言保正が亡くなり、遺言で妾・蘭菊との子、保丸に家督を譲る。不満を抱く後室。正盛は道満を招く。道満は悪右衛門の持つ秘伝書を借りるのを条件にする。悪右衛門と道満、異母兄弟と判明。道満祈祷で保丸寝込むが、民之進がもらってきた薬で本復する。薬の功徳で蘭菊が狐と判明。蘭菊は、葛の葉が晴明に与えた珠を手に入れるため、晴明の師にあたる真備家に入り込んだことを明かす。民之進は、蘭菊が狐であると騒ぐ息子・民五郎を殺すが、屋敷を去ろうとした蘭菊の書いた手紙が見つかり、不義の疑いを掛けられる。

4	民之進、保丸・蘭菊を連れ邸を出る。民之進の妻・巻絹は実家に戻る。正盛、狐に化かされ片鬢剃られる。江州坂本で医者として生活する民之進は、落馬した悪右衛門を助ける。蘭菊達を探しに来たと知り、花園運平宅へ案内して追い払う。行き違いがあるものの、運平は臼井定光の元家臣であることがわかる。正盛は狂い悪事露見し流罪。民之進は、後室の訴えにより不義の詮議が待つ都へ戻る前、晴明のところへ行って経緯を説明する。
5	晴明、事情を頼光に説明。晴明、絵を以って妙玄尼（出家した後室）を諭し、尼は自害。仏道に帰依した帝に従い旭御前も出家。落ちぶれた悪右衛門と長屋で再会した道満は、二人で晴明に復讐を企む。②帝は花山寺で出家しようと内裏を出て西国順礼に赴く。人々騒ぐ中、晴明は金時に身替りを頼み、襲ってきた道満達を返り討ちにさせる。二人は出家。真備家は無事存続したが、狐のたたりで蘭菊が乱心したということで隠居して和州へ行く。蘭菊は晴明より珠を借り、命婦となり守り神となる。

二、『白狐玉』と晴明伝説

大きな筋立てとしては、二本になる。前半は、花山《かざん》天皇の后に絡めた、平正盛《たいらのまさもり》と源頼光《みなもとのよりみつ》の勢力争い。後半は、真備《まび》家のお家騒動である。その二つを結ぶのが、晴明と道満及び石川悪右衛門の対立構造となっている。晴明伝説の数々を下敷きにしながら、幾つもの筋立てを上手くまとめた、其磧の構成力が際立つ作品と言えよう。また、本作は、題名では「清明」とするが、本文中では「晴明」との用字になっている。他の晴明関連諸作ではその用字に意味がある場合もあるが、本作では特に言及はないため、本稿では「晴明」に統一して表記する。

まず、題名にもある通り、全巻を通して登場するのは安倍晴明であるので、晴明について整理しておきたい。晴明は、周知の通り実在の人物ではあるが、本作においてその情報はほぼ意味を持たない。晴明の伝説を取り入れているので、その伝説との関連が重要な考察事項である。

伝説の主人公としての晴明は、陰陽道《おんみょうどう》の達人として数々のエピソードを持つ。以下、【表1】傍線部に利用されている伝説を確認しておく。

①綱は鬼の腕を切り、頼光は晴明に占ってもらう。綱は七日の物忌みを命じられるが、鬼は養母（伯母）の姿で訪ね腕を取り返す（『平家物語』など）

②花山天皇が帝位を捨てて出家しようとした時、晴明は天文を見て察知し、朝廷に急報しようとしたが、既にその時天皇は寺に向かっていた（『大鏡』）

この①②の挿話は『前太平記』にも載っている。其磧のみならず、多くの作家が『前太平記』を利用するのは常套ではあるが、少なくとも其磧が、歌舞伎「日本霊場順礼の始り」だけを利用しているわけではないことは推測できよう。

それと関連して注目すべきは、【表1】点線部「四天王《してんのう》」の一節である。晴明と四天王、といえば早くに御伽草子『大江山酒呑童子《おおえやましゅてんどうじ》』に、酒呑童子の騒ぎを占わせるために晴明が召される描写がある。また、頼光についても、『古今著聞集《ここんちょもんじゅう》』に、関白藤原道長《ふじわらのみちなが》の屋敷にて晴明が瓜の毒を占いによって見出す場に、いわゆる武の達人として武士の代表のような形で同席した記事が載る。既に中世において晴明と四天王につながりがあったのである。ゆえに歌舞伎「日本霊場順礼の始り」にもこの四天王の場面があってもおかしくはないが、先の『前太平記』の例と突き合わせてみれば、この歌舞伎作品が中世から近世に連綿と伝承された晴明伝説を網羅的に取り入れていたとはまず考えられないであろう。むしろ、其磧の『白狐玉』は「日本霊場順礼の始り」をもとにいくつかの記事を増補させたと考える方が自然ではないだろうか。すなわち本稿では、『白狐玉』は「日本霊場順礼の始り」をそのまま引き写したのではなく、其磧が増補した部分を認めるという立場から論を起こしたいと思う。

さて、そこで問題としなければならないものは、現在まで残る晴明伝説の基本になった『簠簋抄《ほきしょう》』である。先学により度々引かれるものではあるが、便宜上、まず簡単にその内容を見てみる。

1、伯道上人は天竺にて『金烏玉兎集《きんうぎょくとしゅう》』を得て、皇帝に献上する。

2、遣唐使安倍仲丸は中国にて鬼となる。次の遣唐使、吉備真備も危機に陥るが、仲丸に助けられ、『金烏玉兎集』などを賜って無事帰国する。その後、助力への礼として、仲丸の子孫である安倍童子に『金烏玉兎集』を譲る。

3、安倍童子は、龍宮の乙姫を助け、石の箱と薬（鳥の言葉が理解できる）をもらう。その薬のお陰で、天皇の命を助け、晴明と名を賜る。

4、晴明は、信太森を訪ね、母たる老狐と会う。

5、晴明と道満の術比べ（長持ちの中の蜜柑を鼠に変えた晴明が勝つ）。

6、殺生石の伝説（晴明は、玉藻の前を狐と見破り、病気の原因と示す）。

7、晴明は唐に留学し、伯道上人の弟子となり、十年後帰国する。

8、晴明の妻梨花と通じた道満は、『金烏玉兎集』を見て、帰国した晴明を殺す。それを知った伯道上人は日本に来て、晴明を蘇生させ、道満を殺す。晴明は『金烏玉兎集』を作り直し、後世に伝えた。

この『簠簋抄』を基に成立したのが、仮名草子『安倍晴明物語《あべのせいめいものがたり》』（浅井了意《あさいりょうい》作、延享二年〈一七四五〉刊）である。諏訪春雄氏は「近世文学に描かれた晴明」*4で、「近世の安倍晴明伝承の源流『安倍晴明物語』は、内容を七部にわけることができる」とし、

①伝書『簠簋内伝』
②安倍仲麿
③吉備大臣
④しのだ妻
⑤安倍晴明
⑥芦屋の道満
⑦晴明復活

と挙げた上で、安部晴明関連諸作はその備えるエピソードにより、「A ⑤⑥⑦を中心とした「一代記」 B ①②③を中心とした「秘伝書の由来」 C ④を中心とした「しのだ妻」 D ⑤⑥⑦を中心とした「晴明道満術比べ」という五つの系統にわけることができる」と述べている。

さて其磧は『白狐玉』において『簠簋抄』を参照したのであろうか。それとも、『簠簋抄』は全く利用せず、歌舞伎の「日本霊場順礼の始り」をなぞったに過ぎないのであろうか。

結論から先に言えば、諏訪氏のいう「近世の安倍晴明伝承」①～⑦を『白狐玉』が取り入れていると思われる箇所は三カ所ある。前掲【表1】にて、二重傍線を施した箇所である。

まず一点目は、真備中納言は、吉備真備《きびのまきび》から取った名前であるが、この命名が『簠簋抄』に安倍仲磨（晴明の祖先とされる）との関わりで吉備真備が描かれることに拠ることは一目瞭然である。

ついで二点目として、その典拠に気付けば、本作で悪右衛門が所持する「秘書」が『簠簋抄』を暗に指していることも容易に看取できよう。『簠簋抄』は伯道上人から晴明に譲られた秘書であったのである。

三点目には、道満との術比べにおいて蜜柑を鼠に変えた挿話が挙げられる。

そもそも『白狐玉』という外題そのものが、晴明の母が狐であったという『簠簋抄』の信田妻伝説を利かせたものであった。晴明が狐の母を持つという信田妻伝説を下敷きにした理解といえよう。

ここから、『白狐玉』は、諏訪氏の分類を借りれば③④⑥に近いエピソードを備えていると言える。ただし、『簠簋抄』との関連を認めたとしても、『白狐玉』は諏訪氏の言うA～Dの系統には分類しにくい。例えば、諏訪氏は安永二年（一七七三）刊の黒本『晴明二本菊《せいめいにほんぎく》』をDに分類している。その理由を「宮中における善悪の権力争いに晴明と道満がからむというのがこの系統である」と述べ、あえて無理にDに分類されるのであるが、従いがたい。本作品も同様であって、あえて諏訪氏の分類に拠らず、単に『簠簋抄』を利用した点だけを確認したい。

要するに、『白狐玉』は、歌舞伎の「日本霊場順礼の始り」を丸写しにしたものではなく、それを使用しながら『簠簋抄』その他をも利用して晴明像を造型してみせたということであろう。ところが、その試みは成功していない。

『白狐玉』では、実際に五巻を通して主に動いていく中心人物が晴明の他におり、晴明関連の伝説は、そのままの形で利用されていないためである。あくまでも晴明は事態を収めるための大局的視点を持つ役割しか担わされない。人知を超えた能力を持つ陰陽師という造型が、事態の推移に右往左往しながら関係性の中で足掻く人間ドラマの登場人物としては不適当だったのである。その点で、『白狐玉』は、題名に大々的に晴明の物語であることを謳っておきながら、「晴明もの」という視点で見れば残念ながら傍流の位置にある作品と言わざるを得ない。

三、『白狐玉』と浄瑠璃・歌舞伎

さて、先述したように、序文に掲げられる「日本霊場順礼の始り」なる早雲座の舞台内容が不明であることが、従来本作への言及がほとんど無かった理由と考えられる。さらに、「日本霊場順礼の始り」には拠らないで、直接に『前太平記』や晴明伝説を其磧が利用して増補した可能性も、この作品理解を複雑にしている。そこにあらたな混乱の要素、すなわち其磧が拠った「演劇」作品も他にあったのではないだろうか、という問題を検討してみたい。

『白狐玉』の板心を見ると、そこには「順礼」とあり、もともとは序文に明示する通り、「日本霊場順礼の始り」という題を付けるつもりだったであろう事が推測できる。この時期、其磧は既に享保七年八月刊『桜曽我女時宗』や、享保十二年正月刊『女将門七人化粧』において歌舞伎外題そのままの題名を付けているため、本作もそれらの一連と見るべきであって、刊行時に題名を変える必要はまったく認められない。にも関わらず何故本作は『安倍清明白狐玉』に変更したのかに疑問が残る。また晴明が本作では重要な働きがなされていないことも既に見てきた通りである。

順礼に限って言えば、『白狐玉』における順礼の場は、花山天皇が出家した後西国順礼する（巻五—三）という箇所のみであり、『白狐玉』の描写から「日本霊場順礼の始り」の内容を類推することは難しい。また、評判記でも、享保十一年近くに「順礼」と付く外題の歌舞伎作品は見当たらない。順礼はさしたる有効なコンテンツではなかったと見なければならない。その上で、なにゆえにこの作品の柱が「順礼」であり、それが本来の外題である場合の意味を考えなければならないのである。

もう一点、序文から得られる情報に「早雲芝居の仕組」がある。これは、京都の早雲座を指す。そこで、正徳年間から本作刊行までの早雲座の上演内容を見ていくと、享保三年正月二日より上演された「徳若四天王夷男《とくわかしてんのうえびすおとこ》」（京・名代　早雲長太夫、座本　榊山四郎太郎）という舞台に逢着する。内容は詳しく分からないが、「渡邊綱」「坂田公時」「平井ノ保昌」「平正盛」「あべの晴明」という共通する登場人物名が確認できるところから、「花山院后争《かざんいんきさきあらそい》」という演劇作品の影響上にある作品ではなかったかと推測できるが、それ以上に重要なことは、この早雲座の舞台と『白狐玉』が四天王と安倍晴明という共通項を持つことである。其磧がこの早雲座の「徳若四天王夷男」を見ていた可能性はほぼ断定しても許されそうである。であるならば、『白狐玉』は内容不明な「日本霊場順礼の始り」との関連を見出すよりも、まずはこの「徳若四天王夷」との関連を考察すべきであろう。

長谷川氏は、『白狐玉』を、序文から前半時代物浮世草子として考えられているが、実際は前半時代物浮世草子と後半時代物浮世草子とを分けると見なされている『出世握虎昔物語《しゅっせやっこむかしものがたり》』（享保十一年刊）と同年の刊行である。しかし、これは『白狐玉』の刊行が遅れて『出世握虎昔物語』と同じになっただけで、本来はもっと早くに刊行の予定があったとも考えられる。前節で述べたように、享保十二年正月刊『女将門七人化粧』の刊行も早く享保八年には予定されていた。しかし、自笑と其磧との抗争期後であるものの、享保七年は、両者の間に隙間風が吹いていた時期でもあった。そのためか、享保八年以降、再板は別にして浮世草子の刊行は享保十一年までない。これを鑑《かんが》みると、『白狐玉』は、享保十一年より早くに書きあがっていたにも関わらず、八文字屋との調整が必要ですぐに刊行できなかった（あるいは、しなかった）、という推測は不可能ではないであろう。実際、享保八年以降、刊行予告からも江島屋の名前は消える。そして、享保十一年以降、八文字屋単独の版元名で刊行が再開されると、コンスタントに其磧の浮世草子が刊行されていくのである。

八文字屋との関係改善を前に様子見していたと考え得るなら、「徳若四天王夷男」上演と、『白狐玉』刊行までは十年近い隔たりがあるが、その隔たりは縮まる点を指摘しておきたい。すなわち『白狐玉』は決して「日本霊場順礼の始り」を引き写したのではなく、別の早雲座の舞台を取り入れたと捉えることも可能であって、従来の評価は大きく修正が求められると思われる。

以下、あらあらと先行歌舞伎との類似を挙げながら、その影響の有無を論じてみたい。

晴明と狐、の取り合わせを考えれば、当然、信田妻伝説が想起される。例えば、其磧の役者評判記『役者初子読《やくしゃはつごよみ》』（享保二十年正月刊）江戸の部の開口部は、「狐が髑髏を頭に載せて礼拝を繰り返し、美しい若衆に化けたところを見かけた男が、頼まれて子供屋に紹介。役者となった狐は、しのだ妻のくずの葉役で当りをとるものの、贈られた小狗に恐れて正体を現し、その置土産がこの評判だ」とあって、〈信田妻物〉は、一定して上演され続けた演目であったことがわかる。

前節でも触れた荻野八重桐は、正徳三年（一七一三）「信太妻嫁くらべ」にて葛の葉を、享保五年十月にも「信田妻」を演じている。前者は、正徳四年二月刊『役者色景図《やくしゃいろけいず》』（大坂・荻野八重桐条）で

しのだ妻に。やすな女房くずのはと成。松永殿わな持出給ふをみて。狐の身ぶりこんくわいの思ひ入。此度
顔みせにせらるゝ彦五郎殿より面白かつた

と述べられているように、好評な舞台だったようである。八重桐の舞台の記憶は、其磧の頭にも刻まれていたのではなかろうか。当然、『白狐玉』における〈信田妻物〉の利用という観点は用意しなければならないであろう。但し、『白狐玉』刊行時である享保十一年には、〈信田妻物〉が流行していたとは言えない[*5]。しかし、享保九年正月刊『役者辰暦芸品定《やくしゃたつごよみげいしなさだめ》』には

大坂にていとま乞の狂言。しのだづまの当りめの。いなりの神のまもりめ。諸見物まゆげをぬらすばかりなり。此君の姿諸芸ニばかされてうつゝをぬかし。金作ほめことばと。板行迄ニ出たるは。山づくしの山ほどなお手がら（江戸・山下金作条）

金作殿いとまごひの。しのだ妻のあほう。大あたり（大坂・金子吉左衛門条）

とあって、享保八年段階では「信田妻」は大当たりしていたらしい。先に述べたように、『白狐玉』は成立を刊年より引き上げて考え得るので、享保八年の「信田妻」流行は、八重桐の舞台と合わせ、『白狐玉』着想の契機になったかと推測しておく。

さて、一巻の山場である廓での渡辺綱の立ち回りに着目すれば、新たな演劇作品と『白狐玉』との関連が注目

される。『白狐玉』における渡辺綱の廓場は、手段としての遊蕩及び仲間の諫言によって現される真実と、そして悪役を懲らしめる最後まで、伏線とその回収がよく工夫されている。この筋立てについては、古浄瑠璃「花山院后諍」と、浄瑠璃「弘徽殿鵜羽産家《こきでんうのはうぶや》」からの影響が渡辺氏によって既に指摘されている。[*6] ただ、これが典拠とまでは言えない。渡辺氏は、花山院と晴明を絡めた世界として歌舞伎「源氏花鳥大全《げんじかちょうたいぜん》」（宝永五年）の名を挙げている。しかし、関連作はそれだけではない。宝永二年四月刊『役者三世相《やくしゃさんぜそう》』（江戸・生嶋新五郎条）に、

初狂言源氏繁昌しのだ妻に。平井の保正と成。好色狂ひの山崎がよひ。おぐらと云美女を先に立其身は弁当持姿。身をわすれての酒事おもしろし。父将げん孫をさしころさんとする所へとんで出。刀の切先を我ゑりへあてられし思入どふも〳〵。父にかんどうをうけきる物はがれぐそくを着て。山崎がよひも敵ぢんへ行も同じたのしみ。ふれ〳〵とよろい丹前めづらしく大でけ

とある。登場人物が渡辺綱ではないものの同じ四天王の保正の描かれ方が、『白狐玉』と類似している。

また、先学の指摘する典拠である浄瑠璃「弘徽殿鵜羽産家」は、正徳四年の上演であり、『白狐玉』刊行まで十二年が経過している。この年月の差からは、「弘徽殿鵜羽産家」を直接の典拠としていいのか疑義が残る。そのため、享保九年正月大坂榊山座にて上演された歌舞伎「弘徽殿嫐車《こきでんうわなりくるま》」の影響も指摘しておきたい。『白狐玉』の刊行年月の二年前であり、この舞台には、「平井保昌・渡邊綱・頼光・坂田金時・平正盛」の名前が確認できる。

その他、享保七年に上演された歌舞伎「源氏模様一枚櫛《げんじもよういちまいぐし》」（大坂・大和山甚左衛門座）は、「わが子を殺される」「家の宝の探索」「名珠」という趣向が『白狐玉』と共通する。人名などで一致するものはなく直接の典拠とまでは

言えないものの、『白狐玉』の筋書きには、演劇によく見られる趣向が鏤《ちりば》められていることは確認できる。

以上のように、『白狐玉』のさまざまな趣向は、独創的なものというよりは、むしろ逆に其磧の目を通った演劇作品にその先蹤を認めるべきものがかなりある。要するところ、このような先行作からの着想を含め既に演劇に多く描かれている要素をまとめたものであったと言えよう。

四、『白狐玉』と「信田森女占」

其磧の拠ったものが「日本霊場順礼の始り」に限らなくてよいとの立場に立つとすれば、後半部にも解釈の幅が拡がる。

本作の後半部分について、渡辺氏は「『蘆屋道満大内鑑』以前の歌舞伎の〈信田妻物〉の傾向に従っている」と述べていた。しかし、最も直接的に利用したのは紀海音作の浄瑠璃「信田森女占《しのだのもりおんなうらかた》」(正徳三年上演)ではないだろうか。「信田森女占」は、信田妻の物語をモチーフに、安倍家のお家騒動を描いた浄瑠璃である。「信田森女占」の主人公は安名であり、晴明は幼少期のみしか出てこないが、これは〈信田妻物〉に沿った設定といえる。主筋は、安倍家のお家騒動であり、安名とその義母との争いが描かれる。安名の義母にあたる安倍家の後家は、道満の弟の石川悪右衛門を、娘であるあやめの前の婿にして、安倍家の乗っ取りを願う。娘は嫌がって、出奔した義兄、安名を探す。家を出た安名は葛の葉と暮らしており、葛の葉と童子は、安倍家に行く。葛の葉は道満と術比べを行い勝つが、狐の正体を現され息子と別れ出る。最後、無事に安名は家を継ぐ、という筋書きになっている。一瞥しただけで本作との類似には気付かれよう。

黒木勘蔵氏は、「信田森女占」の梗概を述べた後、

> 前の山本土佐掾の『信田妻』の改作たる事は明かであるが、原作のような夢幻的の妙味は稀薄になつて、お家騒動の色彩が極めて濃厚となつてゐる。忠臣三谷の前司と葛の葉の働きとが特に目立ち…第二段へ出る安名に至つては宝永正徳頃の遊蕩児そのまゝの言動をなす人物として描かれてゐる。斯く作柄に変化を来したのは時代や作者の関係も勿論あるが、一方に於ては前に述べたやうな歌舞伎の信田妻の影響を受けて、即ち歌舞伎化した結果にもよると考へられる。…海音の作中決して佳作とは言ひ難い。要するに此作は、信田妻の劇の展開の経路を示す上に於て大切な位置に立つといふ点に於てのみ見逃し難いといふべきである[*7]

と述べる。海音の作品としての評価はともかく、数多く〈信田妻物〉がつくられる中、この紀海音作は異質なものであったことがわかる。そこで【表2】に、『白狐玉』と「信田森女占」の登場人物一覧比較表を挙げる。

【表2】『安倍清明白狐玉』・「信田森女占」登場人物一覧表

	浮世草子『安倍清明白狐玉』	紀海音「信田森女占」
1	摂津守頼光	
2	渡部綱（頼光家臣）	
3	乙鶴（綱馴染の遊君）→旭の局（弘徽殿女御生き写しのため、天皇寵愛）	
4	まん（乙鶴付きの遺手）	

5	常陸介平正盛	
6	逸見権藤太（正盛家来）	
7	花月（乙鶴朋輩女郎）	
8	平井保昌（頼光家臣）	
9	坂田金時（頼光家臣）	
10	末武（頼光家臣）	
11	臼井定光（頼光家臣・巻ぎぬ兄）	
12	岩切六郎・七郎（権藤太家来）	
13	関白頼忠	
14	惟成	
15	雛形織部（浪人・乙鶴の夫を騙る）	源五郎（浪人・三谷息子を騙る）
16	逸見権蔵虎重（権藤太兄）	
17	石川悪右衛門（乙鶴義兄・道満弟）	石川悪右衛門（道満弟）
18	石川丹楽（悪右衛門養父）	
19	安倍晴明	安倍晴明
20	蘆屋道満	蘆屋道満（後室弟（『白狐玉』の平正盛））
21	真備中納言保正（陰陽の長・奥州国司・弘徽殿伯父）	安倍の郡司安秋
22	妙玄尼（保正継母・正盛姉）	後室（安秋後妻）
23	衣笠民之進忠興（保正家老）	三谷のぜんじ速次（安秋家老）
24	蘭菊（保正妾・保丸母）	くづの葉
25	保丸（保正一人息子）	清若丸（安名一人息子）
26	正若（正盛次男）	

27	武隈善兵衛（保正家来）	
28	巻ぎぬ（民之進妻）	しげ（伝介女房）
29	民五郎（民之進息子）	馬方　伝介（実は三谷息子）
30	太郎助（民之進元家来）	
31	花園運平（運八弟）	
32	後家（元定光家来運八妻）	
33	仏眼上人（帝帰依）	

人物名を見ると、名前の一致は少ないものの、『白狐玉』後半部分の登場人物造型と重なる設定が多いことが確認できる。また、挿話も、「狐が悪右衛門の片鬢を剃り落とす」、「道満とくずの葉の術比べ（猫・大柑子と鼠）」、「忠臣がくずの葉の正体を見る（あぶらげにつられ、狐ワナにかかる）が明らかにはしない」、「名玉（耳に当てると動物の声が聞える）の存在」、「道満は安名を襲撃する」、など『白狐玉』後半部分と共通する要素が多い。

従来、『白狐玉』と「信田森女占」との関連についての言及はない。しかし、其磧は既に海音の作品を多数利用していることは事実である。例えば享保六年三月刊行『日本契情始』では「日本傾城始」（享保五年）を利用しているし、享保二十年正月刊行『略平家都遷』の典拠も「新板兵庫の築島」（享保元年）であるとの指摘[*8]がある。本作での利用も十分考えられよう。但し、前半部分の『白狐玉』における頼光の存在の大きさを考えると、お家争いと結び付けるなら「信田森女占」ではなく、浄瑠璃「頼光跡目論」なども指摘すべきかもしれない。しかし、頼光と晴明の関わりは、〈花山院后争〉からの影響が妥当だと思われるため、「信田森女占」からの影響が最も大きいと考えた。

以上を踏まえて、『白狐玉』においては、多くの利用しやすい先行晴明もの作品を利用しつなぎ合わせていることがおおむね了承できよう。前半を〈花山院后争〉の世界、後半は「信田森女占」を基に、その二作を結合するキーパーソンとして晴明を配した作品といえる。それまでの〈信田妻物〉に、この二作を合わせたものは見当たらない。この二作の構成を上手くまとめなおしたところに、其磧の本領発揮とでも言うような技量が見られ、これまでの晴明に関する小説・演劇両分野の集大成的な作品であったと言えよう。一方で、本来の主筋であるべき晴明の種々の伝説については、読者が既知のものと考えて下敷きにしか利用していない点に、其磧の面白さを追求する浮世草子執筆に対する姿勢が見受けられる。

ここに「上の読者／下の読者」という観点を導入してみれば、新たな其磧像及び作品論が存在するのではないだろうか。

おわりに

安倍晴明関連諸作の中に位置づけると、『白狐玉』は、かなり早い時期に晴明と〈花山院后争〉を結びつけて取り入れた小説作品であると言える。従来指摘されていたよりも多くの演劇作品の世界を取り入れた上で、よく知られた晴明伝説をも取り込みながら、流布した形そのままで利用するのではなく、少しずつずらして独自の作品として構成しなおした点に意味があろう。その「ずらし」に「西鶴ずらし」を想定するのが本稿の目的である。

例えば、本作は鬼の腕の逸話で有名な渡辺綱に、廓場の活躍を与える。四天王の中でも、優雅なイメージのある保昌ではなく無骨な武士のイメージである綱にすることで、先行作との違いが生まれる。〈信多妻〉のエピソードも、蘭菊が家を出なければならなくなる原因を、狐であることが露見したのではなく、不義の露見に変える。このような好色味の付与を、演劇の山場である場面を改変しつつ取り入れる点に、「浄瑠璃ずらし」とでもいうべき其磧の演劇摂取の基本姿勢が確認できる。

また、序文にある「日本霊場順礼の始り」という舞台が存在したと仮定するならば、それはおそらく花山院を主人公とした〈花山院后争〉の世界だったと推測される。其磧は、その〈花山院后争〉の世界に、歌舞伎「源氏繁昌信太妻」「源氏花鳥大全」の構想を加え、晴明を作品全体をつなぐ最も重要な人物として登場させ、「信田妻女占」に見られるお家騒動を主軸に構成しなおした。その結果、「日本霊場順礼の始り」という題名とはあまりに違う内容に変わってしまったため、題名も変えることになったのではないだろうか。本作直近に晴明ものの流行現象はなかったと考えられるため、よく知られ演じられている〈信田妻物〉の世界であることを「白狐」から強調した上で、五巻を通じての登場人物である「晴明」の名を冠した題名にしたと推測しておきたい。

そう考えると、本作における「典拠」は無いに等しい。そのため、従来漠然と考えられてきたように、『白狐玉』が「日本霊場順礼の始り」をそのまま写した、という理解は成立しないことを改めて確認しておきたい。つまり、特定の歌舞伎舞台の人気を借りたとは言えないわけで、歌舞伎の人気を積極的に利用した、という時代物浮世草子の評価にも疑義が生まれよう。

先述したように、浄瑠璃を「典拠」とする後半浮世草子とされる『出世握虎昔物語《しゅっせやっこむかしものがたり》』（享保十一年刊）と同年の刊行であった本作は、其磧にとって「典拠」を歌舞伎と浄瑠璃に分けて考える意識がなかったことを推測させる。執筆が早かったにせよ、其磧は刊行をずらす必要がないと考えたのである。つまり、上演時の舞台から年月が離れたとしても、それが刊行のマイナスにならないと其磧が考えた、それはその一つの舞台に拠っていることは重要な構成要素ではなかったからではなかろうか。其磧にとっては、多くの演劇作品を詰め込んで構成し直し、一つの作品に整えることに浮世草子の評価はあった。想起されうる特定の舞台は、「浄瑠璃ずらし」のように加工され利用されることで、読者に対するサービスになり、特定の舞台内容を利用することに眼目はない。その意味で、本作は時代物浮世草子の典型的な作品であると評価できよう。

最後に、本作刊行後の影響関係に触れておきたい。[*9] 享保十二年、「清和年代記浦嶋七世孫」（江戸・市村座）が上演された。享保十三年三月刊『役者色紙子《やくしゃいろかみこ》』（江戸）には、「嵐三五郎　道まんのお役大出来〳〵」と見え、

　二ばんめ晴明の役。おまさ伊三郎殿にわざとほれ。道まん三五郎殿と。うらかたのせり合大出来。此度の狂言新敷仕組なれ共。下の見物衆。入くみ過しといふ人もあり。（市村竹之丞条）

と評されている。その他「花山のゐん」「くはんぱく」「わたなべのつな」「つながおば」「これなり」「らいこう」の名前も見える。浦嶋太郎と晴明が関連する話は管見の範囲内では見つからず、登場人物の名前から、〈花山院后争〉の世界に、浦嶋太郎の子孫を絡めたものと推測する。「新しい仕組」と述べられるところを見ると、それまでの歌舞伎にはなかった筋立てがあった、と考えられ、晴明と道満の（計略であるにしろ）恋争いではなかったかと思われる。これは、おそらく『安倍晴明物語』の道満が、晴明の妾に通じるところから取った挿話だろう。『白狐玉』の直接的な影響は考えにくいが、小説分野では有名な趣向を、「入くみ過」ぎかと評価されつつ演劇が取り入れていく姿勢を確認しておく。

次に、「長生殿白髪金時《ちょうせいでんしらがきんとき》」（享保十四年・江戸・市村座）挿絵（【図1】参照）を見ると、「市村竹之丞　あべのせい

めいと成。ひやつこの玉をみせる」「市川團蔵　わたなべのつなと成大あたり〳〵」とあり、享保十五年正月刊『役者美談盡《みおつくし》』（江戸）の評にも「かうきでん」「らいかう」「さかたのきんとき」「これなり」の名前が見える。人物名から、〈花山院后争〉の世界であったと思われるが、注目すべきは「白狐の玉」である。おそらく、晴明と玉の取り合わせは、龍宮から晴明がもらうとされる薬（動物の話を聞くことができる）と、能「玉取」[*10]などから付会されたものである。しかし、「白狐の玉」とするのは、関連諸作には見当たらないため、『白狐玉』からの影響を推測させる。この舞台が享保十二年「清和年代記浦嶋七世孫」とどの程度関係があったかはわからないが、座本が同一であるため、享保十二年の上演がある程度当たって、再度取り入れたと思われるので、もしかしたら既に享保十二年の上演時には、刊行されたばかりの『白狐玉』から取り入れた、晴明と白狐の玉という取り合わせが存在していたのかもしれない。

さて、本作より後、〈信田妻物〉の集大成として浄瑠璃「蘆屋道満大内鑑」が上演される。これは、敵役であった道満を、忠義に悩み自らの正義を貫く人物として主人公に据えた点に眼目があった。その点では、『白狐玉』も、晴明を主人公に置いてはおらず、共通点があるといえる。

また、「蘆屋道満大内鑑」もお家騒動が発端となっており、「信

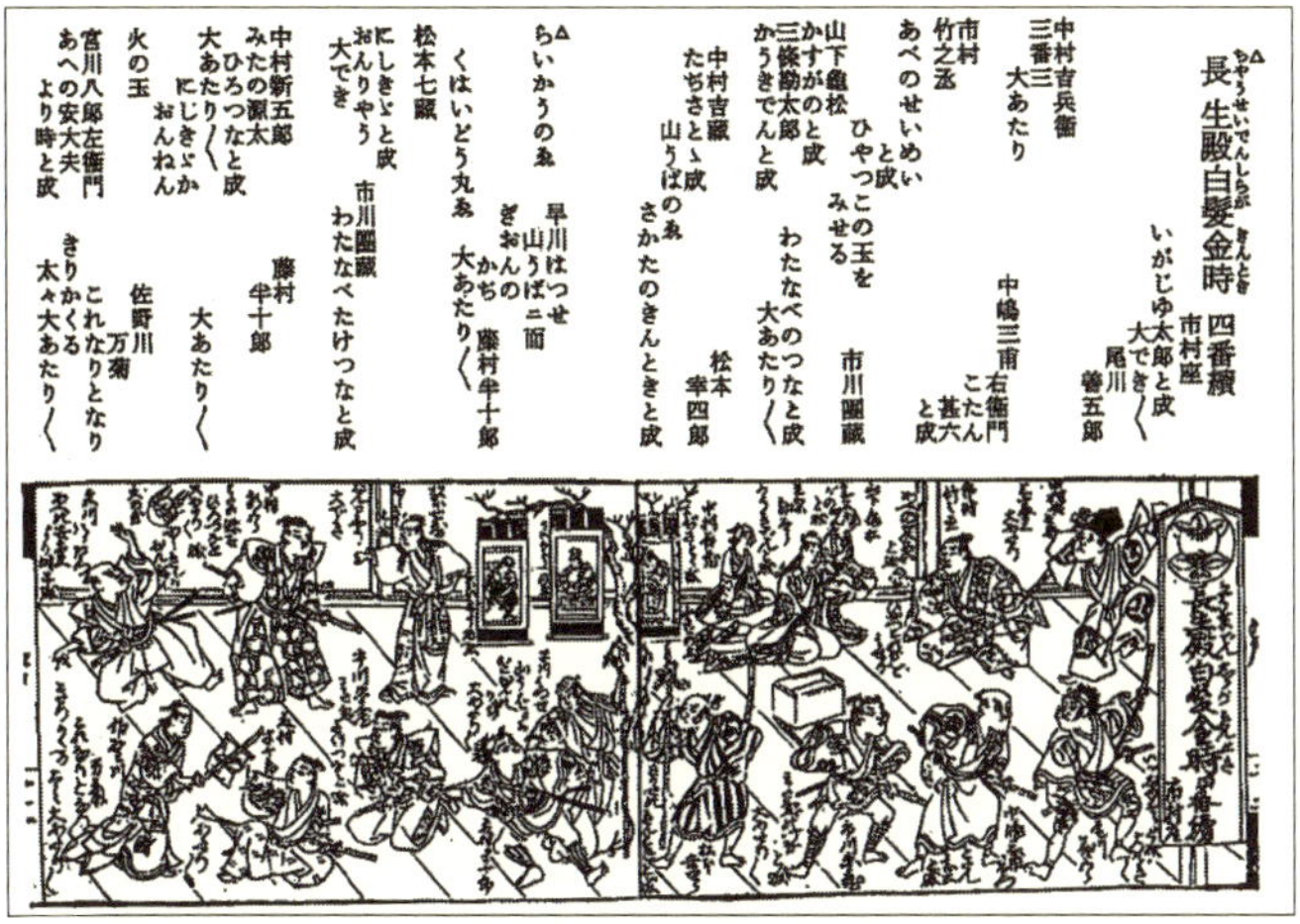

【図1】「長生殿白髪金時」絵尽（『歌舞伎評判記集成』12巻より）

田森女占」の影響があることは既に指摘されてきた。『白狐玉』も「信田森女占」を摂取していることは先述した。「蘆屋道満大内鑑」が安倍家ではなく、安倍家にとって主筋の家のお家騒動にした設定は、『白狐玉』を経由した可能性もあろう。

散文分野では、本作以後の晴明関連作は、勧化本《かんげ》の系統における『簠簋抄』の再受容や、類似した名前を利用して全く違う設定にした作品に変化していく。それを踏まえれば、『白狐玉』と「蘆屋道満大内鑑」は、それまでの晴明伝説や〈信田妻物〉の挿話を摂取しながら、新味を加え構成し直した、それぞれ小説と演劇分野における集大成の作品と言えよう。[*11] しかし、『白狐玉』からの、散文分野における後続作品への影響がほとんど見られないのに対し、「蘆屋道満大内鑑」は、二人葛の葉の趣向など、後続演劇作品に多く取り入れられていく。これは、本という形で原型がそのまま残る浮世草子と、原型がそのまま残らない代わりに、「型」として受け継いでいくことができる演劇との違いだったと考える。

注

＊1 桜楓社、一九六九。
＊2 『国文学研究資料館紀要』（一九八九・三）
＊3 傍線部において、その根拠とされているのは、注1にて引用した部分である。長谷川氏が基になった歌舞伎自体を未詳とする以上、『白狐玉』がこの歌舞伎をそのまま写したかどうかにも疑問がある。
＊4 『国文学　解釈と鑑賞』（八五二号、二〇〇二・六）

＊5 『白狐玉』刊行以前の狐に関連する、あるいは『白狐玉』と共通する名前が見られる歌舞伎上演を『歌舞伎年表』から挙げておく。

享保二年冬「後面の狐所作」（大坂　澤村長十郎座　市山助五郎）
享保二年十一月「鸚鵡返百年狐」（京　早雲座）釣狐、百とせ狐コンクワイ
享保三年十月廿五日「傾城酒呑童子」（大坂　竹本座）
享保五年十月「信田妻」（奈良　巴座）八重桐、それより京にて座本
享保七年十一月十一日「稲荷山百狐筆　踊布袋」（大坂　竹嶋座）
享保八年「信太妻」（大坂）金作暇乞
享保八年十一月三日「藤内太郎地車六法　金花形」（大坂　嵐三右衛門座）偽狐・大小の皷を父母と独狂言・狐になりて顕し綸旨を親に渡す
享保八年十一月十二日「忠徳双葉松」（大坂　松嶋座）自在狐・渡邊輝綱・頼光御台「源氏狐たけだのからくりじかけ」
享保十年十一月八日「三幅対栄華色紙」（京　三保木座）狐のつきし思入

＊6 前掲注2論文。

＊7 黒木勘蔵氏「「葛の葉」戯曲の系統的研究」（『近世演劇考説』六合館、一九二九）

＊8 前掲注1書。

＊9 小説分野における本作の影響については、矢田真依子氏が、「富川房信における浮世草子利用」（『近世文芸』九三号、二〇一一・一）において、明和八年刊行の草双紙『渡辺綱身請論』（富川房信作）が、『白狐玉』を典拠とすると指摘

されている。しかし、これについては、先述したように演劇において利用されてきた趣向でもあり、もう少し詳細な検討が必要かと考える。

＊10　小倉正久氏「乱曲考（五）「玉取（珠取）」」（『宝生』九〇八号、二〇〇六・五）

＊11　「蘆屋道満大内鑑」の先行論文は、浮橋康彦氏「芦屋道満大内鑑」（森山重雄編『近世演劇の思想と伝統』東京都立大学伝統文化の会、一九六六）、藤田ゆかり氏「浄瑠璃の歌舞伎化をめぐって――「蘆屋道満大内鑑」の場合」（『芸能史研究』六五号、一九七九・四）等を参照した。

※本文は、各役者評判記は『歌舞伎評判記集成』（岩波書店）、『安倍清明百狐玉』は『八文字屋本全集　第九巻』（汲古書院、一九九五）に拠る。傍線は全て私に付した。旧字などは私に直したものがある。

刊行年	西暦	分類『作品名』作者	備考
近世以前		＊『大鏡』帝紀「花山天皇」	
		『古事談』	
		『今昔物語』	
		能「玉取」	
		御伽草子『大江山しゆてん童子』	酒呑童子による都の騒ぎを占わせるために天皇が晴明を宮中に召す。
		説経節「信太妻」（「信田妻」とも）	現存せず。
		能「晴明」	古典文庫未刊謡曲集一一。
		能「鉄輪」	
		能「玉取」	
寛文二年	一六六二	仮名草子『安倍晴明物語』浅井了意	
寛文頃		仮名草子『安倍晴明記』	別書名「相合烏帽子」。
寛文頃		仮名草子『月刈藻集』	
寛文十三年	一六七三	＊「花山院后諍」	
延宝二年	一六七四	浄瑠璃「晴明物語」	
延宝二年	一六七四	浄瑠璃「しのたづまつりぎつね付あべノ清明出生」	説経の形を伝えると言われている。
貞享三年	一六八六	占卜『清明通変占』管天子和解	
元禄元年頃	一六八八	地歌「狐会」	男女が入れ替わっているために立役のために作られた芝居唄と考えられる。

元禄四年写	一六九一	占卜『清明通変考』寛脱	
元禄五年初演	一六九二	歌舞伎「方便信田妻」	歌舞伎年表・劇代集による。
元禄十二年初演	一六九九	歌舞伎「根元信田和合玉」	
元禄十二年	一六九九	歌舞伎「しのだづま」京　早雲座	
元禄十二年	一六九九	歌舞伎「しのだづま後日」大坂　嵐三右衛門座	
元禄十五年刊	一七〇二	狂言本『信田会稽山』	
元禄十五年	一七〇二	占卜『清明夢はんじ』	
宝永二年初演	一七〇五	歌舞伎「信田三種神祇」	
宝永二年初演	一七〇五	歌舞伎「源氏繁昌信太妻」	
宝永五年	一七〇八	浄瑠璃「源氏花鳥大全」	
宝永七年写	一七一〇	和歌『安倍晴明廟前詩歌』	
正徳元年初演	一七一一	歌舞伎「信田金色の鱗」	
正徳二年初演	一七一二	歌舞伎「信田ゆづり葉鏡」	
正徳二年初演	一七一二	歌舞伎「婚礼信田妻」	
正徳三年	一七一三	浄瑠璃「あべの清明神変の占」	『古浄瑠璃正本集　十巻』。
正徳三年	一七一三	浄瑠璃「信田森女占」紀海音　豊竹座	
正徳三年初演	一七一三	浄瑠璃「信田妻嫁くらべ」	
正徳三年初演	一七一三	歌舞伎「信田妻嫁くらべ」	八重桐関連作。
正徳四年九月以前	一七一四	＊浄瑠璃「頼光跡目論」竹本座	

正徳四年	一七一四	＊浄瑠璃「弘徽殿鵜羽産家」近松門左衛門　竹本座	
享保四年八月	一七一九	＊浄瑠璃「頼光跡目論」豊竹座	
享保十年初演	一七二五	歌舞伎「信田要石」中村伝七	
享保十一年刊	一七二六	浮世草子『安倍清明白狐玉』江島其磧	
享保十九年	一七三四	浄瑠璃「蘆屋道満大内鑑」初世竹田出雲	
享保二十年	一七三五	歌舞伎「蘆屋道満大内鑑」	同題の浄瑠璃を翻案。
元文元年初演	一七三六	歌舞伎「門出信田妻」富村多吉か	
元文二年初演	一七三七	歌舞伎「内鑑信田妻」	
寛保元年初演	一七四一	歌舞伎「今様信田妻」奈良井文輔	
寛保二年初演	一七四二	長唄「今様こんくわい信田妻」	
寛保二年初演	一七四二	歌舞伎「振袖信田妻」津打治兵衛二世、藤本斗文、津打九平次	歌舞伎年表・劇代集による。
延享二年	一七四五	『安倍晴明物語一代記』	『安倍晴明物語』の改題求版本。
寛延二年	一七四九	占卜『晴明秘伝袖鏡』井蛙子	
宝暦七年	一七五七	読本『安部仲麿入唐記』誓誉	勧化もの。
宝暦七年	一七五七	読本『泉州信田白狐伝』誓誉	勧化もの。
宝暦十一年	一七六一	浄瑠璃「安倍晴明倭言葉」	歌舞伎・絵本番付にも残る。
明和六年	一七六九	黒本『艶男信田神力』富川房信	二人葛の葉の趣向。
明和八年	一七七一	洒落本『業平ひでん晴明もどき恋道双陸占』	占いに晴明の名前を利用する趣向。『洒落本大成　五』

明和八年	一七七一	草双紙『渡辺綱身請論』富川房信	『白狐玉』前半部分のみを利用。
明和八年	一七七一	黒本『阿部晴明蘆屋道満智恵競』富川房信	
安永二年	一七七三	豊竹座「しのだ妻今物語」	
安永二年	一七七三	黒本『清明二本菊』	花山院の世界と晴明を絡める。
安永四年初演	一七七五	歌舞伎「信田楪蓬莱曽我」	
天明二年初演	一七八二	歌舞伎「信田館代継引船」笠縫専助一世	
天明二年	一七八二	草双紙『阿部清兵衛見通占』市場通笑	勘当になった茶商の息子「清兵衛」が、占い師になって糊口を凌いで待つ。
天明六年	一七八六	草双紙『御誂　両国信田染』山東鶏告	
寛政三年刊	一七九一	黄表紙『信田褄時代模様』森羅亭万宝（七珍万宝）	
寛政四年	一七九二	黄表紙『阿部晴明一代記』	青本の再版。
寛政五年初演	一七九三	浄瑠璃「信田妻容影中富」	
寛政五年初演	一七九三	歌舞伎「嫁入信田妻」	
寛政九年	一七九七	草双紙『安倍清兵衛一代八卦』曲亭馬琴	
寛政十年初演	一七九八	歌舞伎「入船信田出来秋」桜田治助一世	
享和二年初演	一八〇二	歌舞伎「信田妻名残狐別」	
文化三年	一八〇六	『阿也可之譚』法橋玉山	
文化四年	一八〇七	読本『敵討裏見葛葉』曲亭馬琴	
文化五年初演	一八〇八	浄瑠璃「信田妻粧鏡」北堀江西の側芝居	

文化六年初演	一八〇九	浄瑠璃「道行信田二人妻」	近世邦楽年表による。二人葛の葉の趣向か。
文化十三年	一八一六	合巻『大当八卦安部晴明辻筮草紙』東里山人	
文化十四年刊	一八一七	合巻『信田妻昔絵草紙』山東京伝	
文政二年	一八一九	読本『絵本輪廻物語』	勧化もの。『安部仲麿入唐記』『泉州信田白狐伝』に拠る。
文政三年刊	一八二〇	合巻『信田妖手白猿牽』曲亭馬琴	
文政五年初演	一八二二	浄瑠璃「信田妻菊の着綿」	
天保二年初演	一八三一	歌舞伎「信田森鳴響嫁入」	
弘化元年初演	一八四四	歌舞伎「信田森弥生葛葉」	
嘉永五年	一八五二	歌舞伎「金烏玉兎倭入船」瀬川如皐	
嘉永五年	一八五二	合巻『阿部仲丸唐土話』花笠文京	『金烏玉兎倭入船』を当て込んだ作。
嘉永六年初演	一八五三	浄瑠璃「信田妻釣狐之段」河東一中	
安政七年	一八六〇	読本『復讐信太森』仮名垣魯文	『敵討裏見葛葉』の抄録。
不明		浄瑠璃「信田の愛別」薗八	
不明		浄瑠璃説経「信田の森」若松若太夫一世	
不明		『泉州信田妻物語』	
不明		浄瑠璃「信田の二人妻」	二人葛の葉の趣向か。
不明		占卜『陰陽輨轄簠簋撰用』	別名「安倍晴明朝臣三国相伝　陰陽輨轄簠簋撰用」。

不明（写本）		占卜『安倍晴明遺事』神林弼（神林復所）	
不明（写本）		暦『安倍晴明天文日取巻』	
不明（写本）		占卜『晴明記』	
不明（写本）		神道『晴明御神記』	
不明		占卜『晴明占記』浅井了意	天和元年書籍目録等による。
不明		占卜『晴明夢はんじ』	明和書籍目録による。
不明（写本）		占卜『阿部清明歌占』	
不明		歌舞伎「万歳楪根元信田」	京阪歌舞伎年表による。
不明		黒本『安部の保名物語』	古浄瑠璃『しのだ妻』にほぼ同じ。
不明		青本『阿部晴明一代記』	日本小説年表による。
不明		黒本『れんたい』	
不明（写本）		『金烏玉兎集将来伝記』	晴明一代記。

（「日本古典籍総合目録データベース」、『歌舞伎年表』、『義太夫年表』、渡辺守邦氏「〈狐の子別れ〉文芸の系譜」〈『国文学研究資料館紀要』十五号、一九八九・三〉、諏訪春雄氏『安倍晴明伝説』〈筑摩書房・二〇〇〇〉、田中貴子氏『安倍晴明の一千年』〈講談社・二〇〇三〉に拠る。後続作品への影響なども鑑み、調査できる範囲で近世期の晴明に関連する作品を網羅しようと努めたが、題名から推測できる作品に留まった。＊は花山院関連作。）

第三節 『鬼《き》一《いち》法《ほう》眼《げん》虎《とら》の巻《まき》』と「鬼一法眼三略巻《さんりゃくのまき》」
——浄瑠璃ずらし——

はじめに

本節では、浄瑠璃作品と関わりの深い其磧の時代物浮世草子『鬼一法眼虎の巻』（享保十八年〈一七三三〉刊）を取り上げる。この作品は、外題から浄瑠璃「鬼一法眼三略巻」を利用したことは一見明白に見える。そのため、従来より浄瑠璃作品の安易な利用、その人気にあやかった作品としてどちらかと言えば軽視されてきた観がある。また、前節の歌舞伎とは違い、浄瑠璃には丸本（院本）が刊行されており、全編のあらすじや台詞《せりふ》のすべてを把握することができるため、其磧の「剽窃《ひょうせつ》」や「焼き直し」の悪しき手法が白日のもとに晒されているかのような錯覚がある。しかし、この丸本の存在自体を認めたうえで新たな作品評価を試みてみたい。なぜなら、商品として丸本が刊行されており、それと酷似する題名を持つ小説作品が刊行される、というのが八文字本売買の現場なのであり、購買者はその二重性に鈍感であったのだろうか、という疑問があるからである。丸本を単に小説に写した（移した）作品を購入するぐらいなら、丸本を購入すればよい。丸本よりも字体が読みやすい、挿絵がある、などの小説の優位性はあるにしろ、それが商品価値を持ち、陸続と刊行されている現象についてはそれなりの説明が必要であろう。

そこに前節でも述べた「西鶴ずらし」の視点が交差してくる。果たして、浄瑠璃作品と酷似する名を持つ其磧作品は浄瑠璃の焼き直しなのであろうか。それとも、原作の浄瑠璃を微妙に「ずらし」た所に新たな滋味を持たせたものであろうか。

ここにもどうやら「上の読者／下の読者」を想定してかかる必要性も存在しそうである。すなわち、浄瑠璃作品そのものを知らないで単に其磧作品を読んで楽しむ「下の読者」と、その原拠を十分に承知していてあたかもそのパロデイを楽しむことのできる「上の読者」の存在である。

『鬼一法眼虎の巻』（以下『虎の巻』と略す）は、享保十八年に刊行された江島其磧作、七巻七冊の浮世草子である。本作は後半時代物浮世草子に分類され、享保十六年に初演がなった浄瑠璃「鬼一法眼三略巻」（以下「三略巻」と略す）を下敷きとして書かれた作品である。

度々述べてきたように、従来、時代物浮世草子は、其磧が八文字屋との抗争期を経て和解のなった後に刊行されたため、生活の安定を得て守りの志向に入ってから書かれたものであり、「売れるためのものを書く」という意識が強く独自性に乏しいとされ、作品としての評価は低くほとんど顧みられてはこなかった。本作の評価もその時代物浮世草子の枠内から出るものではなく、作品そのものについてはほとんど評価の対象にはなっていない。

しかし、この時期の其磧は職業的作家として筆で食べていく覚悟を決めていたわけであり、その其磧のプロ意識が作品にも反映されていることと推測できる。演劇の焼き直しというだけではなく、浮世草子に仕立てるときに何らかの独自性を持たせているのは勿論であり、逆に、読者の求めるものを供給する、という其磧の浮世草子への姿勢が明確に出ているとも考えられるのではないだろうか。本節では、時代物浮世草子の再評価への足がかりの一助として、『虎の巻』を取り上げてみたい。

一、本作の位置

まず、本作の位置について確認しておく。先述したように、本作は、享保十六年九月大坂にて初演された、文耕堂・長谷川千四合作の浄瑠璃「三略巻」を浮世草子に写したものである。

この舞台は大変好評だったと、『餅月夜《もちづくよ》』に狂歌が紹介されている通り[*1]で、同年十二月二十七日から「鬼一法眼三略巻」と外題もそのままに、大坂の嵐国石座にて歌舞伎に移された。同座では、翌享保十七年三月からも「鬼一法眼三略巻」を上演し、同年三の替りには、京都の小六座でも「鬼一法眼」が、九月十四日からは、大坂岩井座にて「鬼一法眼三略巻」が上演された。『伊勢歌舞伎年代記』にも享保十七年に上演されたとの記録があり、浄瑠璃でも、本作刊行と同年、享保十八年七月上旬に二回目の上演が京都にて行なわれている。これらの上演から本作刊行までの経過年月がほとんどない点を鑑みても、浄瑠璃だけではなく、歌舞伎も含めた演劇界における「鬼一法眼」の当たりを見て、其磧は題材を選んだと考えられる。

先行研究では、長谷川強氏が、浄瑠璃「三略巻」が典拠である、とした上で、

時代浄瑠璃発端の荘重・重厚を捨てるのは其磧時代物の常套といってよい。しかし以後は音なしの里・文藤次住家・播磨福井の里・書写山・菊畠・大蔵卿邸とほぼ浄瑠璃の段取に従つて筋を進めてゐる。[*2]

と述べ、其磧時代物浮世草子の典型的な作品であるとしている。また、村田明彦氏に、『虎の巻』巻一―一、三において通俗軍書である馬場信意著『義経勲功記』の利用がある、との指摘がある。*3「三略巻」については、沢野邦子氏が、『義経記』や能「鞍馬天狗」の影響を強く受けており、そこに源氏と平家との対立と熊野の修験者たちへの意識を見ることを指摘している。*4

そこで、まず「三略巻」と『虎の巻』について簡単に梗概を確認しておきたい。「三略巻」は、『義経記』に描かれる、陰陽師《おんみょうじ》・鬼一法眼が守る『六韜三略巻《りくとうさんりゃくのまき》』という軍書を、彼の娘の手助けもあって義経が手に入れるまでの物語を中心に、弁慶の成長・義経との邂逅《かいこう》譚と一条大蔵譚とを加えた物語である。『虎の巻』もほぼ同じ内容に廓描写や男色描写など独自の挿話が加わっている。

【表3】浄瑠璃「三略巻」・浮世草子『虎の巻』内容比較表

浄瑠璃「三略巻」	浮世草子『虎の巻』
（一）平清盛の熊野詣の船中、書写山性慶坊は同道するが不興を買い下船。都での反乱を収拾した由を聞いた清盛は、熊野別当弁真妻を殺すよう下知。七年懐妊中の弁真妻は殺され、弁慶が誕生。性慶が預かる。	（一）なき玉祭り・八朔踊の最中、騒ぎの中清盛の長刀を奪い、鬼次郎預かる・清盛は、熊野別当弁真妻を殺すよう下知する・書写山性慶坊が熊野別当弁真妻を尋ねる・梛の前は廓に身売り
（二）十三年後。書写山で鬼若は稚児となっている。平家方の平広盛の家来団平が乳母を殺し、鬼若は剃髪し弁慶と名乗る。	（二）室の廓描写・偽伊勢の神託によって梛の前を廓から助け出す・弁慶出生・七年後。書写山で稚児となっている鬼若の乳母宅にてお京、鬼次郎、鬼三太再会。

	（三）長刀が鬼若の乳母の元に納まる・鬼若は、諫めるための乳母の死により、剃髪。
（三）清盛に呼ばれた鬼一法眼の代わりに皆鶴姫が重盛の諫言状を読む。牛若（虎蔵）・鬼三太（知恵内）は法眼に小者奉公中。鬼一は鞍馬山の僧正坊（牛若の師匠）が自分であると明かし、三略巻を皆鶴姫に譲って切腹する。	（四）鬼若は弁慶と名を変え都へ出る。牛若丸（虎蔵）・鬼三太（知恵内）は法眼に小者奉公中。菊畑にて皆鶴姫から三略巻を与える前に起請文を迫られる。法眼に男色の疑いをかけられる。北白川の湛海へ使者。
（四）常盤御前は清盛調伏の矢を射る。夫、一条大蔵卿は作り阿呆となっているが、源氏の若君を庇護する本心であった。	（五）死んだ狂言師の女房の訴え。湛海は五条大橋の曲者を切った褒美に三略巻を所望する。法眼を切って三略巻を得ようとする牛若主従に皆鶴姫が盗み出すことを誓う。
	（六）宝蔵に入った皆鶴姫は法眼に見つかり閉じ込められる。鬼一は鞍馬山の僧正坊（牛若の師匠）が自分であると明かし、勘当したように見せて三略巻を皆鶴姫に譲る。法眼館に弁慶が三略巻を所望して現れる。
（五）牛若は五条橋で弁慶と立会い家来にする。鬼次郎・鬼三太を従え平家打倒を誓う。	（七）牛若丸、法眼館にて弁慶と立会い家来にする。皆鶴姫も伴い館を去る。一条大蔵卿館にて弁慶が広盛を討ち取りかげゆを捕える。

以上を見ると、先学も述べるように、大きな筋はほとんど浄瑠璃を写していることがわかる。構成の面では、

多くの時代物浮世草子は歌舞伎の場面展開に沿って五巻構成になっているのに対し、本作は七巻と長く特徴的な構成となっている。しかし、巻の構成において浄瑠璃の段と特に呼応しようとする意識はないようで、各巻の長さにもかなりばらつきがある。もともと浄瑠璃の内容を考えると、三段目までで義経と鬼一法眼譚は終了しており、四段目「一条大蔵卿をめぐる物語」（以後、便宜上「一条大蔵譚」と呼ぶ）と五段目「弁慶との邂逅譚」は、それまで脇役であった鬼三次の活躍譚と橋弁慶の伝説を付け加えるためのものであったに過ぎない。

一方『虎の巻』では、おおよその主筋は「三略巻」に沿いながらも、四段目の独立した一条大蔵譚は削除され、巻四―一「夫を尋にまかり出たる者は狂言師の女房」に挿話として利用する。五段目も弁慶との立会いを五条橋から法眼の館へ変更することにより、最後まで『虎の巻』が「三略巻」に比較して、より主人公である義経と弁慶にも焦点を合わせて構成しようとされていることと、七巻を通して鬼一法眼の物語たり得ようとする意識が伺える。浮世草子の側からは、特に七巻構成にする必要はなく、『虎の巻』は、其磧がかなり自由に再構成している作といえる。

二、本作の独自性

それでは本作品は単に浄瑠璃作品の焼き直しに過ぎないのであろうか。

子細に見れば、本作には浄瑠璃作品にはない独自の描写がある。以下、『虎の巻』独自の描写を確認してみる。先述したように、主要な筋は「三略巻」をそのまま利用しているが、差異も実は多いのである。その差異を取るに足りないものとして処理するのか、それともそれなりの滋味を認めるのか、両方の立場が存するが、本稿では後者の立場に立って、其磧がどのような執筆意識を持って独自な味付けを加えていったのか考えてみたい。

巻四―二「奥女中は色盛美男は恋の菊畠」を挙げる。「三略巻」においてこの場面に当たるのは、三段目「菊畠」である。そこでは、『六韜三略巻』を所望して皆鶴姫に持参させた清盛が、その前で読み上げさせる。しかし、そこで持参され読み上げられたのは、息子重盛の諫言状である。若く美しい女性である皆鶴が権力者の清盛の前でも、臆せずに読み上げ対峙する、という点に舞台上の緊張感と美しさがある場面である。それが、『虎の巻』では、寅蔵の前に皆鶴姫が虎の巻として持参する。持ち帰ろうとする寅蔵にその場で読ませようとし、開けてみたところそこにあるのは起請文の下書きであった、と転じているのである。ここで其磧が付与したものに対して、石川潤二郎氏は「緊張的場面に一種の滑稽感を添えている」[*5]とすら述べている。確かに浄瑠璃の緊張的かつ格調のある場面が、卑俗な趣の強い場面にすり変えられていると言える。この改変の当否は本稿では論じない。ただ、其磧が浄瑠璃の焼き直しでは無く、「改変する」意志があったこと、しかもその改変場所が、舞台ではとても緊張感のある美しい場面であることを指摘したい。もしも、其磧の狙いが、浄瑠璃人気にあやかって安易に作品を量産することが中心であったとすれば、この改変は全く意味をなさないであろう。原拠通りの展開を記せばよかったはずである。にも拘わらず、其磧は「改変」した。その営みを「ずらした」と言い換えてみれば、まさにそれはパロデイの妙味と呼んでもいいのではないだろうか。石川氏の表現の「滑稽感」、これこそ其磧がもっとも欲しかった「上の読者」からの称賛ではないだろうか。

同様に、巻四―一「夫を尋にまかり出たる者は狂言師の女房」は、「三略巻」における「一条大蔵譚」を利用している。「一条大蔵譚」は、後には単独でその場面だけが上演される人気場面であり、「三略巻」の本筋にはほとんど関係しないながらも、作品には欠かせない場面であると言える。しかし一方では、この「一条大蔵譚」は原拠において唐突に置かれた印象も避けられない場面でもある。

その唐突さを其磧はいかに処理したのであろうか。

其磧は『虎の巻』において、人物名等は「三略巻」をそのまま利用し、一条大蔵卿が能・狂言を大変好んだという設定も「三略巻」を踏襲する。その上で、殺された狂言師とその女房を登場させ、次に挙げる西鶴『本朝桜陰比事《ほんちょうおういんひじ》』（元禄二年〈一六八九〉刊）巻二―一「十夜の半弓」を利用する。

> 明る春になつて世間も闇き夜中過に彼男射ころされし松原通りの其町に女の声せはしく人の門〳〵を叩起し「やれ物取よかなしや。出合〳〵」といふにおどろき手毎に棒・乳切木をひらめかして、立出る中に、半弓取持、いかつがましくかけ出る者ありし

右の場面を下敷きとしながら全く違う場面に作り替えている。人気のあった「一条大蔵譚」を削ることが出来なかったための処置ではあるが、そこに其磧は、大蔵卿の皆鶴姫への艶書と、大蔵卿の家老である八剣かげゆの寅蔵への艶書を取り入れることで、卑俗な趣を加えている。これは、好色物浮世草子以来の浮世草子の典型にもとづくエピソードといえる。一方、八剣かげゆと、敵役である平広盛とが通じていることが明かされるので、巻七に通じていく伏線となっており、長編小説としての整合性をも考えた、工夫が見られる箇所といえる。先の原拠の浄瑠璃を「ずらし」たことにより加味された「滑稽感」と同様、この改変により原拠には無かった「卑俗性」と「小説としての整合性」を加味したのである。

また、男色の記述を加味した点も「浮世草子らしさ」として評価すべきであろう。寅蔵と鬼三次との間に男色

の関係がある、と疑われる設定を二回も使っていることは、それまでの好色物浮世草子の伝統に即した関係性であろうし、色白な美男子である寅蔵の若衆ぶりからの自然な発想と考えられる。大蔵卿の家老である八剣かげゆが寅蔵への艶書を送ろうとする箇所にも見られるが、別の目的があって男色に事よせてその心底を探る、という設定は、浮世草子にはよく見られるものである。目録題においても、巻四において

第一「屋形には尻のすはらぬ若衆の夜歩行」

第二「奥女中は色盛美男は恋の菊畑」

とあり、「尻」と「若衆」、「菊」と「美男」とを掛けてほのめかすことも浮世草子ではよくみられる手法である。これも原拠をずらすことによって得られた「滑稽」や「卑俗性」を認めるものである。

加えるに、巻一―二「取揚婆も退屈する産の紐解ぬ思ひ」は、副題に「親の為に身を瓜ざね顔の娘は種のよい傾城」とあるように、母の生活を助けるために身を売る梛《なぎ》の前の挿話である。娘が孝行のために身を売る、という経緯は、これまでの浮世草子にも多く見られる設定である。しかし、この場合は、そのすぐ後に伊勢の偽神託を利用して廓から連れ出しており、彼女の身売りが本筋へはほとんど波及しない。悲劇性を高めるためには有効な挿話ではあるものの、脇筋の複雑化を招いている。巻二―一「伊勢を移す色町末社がしゃべる宮雀口」における廓描写も「三略巻」には見られない。これも好色物浮世草子からの流れに沿うもので、当代意識の一つと言える。

ここで室の遊女とするのは「三略巻」からではなく、当時の人々にとって書写山と関係付けて想起しやすいものであったからである。例えば、『播州《ばんしゅう》名所廻』（文政五年〈一八二二〉刊）にも「書写山円教寺に登る…武蔵坊弁

慶勤学の地とて弁慶の硯机等あり」[*6]とある。一般の人々が楽しんで享受した名所記に記述されていたほど、弁慶とこの播磨国書写山の関係は広く認識されていたのである。その書写山の僧性空によって、室の遊女は普賢菩薩の化身であった、とされる伝説は『摂津名所図会大成《せっつめいしょずえたいせい》』[*7]などにも見られ、一般的な理解であった。また、矢が刺さっていたのが伊勢の神託、とする描写は、古来から飛神明などで有名だった伊勢をよく知っていることが伺え、名所図会を読むような面白さも、この設定によって加えていたことと思われる。

三、鬼一法眼の造型

本作では焦点になる登場人物は各巻ごとに異なっている。[*8]しかし、題名を見ても、全体を通した登場人物たり得ているのは「鬼一法眼」だけである。弁慶の出生を助け成長を支える者や、義経を助ける中間も鬼一法眼の弟であることからも、当然のごとく全体を通しての核となる人物は「鬼一法眼」であろう。其磧が原拠の浄瑠璃から「ずらし」て、もっとも腐心したのはこの鬼一法眼像である。

そこで、その「鬼一法眼」の人物設定を其磧がどのように改変して、独創的造型を成し得たのかを見ていきたい。【表4】に、本作における鬼一法眼関連のエピソードを抜粋した。

【表4】『鬼一法眼虎の巻』における鬼一法眼関連エピソード

巻	章	内容（独自設定に傍線）

一	三	法眼の父は前鬼の子。初め為義の家臣となり、後兵法の師となる。平家一門の弟子が多いことから平氏の被官同然に今出川に住む。
三	一	鬼一は武蔵の万力坊鬼讃岐と双子であり、鬼讃岐を殺して出生したのが鬼若。
四	一	威勢盛んな軍法指南者として今出川にすむ。娘に皆鶴姫。牛若は鞍馬僧正坊に「鬼一法眼の元に行き三略巻を見ろ」と告げられる。館の菊畑にて、牛若主従の男色関係を試す。清盛に五条橋の曲者捕縛を申し付けられ、牛若を湛海へ使者に出す。
五	二	誓紙を拾い娘と牛若の仲を知る。五条橋の曲者を討ち取った、と報告した湛海に娘と三略巻を与える約束をする。
六	一	蔵に忍び入る娘の後をつけ、閉じ込める。鞍馬僧正坊の姿になって湛海の不正を糾弾し首を取る。牛若に今までの経緯を説明し、鬼一の心底を語る。
	二	鞍馬僧正坊が鬼一であることを明かす。娘を勘当し母の形見の長刀（鞘に三略巻を入れる）を与える。館に「今日中に必ず五条橋曲者を討ち取れ」との使者が来る。弁慶が立会いを望む。
七	一	平家へ道を立て、以後娘達には会わぬ覚悟を示す。

ここでは特に、巻一―三「娘の先達前鬼が導く恋の山入」において、鬼一法眼の父親が人間ではない、という挿話を入れていることに注目したい。これは、いわゆる三輪山伝説を利用している箇所である。三輪山伝説とは、女性の元に夜な夜な通う男を怪しく思い、男の衣に糸を付けた針を刺し、それを手繰って跡を付けていったところ、三輪山のふもとに着く。実はその男は三輪山の神であった、という伝承である。これはさまざまなパターンとなって多くの説話に見られる話型であるが、『虎の巻』で利用したのは次の『平家物語』の記述ではないかと

考えられる【表5】。

【表5】『鬼一法眼虎の巻』の『平家物語』利用例

『平家物語』巻八　苧環	おそろしきものの末なりけり。…或人のひとりむすめ、夫もなかりけるがもとへ…男よなくかよふほどに、年月もかさなる程に、身もたゞならずなりぬ。母是をあやしむで「汝がもとへかよふ者は何者ぞ」ととへば「くるをば見れども帰るをばしらず」とぞいひける。「さらば男の帰らむとき、しるしを付て、ゆかむ方をつなひで見よ」とをしへければ、むすめ母のをしへにしたがて、朝帰する男の水色の狩衣をきたりけるに、狩衣の頸かみに針をさししづのをだまきといふものを付て…「我は是人のすがたにはあらず。汝すがたを見ては肝たましゐも身にそふまじきなり。とうく帰れ。汝がはらめる子は男子なるべし。弓矢打物とて九州二嶋にならぶ者もあるまじきぞ」といひける…女是を見て肝たましゐも身にそはず、ひき具したりける所従十余人たふれふためきおめきさけむでにげさりぬ。女帰て程なく産をしたれば男子にてぞありける。
『鬼一法眼虎の巻』巻三―一	怖き者の末にてぞ有けり。…一人の娘を持り。盛過る迄幸のこともなく。ひとりねの臥所へ。夜なく通ふ男有て。年月もへだてければ。娘たゞならぬ身となれり。母是をあやしみて。汝がもとへ通ふものは。いか成ものぞと問ければ。来るをみれ共帰るをしらずと。…さもあらば朝がへりせん時に。しるしをつけて帰る所を見とゞけよとをしへける。娘母のをしへにしたがひ。…男の着たりける小袖に。梅花といへる名香をとめてかへし。…かづらきの神にはあらねと夜のみかよふゆへにいぶかしく思ひ。所を見んためつけて来りしと覚ぬ。我姿を昼見ばおそれて。是迄の恋はさむべし。我常の人にあらず。…汝が孕める所の子は男子成べし。弓矢打物取ては。近国に肩を並ぶる者有まじきぞといひける…今の姿を見て肝魂も身にそはず。めしつれたる下人と共に足をそらになしてにげ帰ぬ。程なく安産し男子をまうけける。

ここは、「三略巻」には描かれない箇所であるので、其磧が『平家物語』から採用した部分であることが分かる。この『平家物語』利用には、さらに近時『平家物語評判秘伝抄』の影響も考えるべきとの提言[*9]があるが、今後の当該領域の進展を期待したい。

話を其磧の独創性に戻す。男が「前鬼」であったという設定は、三輪山伝説には見られない。本作では「ててかたの鬼のたねを継ぐ心にていづれも鬼の字を名頭に付て寵愛せり」と説明されるように、超常的な「鬼」の力を鬼一法眼が受け継ぐことを示すため、陰陽師として生きる彼の異能性の根拠を、其磧が創作して与えたものだと思われる。

もともと「前鬼」とは、役行者《えんのぎょうじゃ》に仕える前鬼の五子が住みついたという伝承がある所名であった。本文にも「役行者につかへし前鬼・後鬼といふ異形の者也」とあるように、役行者の伝承には、その影像にも示される如く、前鬼・後鬼と呼ばれる夫婦の鬼形従者が語られる。もともと役行者自体は修験道《しゅげんどう》の開祖とされた人物であり、一本歯の高駄をはく姿は、「三略巻」における鬼一法眼の姿にも重なるものがある。また、伝承上の前鬼の子孫と称する修験者の類が、住みついて所名となったことを考えれば、鬼一法眼が修験者の正当な流れを汲む人物であることを強調している点も忘れてはならない。「三略巻」で多く利用された能「鞍馬天狗《くらまてんぐ》」にも「大峰の前鬼が一党」という詞章があり、鬼一法眼が修験者である点の強調としてこの伝承が挿入されたと考えられる。以上の点からも、其磧の創作は当を得ているものとして評価されてよいであろう。

また、娘への対応にも大きな差異がある。「三略巻」における鬼一法眼は、皆鶴姫に虎の巻を譲り、牛若が皆鶴との結婚を約束することを見届けて切腹する。皆鶴は、牛若を恋しく思っていながらも、具体的な行動は三段目の最後に牛若を口説くことと父に虎の巻を与えるように口添えするのみとなっており、「姫」の典型的な女性像となっている。一方、『虎の巻』での鬼一法眼は、「三略巻」を得るため宝蔵へ盗みに入った皆鶴姫を蔵に閉じ込め、長刀一本与えて勘当する。『虎の巻』の皆鶴姫が盗みを行おうとするのは、勿論牛若のためではあるが、自分が湛海と結婚させられそうになり焦った結果でもあり、牛若に起請文を書かせようとすることといい、自分の恋のためには積極的に行動する娘の姿に描かれているのである。

どちらの作でも一人娘に対する父親の愛情が描かれているが、娘の造型が大きく違っている。そのために、結果として鬼一法眼の対応も変わらざるを得なかった。ここには時代物の枠組みでありながら、人物は当代の娘の姿を映そうという其磧の時代物における姿勢が表われている。その営為に『世間娘気質《せけんむすめかたぎ》』を結びつけることはあまりにもあざといが、其磧が原作の浄瑠璃からずらして造型してみせた「当代の娘」の奔放さを楽しむ読者がいたことは想像に難くないであろう。

さて、舞台上において演技されるべき浄瑠璃と、紙媒体である浮世草子ではおのずと表現に違いがあることは当然である。その点からは、鬼一法眼が義経たちを逃がした後に、切腹しないで清盛の沙汰を待つ（巻七―一）という箇所にも差異と工夫がある。内山美樹子氏は、義経に娘を頼んだ後に切腹する「三略巻」での鬼一法眼の姿と比較して、

（『虎の巻』における）鬼一は自分の板ばさみの立場を説明し、牛若に虎之巻を与えるだけで、自害はしないで済ませている。しかしこれではどうも鬼一という人間の誠実さが証明されず、むしろ打算的にすらみえて、悲劇的感動が盛り上がらない。

と述べ[10]、「三略巻」の鬼一法眼を高く評価している。しかし、この見方は当然ながらまったく逆の視点からの反論が可能である。ここで鬼一法眼が権力者の沙汰を待ち判断を仰ぐという姿勢には、鬼一法眼が実際に世の中を渡ってきた人間であることの現実認識が反映されていると見ることもできよう。この点については、長谷川氏の、

> 鬼一が牛若・鬼三太の為をはかり、皆鶴を牛若と結婚さす事と平家の禄を受ける身である事とを義をそこなはぬ様に処理するに苦心する他に、湛海の皆鶴と三略巻を手に入れようとする野心を防ぎ、清盛からの五条の橋の千人切の犯人を捕へよとの命令にも対処する苦心を加へ、浄瑠璃第五段の五条の橋での牛若・弁慶の出会を移して、弁慶が鬼一方に三略巻を奪ひ取らんと来る事にするなど複雑化している。

という指摘[11]が示唆に富んでいる。より複雑で多くの要素を内包する鬼一像を其磧が創出してみせたと言えるのである。鬼一法眼は類まれな力をもつ陰陽師ではあっても、武家社会における地位はあくまでも平家の家来であってこそ得られるものである。もともと源氏方の家に生まれながらも平家の禄を食むことで生き抜いてきた鬼一法眼には、時代を見る眼とバランス感覚がある。追手をかけられることが予想し得る状況で、逃がした後にも責任を持とうとする鬼一法眼の姿には現実味がある。これこそが浄瑠璃では決して得られない、現実感覚を有する浮世草子の面目躍如《めんぼくやくじょ》たる要素ではないだろうか。其磧の浮世草子ならではの方法といってもよい。それはたしかに浄瑠璃の理想主義とは相反するものであるように見えるが、現実的な最善の方策を思考する鬼一法眼にすることで、現実にありえる理想の人物となっているとも言えよう。

それは、先の一条大蔵卿の造型にも表れている。「三略巻」では、源氏を庇護する本心はあっても、あくまで

も作り阿呆の様子を描くことに主眼があった大蔵卿に対し、『虎の巻』ではより力強い思慮・策謀に富んだ人間に変えている。あくまで源氏の血筋の者を守ろうという目的のための作り阿呆であるため、その飄々《ひょうひょう》とした世間における位置はほとんど触れられず、七巻に、全てを最後にまとめるための人物として設定されているのである。家老の逆心なども察しながら、平家に一矢報いるという大望を果たすため、じっと時節を待ち耐える、という庶民の考える英雄の雛形にそった造型となっている。これらは、世界はあくまで『義経記《ぎけいき》』に拠っていても、そこに生きる人物達は当世に生きる人物像に重なっている、ということを強調する浮世草子の描き方であり、其磧なりの世界の取り込み方であったと捉えられよう。

以上のように、登場人物や大枠の設定、主な筋書きは浄瑠璃である「三略巻」を利用していながら、其磧なりの作品に対する工夫も多く見られることを確認してきた。例えば、登場人物の基本的な関係はそのまま浄瑠璃を利用しているものの、そこに男色や廓の記述を加えて「滑稽」「卑俗」そして「長編小説構成としての合理性」という浮世草子らしさを加味し、時代物の大仰な世界に当代的な感覚を付加することにより、生き生きした人物を創出している。同じ様に、軍記物語の利用についても、浄瑠璃をそのまま移す訳ではなくより軍記からの摂取を増やしている点に工夫が見られる。文章中に『平家物語』から多く引かれていることも、これまでの其磧の浮世草子に見られる特徴である。これまでの作に『平家物語』や『太平記』を下敷きにした作品が多いことから、其磧にかなりの知識があったことは当然であり、その知識を自由に使用していると言える。『虎の巻』は「三略巻」に比べ、より平家方源氏方の武士の名前が頻出しており、軽い筆致ながらも武士の物語であろうとする意識が見られる。

これらの工夫を本稿では原作の「浄瑠璃ずらし」と呼ぶ。確かにその工夫を感得できた者は読み巧者で演劇通でもあった「上の読者」だけであろうが、そこに其磧の時代物浮世草子の一つの魅力を認めるものである。

おわりに

本作は、浄瑠璃「鬼一法眼三略巻」の上演を契機に、浄瑠璃上演後すぐにそのまま歌舞伎化されていく演劇界の動向を見て、其磧が浮世草子化した作品である。鬼一法眼譚は、『義経記』に原型が見られる。その鬼一法眼像に、鞍馬天狗の兵法教授譚が加えられ、「三略巻」は作られている。その「三略巻」に沿った形で作られた『虎の巻』は、浮世草子によく見られる当代意識や好色物・男色の記述などを加え、軍記物語からも多くを取り入れつつ成立したものと言える。

これら其磧が、演劇とは違う形で描き出していく工夫を、本節では「浄瑠璃ずらし」としてまとめたい。例えば演劇の山場である「菊畑」の場面を男色を絡めた場面に変換することは象徴的である。浄瑠璃の華やかな見せ場である「菊畑」は、鬼一法眼の皆鶴姫に対する親の情愛と、平家に対する忠義との相克を描き出す重厚な人間味溢れる場面である。ここに、浮世草子では、皆鶴姫の艶書や義経の男色の噂などにより、好色味を付与する。そしてそれらのやりとりは、非常に軽い筆致で描かれる。これらの変更によって得られた滑稽感や卑俗性こそ、言い換えれば西鶴から続く浮世草子らしさであり、浄瑠璃をずらすことで得られた面白さであったとも言える。

本作は、浄瑠璃に多くを借りている点から、後半時代物浮世草子の典型作として、其磧自身の工夫の少ない作品とされてきた。しかし、本節で指摘してきたように、其磧は浮世草子として構成するために演劇をそのまま写したわけではなく、多くの工夫を鏤《ちりば》めている。重厚な浄瑠璃を浮世草子の手法で再構築した点に、其磧らしさが発揮されていると考えたい。

注

1 『義太夫年表』（八木書店）

2 『浮世草子の研究』（桜楓社、一九六九）

3 「江島其磧と通俗軍書――『当世御伽曽我』『風流東鑑』と『根元曽我物語』」（『名古屋大学国語国文学』七三号、一九九三・十二）

4 「『鬼一法眼三略の巻』について」（『近世演劇の思想と伝統』東京都立大学伝統文化の会、一九六六）

5 大曽根章介他編『日本古典文学大事典』（明治書院、一九九八）

6 石川松太郎編『往来物大系六一』（大空社、一九九三）

7 『日本名所風俗図会10大阪の巻』（角川書店、一九八〇）

8 「三略巻」については、内山美樹子氏が「国民的英雄を好んで浄るりの主人公に選び、その華やかで勇ましい生涯を賛美する。と同時に従来の伝説で、そうした英雄達の脇役または敵役としてしか扱われなかった人物達（この作で言えば鬼一法眼や一条大蔵譚）の立場をも同情的にとらえ直し、そこにも一種の庶民英雄像を見出だそうと努めるのである」（「『鬼一法眼』鑑賞と戯曲研究」『国立劇場上演資料集』五二五号、二〇〇九・九）と指摘されている。

9 阿部美知代氏「『平家物語評判秘伝抄』――鬼一法眼を中心に」（日本文学協会大会口頭発表、於いわき明星大学、二〇一四・七・十二）

10　前掲注8論文。

11　前掲注1書。

※本文は、『平家物語』を『新日本古典文学大系』（岩波書店、一九九一）、「鬼一法眼三略巻」を『義太夫節浄瑠璃未翻刻作品集成9鬼一法眼三略巻』（玉川大学出版部、二〇〇七）、『鬼一法眼虎の巻』は『八文字屋本全集　第十二巻』（汲古書院、一九九六）に拠る。傍線は全て私に付した。旧字などは私に直したものがある。

第四節　時代物浮世草子作者論

はじめに

いうまでもなく、元禄期を代表する作家、井原西鶴亡き後、出版界をほぼ独占する書肆《しょし》兼仕掛け人である八文字屋の代表的作家は、江島其磧である。京都の裕福な商人であった彼は、浄瑠璃「大伽藍宝物鑑《だいがらんほうもつかがみ》」、役者評判記『役者口三味線《くちじゃみせん》』を手がけてデビューを果たし、新機軸を次々に打ち出していく。しかし、その間に家業が傾き、八文字屋と利益配分を巡って争うことになる。そして、八文字屋と和解後は、自笑との連名で刊行していくが、作風はそれまでと変わって、そのほとんどが時代物浮世草子へと変化するのである。

其磧が多作家で人気作家でありえたのは、後世の研究でやたらと喧伝されるこの八文字屋との抗争をもってではない。むしろ逆に、その世代における人気作家であったがゆえに、その事蹟への関心と共に研究が進展し、八文字屋との抗争が取りざたされるようになったのである。其磧にとってみれば「八文字屋本作者」と「流行作家」の呼称のいずれが快かったのかは論じえないが、「八文字屋本作者」と呼ばれれば、どこか居心地の悪さを感じる彼の横顔を思い描くことはあながち無理な妄想であろうか。

また、その分け方に大きな問題はあるにしろ、其磧という作者には『世間子息気質《せけんむすこかたぎ》』、『世間娘気質《せけんむすめかたぎ》』の名作があることは同時代から連綿《れんめん》と続く評価であって、「気質物作者」として其磧を評価するという立場はある程度認めざるを得ない。しかし、「気質物」のみをもって其磧は人気作家と呼ばれているのではあるまい。「気質物」をはるかに超える作数を数える「時代物」を描いてこその人気作家、多作者なのである。

まして、西鶴の亜流や模倣者、演劇作品の焼き直しをもって時代の代表作家となったのではない。それは其磧の小説の愛読者を現代の目から蔑視することにほかならないだろう。確かに「職業作家」としての其磧は広範な読者獲得のために人気演劇を利用することはあったであろう。ただ同時に、「物書き」の矜持《きょうじ》をもって「上の読者」をも唸らせんとした其磧の真摯《しんし》な姿も認めなければならないはずである。その両面が揃ってこその作家其磧であると考える。本章では「時代物浮世草子作者」として其磧を考察することをもって締めくくりたい。

一、時代物浮世草子と歌舞伎・浄瑠璃

従来、時代物浮世草子の評価は、序文に歌舞伎あるいは浄瑠璃を移す、と明記されることが多いことから、演劇作品の翻案としてまとめられることがほとんどである。そのため、評価も低い。例えば『日本古典文学大辞典』[*1]では、「歌舞伎・浄瑠璃の人気を利用し、その趣向・構成を借りて長編小説化した時代物」は、「前半期には歌舞伎による作が多」く、「後半期は浄瑠璃による作が多く、原拠の構成によりかかった安易さ」が見える、とされる。すなわち、八文字屋との和解後、生活基盤が安定した時期だったことも相俟《あいま》って、歌舞伎・浄瑠璃の人

気と構成によりかかった安易な典拠利用作であり、其磧の新味を求める姿勢や工夫が少なく、刊行数を確保するための作品群という認識なのである。そのため、作品数としては最も多いにも拘わらず、時代物浮世草子については等閑視《とうかんし》されてきたと言っても過言ではない。

本節では、前節の『鬼一法眼虎《きいちほうげんとら》の巻《まき》』に続き、丸本が残るために、より安易だとされてきた時代物浮世草子後半期について考察し、時代物浮世草子の再評価を試みるものである。また、煩雑になるためいちいち記さないが、長谷川強氏『浮世草子の研究』[*2]に大きく拠るものであることを断っておく。

ここでいう時代物浮世草子の後半期とは、享保十年（一七二五）に竹本座で上演された竹田出雲作「出世握虎稚物語《しゅっせやっこおさなものがたり》」を典拠にした『出世握虎昔物語《しゅっせやっこむかしものがたり》』（享保十一年正月刊）以降の作を指す。ほとんどの作品の典拠とされる浄瑠璃は既に指摘があり[*3]、一見して解決済みの観がある。

しかし、浄瑠璃の人気を借りたにしては、典拠とされる浄瑠璃初演年月と浮世草子の刊行年の間にタイムラグがある作品が多い。左記【表6】に、長谷川強氏の指摘を基に、時代物浮世草子刊行年と上演年月の比較表を載せた。

【表6】 典拠とされる演劇上演時比較表（但し、初演時との年数差であり、典拠とされる演劇が特定されていないものは除いたことを断っておく。）

浮世草子作品名	浮世草子刊行年	浄瑠璃	歌舞伎
『出世握虎昔物語』	享保十一年正月	1	1
『頼朝鎌倉実記』	享保十二年正月	3	3
『大内裏大友真鳥』	享保十二年正月	2	1

『北条時頼開分二女桜』	享保十三年正月	2	1
『記録曽我女黒船』『本朝会稽山』	享保十三年正月	10	3
『御伽平家』『風流扇子軍』	享保十四年正月	7＊i	7
『契情お国歌舞妓』	享保十五年正月	22	3
『風流東大全』『奥州軍記』	享保十六年正月	2	1
『曦太平記』『楠軍法鎧桜』	享保十七年正月	9＊ii	6
『鬼一法眼虎の巻』	享保十八年正月	2	1
『那智御山手管滝』	享保十八年正月	31＊iii	
『三浦大助節分寿』	享保十九年正月	4	4
『都鳥妻恋笛』	享保十九年正月	14	
『真盛曲輪錦』	享保二十年正月	7	6
『咲分五人娘』	享保二十年正月	8	1
『略平家都遷』	享保二十年正月	20	
『風流西海硯』	享保二十年二月	1	1

（＊i「伊勢平氏年々鑑《いせへいじねんねんかがみ》」とは三年、ii「楠正成軍法実録《くすのきまさしげぐんぽうじつろく》」とは二年、iii改題された「復鳥羽恋塚《たまよばいとばのこいづか》」とは八年）

右記表を見ると、『出世握虎昔物語』や『大内裏大友真鳥《だいだいりおおとものまとり》』のように、浄瑠璃が浮世草子刊行前二年以内に演じられているような場合はその影響関係もわかりやすい。しかし、享保十三年正月刊行『記録曽我女黒船《きろくそがおんなくろふね》』、後編『本朝会稽山《ほんちょうかいけいざん》』は、享保三年の浄瑠璃「曽我会稽山《そがかいけいざん》」とは十年の間がある。その他、享保十五年正月刊行『契情《けいせい》お国歌舞伎』が、宝永五年（一七〇八）の浄瑠璃「傾城反魂香《はんごんこう》」とは二十二年、享保十八年正月刊行

『那智御山手管滝《なちのみやまてくだのたき》』が、元禄十五年（一七〇二）の浄瑠璃「一心五戒魂《いっしんごかいのたま》」とは三十一年、その改題作である享保十年の浄瑠璃「復鳥羽恋塚」とも八年の時間差がある。

　これら、上演時と浮世草子刊行までの時間差のある作品のうち、歌舞伎を仲立ちさせれば説明できるものもある。『記録曽我女黒船』は、刊行三年前に歌舞伎「木曽梯女黒船《きそのおもかげおんなくろふね》」の上演があり、浄瑠璃ではなく、歌舞伎の影響で成ったものと言える。『咲分五人娘《さきわけごにんむすめ》』の場合も、刊行前年に「山椒太夫《さんしょうだゆう》五人娘」として歌舞伎になっているため、その影響と考えられている。同様に、享保十四年正月刊行『御伽平家』は、享保十一年の浄瑠璃「伊勢平氏年々鑑」を元に、享保七年の浄瑠璃「仏御前扇車」を加えた作とされるが、刊行二年前に、京都と大坂で演じられた歌舞伎「伊勢平氏年々鑑」を契機に作られたと考えられる。[*4]つまり、時代物浮世草子の執筆には、浄瑠璃だけでなく、歌舞伎からの影響関係も考え合わせねばならない。すなわち、外題《げだい》から容易に浄瑠璃との関係だけが説かれるが、実態はさほど単純ではなく、やはり丸本のような台本の残らない歌舞伎の舞台を視野に収めなければ其磧の時代物浮世草子は見誤ってしまうだろう。

　加えて、享保期、特に上方では、「浄瑠璃狂言（丸本歌舞伎）」と呼ばれる浄瑠璃から影響を受けた歌舞伎作品[*5]が多く、外題も内容も浄瑠璃をそのまま移す歌舞伎が、浄瑠璃上演後すぐに上演されることが多い。そのため、浄瑠璃と歌舞伎の影響の区別をつけるのが非常に難しい時期でもあったのである。

　つまり、其磧の時代物浮世草子後半期というのは、浄瑠璃作品そのものというより浄瑠璃狂言が増加した時期であった。ということは、其磧にとっては浄瑠璃を取り入れるというよりは、歌舞伎の方での流行を取り入れるというような感覚ではなかっただろうか。そう考えれば、従来、時代物浮世草子の依拠作品の変遷が歌舞伎から浄瑠璃への人気の移行に拠る、とされてきた截然とした区分は意味を失う。もとより其磧には浄瑠璃と歌舞伎の区別はそれほど存在しなかったのであり、時代物浮世草子を前半と後半とに分けること自体の意味が問い直されねばならない。

また、本書（第二章第二節）でも触れたように、従来、『風流七小町《ふうりゅうななこまち》』『桜曽我女時宗《さくらそがおんなときむね》』『女将門七人化粧《おんなまさかどしちにんけしょう》』は、人気役者であった荻野八重桐の舞台を基にして翻案された作と言われてきた。[*6] この八重桐を利用した一連の作品も時代物浮世草子後半期作の作である。そのことと関連して、八重桐と其磧との関係についても触れて叙上の説を補強しておきたい。

時代物浮世草子後半期の作品中、前節で扱った作品以外で、八重桐が演じた舞台と関連するものは、

『大内裏大友真鳥』（享保十二年正月刊）

↓享保七年京「九州大友都」兼次女房・すくね兼道、享保十一年京「傾城双子山」途中で助演

『曦太平記《あさひたいへいき》』後編（享保十七年正月刊）『楠軍法鎧桜』（享保十七年正月刊）

↓享保八年京「大塔宮曦鎧《おおとうのみやあさひのよろい》」村上彦四郎・花園

『都鳥妻恋笛《みやこどりつまごいぶえ》』（享保十九年正月刊）

↓享保八年京「二子角田川《ふたごすみだがわ》」奴

『真盛曲輪錦《さねもりくるわのにしき》』（享保二十年正月刊）

↓享保十四年伊勢「篠原合戦」

『愛護初冠女筆始《あいごのわかういこうぶりおんなふではじめ》』（享保二十年正月刊）

↓正徳五年坂「初冠あいごの若」月さよ

が挙げられる。

先述した浄瑠璃狂言について、享保十三年刊『役者遊見始《ゆみはじめ》』（京）に、大坂と違って京都ではそれほど当たっていない、との指摘がある。その例外として「八重桐座の「大塔の宮」」が挙げられている。浄瑠璃狂言に限って言えば、珍しく出演した八重桐は好評であったのである。其磧が八重桐に思い入れのあったことは本書（第二章第二節）で指摘した通りであって、京都に住んでいた其磧が八重桐のこの好評を見逃すはずはなく、浮世草子にしたものと思われる。

時代物浮世草子の作品全体数を考えると、八重桐と関連するこれらの作品例はそれなりの数を占めていると見るべきであろう。これらの作品内容は特に八重桐を示すような箇所は見当たらないし、八重桐の舞台と浮世草子刊行までには時間経過がある場合も多い。ただ、多くの歌舞伎利用を考える場合の要因の一つに八重桐という要素の介在は認めてよいであろう。時代物浮世草子後半期作への歌舞伎の影響が、この八重桐関連にも確認できるのである。

二、典拠作からの摂取の方法——原点ずらし

ここで、時代物浮世草子後半期作の特色を改めて問い直してみたい。それは一言で言えば、利用したものが歌舞伎にしろ浄瑠璃にしろ、その演劇作品をそのまま焼き直したものではない、ということである。焼き直しではないということは、そこに其磧の工夫を認めることにほかならない。その工夫を私的に整理して

みれば、

一、演劇の山場を敢えて改変すること
二、構成の複雑化（長編小説化への再構成）
三、卑俗性及び滑稽化の付与
四、女性登場人物への焦点化

の四点になる。

以下、いくつかの作品を例に挙げ、具体的に確認していく。

まず享保十一年正月刊行『出世握虎昔物語』（以下『昔物語』）は、時代物浮世草子を前半後半に分ける分岐作とされる。本作は、浄瑠璃「出世握虎稚物語」（享保十年五月九日上演）に拠るが、長谷川強氏は、「ほぼ「稚物語」の構成に従つて構成されてゐる事がわかる。ただ発端に城内の重厚を避け、梅見を出すところは歌舞伎的な気味合のある変改である。趣向は大分踏襲されてはゐるが（中略）其積の構成力はよくその力を発揮してをり巧みである」と評価され、享保十年秋に上演された歌舞伎について「詳細は明かではない」としつつ「主要場面についていへば浄瑠璃のみを翻案しても即ち歌舞伎の翻案にもなるといふ事であつた。ただ藤七の名は歌舞伎から取つたのであつたのである」[*7]としている。

享保十年の浄瑠璃上演後、同年中に京都・三保木座で歌舞伎「出世握虎」が演じられている。これを受けて、『昔物語』は成ったと思われる。但し、長谷川氏の指摘通り、享保十年の舞台に関して詳細を知ることはできない。

評判記から、浄瑠璃及び歌舞伎に共通する名前があること、浄瑠璃から取ったことを謳《うた》った舞台であったことが確認できるのみである。しかし、『昔物語』の主人公「藤七」の元主人である「松下嘉平次」の名前は、浄瑠璃の「加兵衛」と歌舞伎の「喜平次」を合わせたものであり、其磧が浄瑠璃だけでなく歌舞伎も見ていることの証左になろう。

さて、『昔物語』における利用浄瑠璃作品からの改変箇所を確認してみる。

まず、発端となる姫の縁組について、父の不義密通の噂が、実は父と思わせて母の不義密通が明らかになる、という込み入った筋書きに変更している。

また演劇及び浮世草子における男性の最も主要な登場人物は、道三に対し謀反を起こす南宮である。しかし演劇での山場であった南宮の計略部分は、今川義元家臣である武藤新三郎が若葉という女性に化けて小田家に入り込み、盲目のふりをして密約（実は春永の計略）を聞き、今川に注進する、という、人物を増やして入り組んだ形に変更している。

そして浄瑠璃における信永と藤七の邂逅の場でもある鹿狩の場面はなくなる。その代わり、花見の席で、恋を譲ってもらうように月花に頼む万代姫が描かれる。その後、攫われた万代姫を藤七が救い、殺された月花の幽霊の加勢もあり、二人で小田家にむかう、という女性達の活躍が中心に描かれる。

『昔物語』におけるこれらの改変は、前記の工夫を端的に示していよう。

ついで『頼朝鎌倉実記』（享保十二年正月刊）を見てみる。この作品に先行する歌舞伎作品は、享保九年の初演舞台の後、本作刊行まで三年の時間があるものの、本作刊行前年にも奈良で興行されているので、内容はある程度知られたものだったと推測できる。このうち享保九年の京都にて行われた歌舞伎「頼朝鎌倉実記」の内容は、明らかにしえない。しかし、享保十年刊『役者美野雀《みやすずめ》』（京）には、舞台の評価としては各役者に好意的な評が多いにも関わらず、不入りに終わってしまったことが述べられている。おそらく、この上演結果を受け、これ以降の上演回数がほとんどなかったのだと考えられる。そして、この舞台内容に比して残念な興行結果は、恐らく見巧者《みごうしや》であった其磧も同じように抱いた感想だったのではなかろうか。そのために、浮世草子執筆の材として選んだのではないか、と推測しておきたい。ある意味では、其磧による歌舞伎へのオマージュと呼ぶべき作品である。ここで重要なことは、其磧の演劇利用を論じる際に、どうしてもある偏見に捕らわれてしまうことである。その偏見とは、まず演劇作品が上位にあり、其磧の作品はその焼き直しにすぎないとする先入観である。すなわち、其磧の利用した演劇はすべて人気のあったものであり、其磧はその人気にあやかったにすぎないとする短絡的な評はしばらく措いて、冷静に其磧作品と演劇との関係を論じる必要がある。この『頼朝鎌倉実記』の場合は、其磧があえて「不当たり作」を利用したと見るべきで、その姿勢に大衆作家としての嗅覚と、作家としての矜持の両面を見たいと思う。

典拠とされる浄瑠璃「右大将鎌倉実記」は、頼朝と義経との確執を主筋に構成されている。浮世草子と主要登場人物名はほぼ重なっているし、枠組みとしての筋立ても重なるといえる。しかし、行家が静への横恋慕から義経の讒言をする浄瑠璃に対し、浮世草子では行家が偽の家来を仕立てて静を奪い取ろうとする、巻一を全て使った複雑な話に変えている。また、浄瑠璃の見せ場である文内の碁打ちの場面は、砂糖のように甘い四郎忠信という名前を持つ近所の抜けた息子を登場させ滑稽味を付与する。その上で、文内が北条時政への義理を重んじ婿の佐藤忠信を訴人する場面を、娘の安督が訴人するかを決めて父か夫かを選ばねばならない状況へと変化させており、浄瑠璃の内容とは重なっていない。

以上のように、本作も人物名や設定をつかいながらも、あえて演劇の見せ場をそのまま利用はせず、全体的にもかなり自由に筋書きを変えていることが確認できる一方、女性へと焦点が当たっていることも着目すべき変更点と考えられる。

『大内裏大友真鳥』（享保十二年正月刊）に移る。この作品は、序文に、

　難波の浜の真砂の数よりも尽ぬは歌舞伎狂言浄瑠璃の趣向ぞかし…近年の出来操誰も彼もと大友を誘ひ気慰みに羽をのす真鳥の浄瑠璃双子の取組さりとはよい〳〵

とあるように、享保十年に上演された竹田出雲作の浄瑠璃「大内裏大友真鳥」を元に、享保十一年に上演された歌舞伎「傾城双子山」の内容を付加して五巻構成で作られたものである。「大友真鳥」は、元禄頃に成立した浄瑠璃作品で、歌舞伎に移されたり、その世界を借りて派生作品が陸続《りくぞく》と生まれるよく知られていた作品であった。但し、それら「大内裏大友真鳥」以前の「真鳥」関連舞台と「大内裏大友真鳥」と共通するものは見つけられず、本作への影響はほぼないと考える。

さて、「大内裏大友真鳥」は、『浄瑠璃譜《じょうるりふ》』に「是四段目兼道の身替り、古今の趣向とて大当り也〳〵」、『貞柳伝《ていりゅうでん》』に「此年竹本筑後掾芝居ニて大友真鳥の浄るり出て初日九月十八日なり大当りなりければ／梓弓ひくてはないか此芝居めつたまとりにあたりこそすれ」とあるように、大変評判のよい舞台だったようで、大当りした。この浄瑠璃の大当りも影響し、享保十一年二の替りには同じ真鳥の謀反劇を下敷きにした歌舞伎「傾城双子山」が二つの座で同時に上演されている。享保十一年三月刊『役者拳相撲《けんずもう》』（京・桐野谷権十郎条）に、「当二の替

りけいせいふた子山に。三役のおつとめ。むかひふた子やまを。もの〻見ことにとつてなげられました」とあり、姉川新四郎条に、「二の替りけいせい二子山。狂言もお役めもあたりなし」とあるところから、万菊座の舞台の方が当たったらしい。この万菊の舞台の絵尽くし『けいせいふた子山』（八文字屋刊）の題簽《だいせん》にも、「万菊大あたり」「二のかわり大々あたり」とある。これを追い風にして、享保十一年五月、九月と続けて、歌舞伎「大内裏大友真鳥」の上演が行われた。しかし、この大坂での歌舞伎がどのような評判をとったのかは不明である。ただ、同じ年の六月に奈良で浄瑠璃「大内裏大友真鳥」が上演されていることを考えると、少なくとも人気のない作ではなかったように考えられる。この「真鳥ブーム」とでもいうような上演ラッシュに乗じて、其磧は浮世草子の刊行を目論んだのではなかろうか。しかも、京三保木座の歌舞伎「傾城二子山」は、「途中で八重桐スケに入る」[*8]と、八重桐が途中から加入した舞台であった。上演されたばかりだった上に、八重桐との関連も深い作であり、其磧が興味を抱く要素が多かったと考えられる。

次に、内容を確認する。浄瑠璃「大内裏大友真鳥」は、天下を狙う悪役大友真鳥を、高村宿禰兼道という青年が滅ぼす、という物語で、兼道の婚約者である香取姫への真鳥の横恋慕や、お互いの家来達の忠義、生き別れた双子の兄弟の身替りの悲劇などが描かれる。浄瑠璃と歌舞伎を比べると、その内容の差異は少なく、逆に浄瑠璃をそのまま移したことが歌舞伎の見せ場の一つになっている。

これら演劇と浮世草子の登場人物はほぼ重なっている。しかし、本書で縷々《るる》指摘したように、浄瑠璃と歌舞伎が登場人物の設定もほぼ同じであるのに対し、其磧はまったく異なる描き方をしているのである。どうやら、そこに其磧の特徴、時代物浮世草子の性格と魅力が求められそうである。

演劇最大の趣向といえる、兼道が双子である設定は取り入れているものの、かとり姫を双子にしている点が最大の相違と考えられる。「雲居御前が子を捨てた母であること」、「双子を恥ずかしく思って捨てたこと」、「夫には秘密であること」、「捨ててからは一回も会っていなかったこと」、「身代わりとして首を所望すること」は共通している。しかし演劇では、双子である助八を連れてくる立花主計が駕籠かきを殺すところと、秘密が漏れないようと切腹して忠義を示す場面も重要な山場になっているが、その場面を其磧は全く取らない。其磧の注目したところは、女性であるが故に生れる不義と孝行との板ばさみで苦悩する心情である。そこに焦点をあてて、女性達が主人公となった場面に改変するところに其磧の筆の冴えと走りがあるのである。

また、女性達の描き方自体にも差異が見られる。まず浄瑠璃では、立浪と花英という善悪両方の家来達の嫁同士の戦というのが一つの見せ場になっている。これは演劇らしい視覚的効果の高い場面と言えるが、其磧はこの効果を全く取らない。その代わり、立浪一人に焦点が当たり、真鳥の家来の娘である立浪が、兼道の家来である蔵人の妻となるために苦労し、ひたすら尽くしていくという形に改変するのである。浄瑠璃では主要人物であった花英は、蔵人馴染の遊女として名前のみの登場となる。この設定は「傾城双子山」からの影響かと推測されるが、其磧は、真鳥の家来ではあるものの、主君を諫める忠義の武士であり立派な人間である親兄弟を持つ立浪を軸として、その苦悩を浮き彫りにすることで、対立する家に翻弄される人間達のドラマを描いていく。そして最後の場面では、真鳥が捨てた息子が兼道という驚きの事実から、真鳥自害につなげる、という複雑化した人間関係を描いている。浄瑠璃において、単なる悪役だった真鳥に比べると、肉親を思う情が描かれることにより、真鳥の悪逆さは薄まり、人間的な深みが付け加えられたといえよう。その「人間的な深み」こそが時代物浮世草子作者・江島其磧の再評価への秘鑰であろう。

『風流東大全《あずまたいぜん》』（享保十六年正月刊）とその後編『奥州軍記《おうしゅうぐんき》』（享保十六年正月刊）は、享保十四年の並木宗輔・安田蛙文の合作の浄瑠璃「後三年奥州軍記」に拠る。浄瑠璃は、後三年の役を題材に義家と安部貞任・宗任兄弟との争いに、義家の弟、賀茂次郎と敵の娘尾上の上との恋、義家の家来大宅惟広の臆病ぶりなどの挿話を絡めた作品である。但し、この浄瑠璃は、歌舞伎に移された例を確認できていない。長谷川強氏が「影響を明かに指摘できる」として歌舞伎「寛活陸奥都」（享保十五年、江戸、森田座）を挙げられるが、享保二十年刊『役者若見取《わかみどり》』（江戸）の評判を見ても内容については詳細にはわからない。しかし、少なくとも、所作や登場人物名も其磧の浮世草子とは重ならない。歌舞伎からの影響はほとんどないといえる。

そこで先行浄瑠璃と其磧とを比べると、前九年の役と後三年の役を題材にしている点と、八幡太郎義家、鎌倉権五郎景政、安部貞任・宗任兄弟に尾上の前といった主要登場人物の名前は浄瑠璃と重なるが、その造型はこれもまたほとんど重ならないことが指摘できる。

例えば、浄瑠璃の主役である義家に相当するのは、義家の父頼義へと変更される。その代わり、浄瑠璃では、義家の弟である賀茂次郎と敵の娘・尾上の上との恋だったのが、浮世草子では、義家は敵の娘尾上の前に恋慕される役目として活躍の場を与えられていると言える。また、浄瑠璃における最大の悪役である清原武衡は、浮世草子では義家の不肖《ふしょう》の息子と手を組んで謀反をたくらむため、スケールは小さくなり、義家の息子の至らなさについて多くの筆が割かれる。その上、臆病を克服する姿が見せ場であるはずの大宅惟広は女性へと変更される。浮世草子では、女性が男性のふりをしていた設定が明かされることで、臆病なのもしかたがない、とオチが付けられ滑稽味が付与される。この「滑稽味」や「女性への視点」も先の「人間的な深み」と同様、其磧の時代物浮世草子の魅力を語る秘鑰である。

以上のように、本作では、演劇での見せ場を利用はするものの、そこに描かれるものが全く変わってしまっている。また、全体的に男への描写が減り、女性に視点が移っているのは、これまで取り上げた作と共通する。これをもって本書では其磧の時代物浮世草子の手法と魅力の典範を型どりたいのだが、もう数例を列ねる必要があろう。

前節であげた『鬼一法眼虎の巻』は、「鬼一法眼三略巻」に拠る。浄瑠璃の山場である菊畑の場面を、男色を絡めた女性からの口説きの場面に変えていることを筆頭に、八朔祭りといった京都の風俗、廓の様子などを女性登場人物を主体に大幅に書き加えたものであった。

『三浦大助節分寿《みうらのおおすけせつぶんことぶき》』（享保十九年正月刊）は、享保十五年二月十五日、大坂竹本座にて初演された浄瑠璃「三浦大助紅梅靮《みうらおおすけこうばいたづな》」から外題を利用した作品であるが、其磧は内容を大きく改編している。もともと浄瑠璃として人気が出た作ではなかったらしく、『叢書江戸文庫　竹本座浄瑠璃集（二）』*9の解題によれば、通しで上演されたのは初演のみと考えられている。歌舞伎にしても、通し上演ではなく、「石切梶原」として有名な三段目切のみの興行が今日まで行われているが、どちらにせよ当時、特別に当たった作品とは言えない。

其磧がこの浄瑠璃から利用しているのはほぼ名前のみであり、その人物造型に重なるものはほとんど無い。例え、姉妹関係や親子関係などの人物設定は重なっていても、その関係にまつわる挿話がほぼ重ならないのである。例えば、こずえとおたか（実はお犬）が出会う店を、浄瑠璃では、鎌倉名物青貝屋であったのが、さなだの縁から真田紐の組紐屋に変更する。浄瑠璃では、頼朝にまつわる土地であることを強調することで、時代物であることを示していたのに対し、浮世草子では、真田与市にまつわる姉妹の敵討ちが主たる筋になっていることからの変更である。やはりここでも、女性への焦点化と滑稽味の付与が確認できる。

もともと、浄瑠璃と歌舞伎の外題にある「紅梅靮」が示すように、演劇では、最後に登場する老人が着る華やかな軍装が見せ場であった。其磧は、その演劇の見せ場を削って、三浦大助達老人に、仙人に化けて不老不死の薬代を悪役達から騙し取る、という活躍を与えたことにより、題名も「節分寿」に改編したのである。本作以前の時代物浮世草子後半期作は、浄瑠璃外題とほぼ同じ題名となっていた。しかし、本作後の時代物浮世草子の題名は、典拠とされる浄瑠璃の外題までをも大きく変更したものになっていく。その点からも、典拠とされる浄瑠璃や歌舞伎の内容を踏襲するというよりは、もはや素材として利用する其磧の姿勢が顕著となった作と言える。『都鳥妻恋笛』（享保十九年正月刊）は、既に隅田川物からの影響[*10]など指摘されているが、やはり女性登場人物を主に据えて構成している。

以上のように、どの作品においても、演劇をうまく利用して新しい作品に構成し直していることが確認できる。そして、四点の変更要素はほぼ踏襲されている。

この四点の改編や工夫を本書では「浄瑠璃ずらし」と呼ぶことを提唱したい。

三、典拠作以外からの「典拠」

さて、其磧は時代物浮世草子において、演劇をかなり自由に改変し、小説としての構成を重視していることを指摘してきた。それでは、その改変における典拠はあるのだろうか。

『曦太平記』（享保十七年正月刊）及びその後編『楠軍法鎧桜』（享保十七年正月刊）は、序文に、

見ぬ世の勇士の高名を書載し太平記の面白き所々を新たに綴りて人々の心を慰る操歌舞伎の趣向を取集て初

巻五冊には大塔宮斉藤土岐が事を述べ後巻五冊に熊野落と赤坂城を種にして楠が軍法の古今に秀たる所を著し都合十巻と成て桜木に鏤春の花と倶にひらひて御覧を願ふものなり

とあるように、享保八年に上演された竹田出雲・松田和吉合作「大塔宮曦鎧《おおとうのみやあさひのよろい》」を元に享保十五年に上演された浄瑠璃「楠正成軍法実録」の内容を足して、最初から十巻の構成で作られた浮世草子である。享保八年の浄瑠璃上演の後、すぐに歌舞伎「大塔宮曦鎧」の上演が行われている。この八重桐座の舞台は、『役者三友会《みつどもえ》』（享保九年、大坂）に

当春大塔宮ニ永井右馬頭と成（中略）去年京にて。八重桐座にて此長十郎役を。中村勘十郎殿致されしが。善悪のさかいくらぶる人もなし（澤村長十郎条）

右馬の頭女房花そのと成（中略）身がはりおんどのおもひ入。若宮の替りニ我子つるちよを。おんどの間につき出さるゝなげき。いやはや身ぶりなら物ごしなら。がのおれたせんさく／此役去年京にて八重桐殿致されしが。なか〱八重桐殿よりは此お人はるかによし。うれいなら思ひ入なら。どふもほむるニとうはく仕る。又此かくな事を。おそらく。外ニ仕手はござるまい。此度の当りは此人〱（市村玉がしは条）

と見え、好評だったようである。この後も歌舞伎の上演が続いていく中で評価の比較対象とされている舞台であった。

ここから見る限り、少なくともこの「大塔宮曦鎧」は人気のない作ではなかったようだが、享保十一年以降享

保十七年刊行時までの上演記録が見当たらないため、『曦太平記』が直接この浄瑠璃と歌舞伎の人気を当て込んで作られたとは言い難いだろう。ここで享保十五年に浄瑠璃「楠正成軍法実録」の上演があったことを考えると、この舞台は人形の目の工夫によって評判を呼んだものであったことから、まず「楠正成軍法実録」を取り込んだ作が考えられ、登場人物の共通点があることから「大塔宮」を合わせることを考えたのではないか。特に享保九年の大坂松嶋座と江戸森田座での歌舞伎の舞台はあたったようで、其磧の評判記にもかなり詳しく述べられていることからも、思い出すことは容易であったと推測できる。浄瑠璃と歌舞伎の登場人物はほぼ重なっている。内容も、序（赤藤）、三段目（身替り音頭）、四段目（戸野兵衛の気狂いの所作・藤の棚の立合）など、浄瑠璃をそのまま移したことが歌舞伎の見せ場の一つにもなっていることが確認できる。

しかし、其磧は、主要登場人物名は演劇と共通にしているものの、その描かれ方は大幅に改編する。粗筋を比べても、ほとんど重なるところがない。

まず第一段目。演劇では、後醍醐天皇後の位争いに赤藤の拵えを出すところが最初の見せ場になっているが、浮世草子ではこの場面は削られる。その代わり、悪役高橋九郎が恋慕する永井の妹、春日の前を登場させ、高橋を嫌った永井が、小牧という腰元を身替りに立て騙して連れて行かせるという筋書きになっている。小牧を春日の前と信じさせるために、次々明らかになる登場人物の素性が二転三転するという入り組んだ人物設定になっており、舞台で見せるには難しい。

次に無礼講の場面では、演劇では中納言の屋敷での三位の局の腰元姿と悪役交ざっての万歳の趣向が見せ場であったのを、浮世草子では廓をそのまま移したという設定にする。婿である土岐頼員に去り状をもらいに来た斉藤が、籠に乗って店まで入ってくる当時の廓を写した描写と、そこに呼ばれた土岐の馴染の傾城、尾上が、実は常盤駿河守の妾で、朝廷側の動きを内通するために傾城となっていたことが明かされる描写が山場となる。実は身分ある者が夫（あるいは恋人）のために傾城となって内通するというのはこれまでにも其磧は描いてきており、例えば赤穂浪士ものの浮世草子である『けいせい伝受紙子』などにもみられる。

三段目は、演劇では身替り音頭の場として有名な場面である。忠臣永井が若宮の身替りに息子を殺そうとする時、敵方の斉藤が全く別の子供の首を取り、それが実は自分の孫であった、と明かすという愁嘆場になっている。ここを、浮世草子では、永井夫婦が、息子は拾い子だから殺せない、と争う時に、突然斉藤の娘、早咲が永井の息子の首を取り、驚く周囲に、実は自分が捨てた子だったと明かす筋書きになっている。「斉藤の孫の首を若宮の身替りにする」という設定は変わらないものの、全く別の関係性に変更され、どちらかというなら早咲に焦点が当てられた山場となっている。

また、四段目は、山伏姿に身をやつした大塔宮が、戸野兵衛を味方につける場面となる。山場は、戸野兵衛の気狂いの所作と、藤棚の下での立合いである。ここを浮世草子では、気狂いになっているのは戸野兵衛の息子大弥太が都から連れてきたばかりの嫁、蓬生に変える。しかもこれは作り気狂いで、恋人のために傾城として勤めていたのを大弥太に身請けされたことを嫌ってのもの。その恋人というのは大塔宮家臣である兵衛の蔵人で、身売りした理由は大塔宮の軍資金を作るため、と次々に事実が明かされていく。

これらの改編は、舞台の上での分かりやすさや華やかさを捨て、人間関係を複雑にすることにより小説としての面白さを工夫した結果と考えられるが、その発想は其磧の脳裡より紡ぎ出されたものだと断ずるよりも、他の「典拠」、すなわち「大塔宮曦鎧」関連以外の歌舞伎からの影響もあるのではないだろうか。

まず身替り音頭の場面で斉藤が庭の草花を引き合いに常盤御前の古事を引き、三位の局を説得しようとする箇所があるが、これは、其磧の『役者美男盡《みおつくし》』（享保十四年刊、京・澤村音右衛門条）にて「嶋台の松をさして。ときは御ぜんに引かけてのいひこなし。あつはれ大手来」と評されたものが見受けられる。

次に、拾い子であるから身替りにできない、という描写は、やはり其磧の『役者拳相撲《けんずもう》』（享保十一年刊、江戸・富澤半三郎条）に、

吉田梅龍となられ。あら岡兄弟忠義の論。ひろひ子ゆへに身がはりに立られぬといふ様子をきいて。飛かゝつて弟源五をさしころし。すてたる実の親との物語。是は大坂狂言にて。京にて山下京右。けいせい多賀の大幣にさしこみ。しやくし売にていたされし仕組よくござる

とある評と重なる。その後「身替の使者役をのぞみ。首持てのわかれ当りました」と続くのも、この場での斉藤の役割と重なっている。もちろん、身替りに違う人間の首を差し出す、というのは「牛若を鉄砲ずくめ。似せ首を受取。亀井が知略にのせらるゝ。大でき」（『役者美男盡』江戸・尾川善六条）と見えるように珍しいものではないが、同じ『役者美男盡』大坂部中に

顔見せ黄金作にけいせい山城のお役。新九郎殿と我中の取りかへ子。鶴松を殺さるゝ思入。至極〳〵。三十殿せんぎの時。私がころしましたといはるゝ所。さつはりとしてよし（芳澤あやめ条）

とあり、鶴千代という永井の息子の名前につながる名前も見える例を挙げることもできる。

また、身請けした傾城が病気を装う、という描写は、其磧の評判記『三の替芸品定』（享保十六年刊、大坂・中村宗十郎条）に

田舎侍林又左門役。お花を八拾両に請出しかこい置。おはなが作病を見とゞけんため。外へ出る風して。障子越にまおとこを見つけたと。髪をつかまるゝ所。にくうようなさるゝとの評判

とあり、間男を見つけたと詮議する場面は、身請けされた蓬生を見てむっとする村上義隆に通じるように見える。

以上のように、其磧は典拠とした浄瑠璃以外にも其磧の広範な浄瑠璃・歌舞伎の知識を「典拠」として利用していたと思われる。この其磧の工夫が、後世に一定の評価を得ていたことは、この浮世草子をもとにした草双紙『朝日太平記《あさひたいへいき》』（刊行年不詳）が刊行されていることからも確認できる。これは、浮世草子のダイジェスト版と言える草双紙である。絵柄は演劇からの影響が見られることは既に指摘されているが[*11]、演劇の見せ場を取らず、浮世草子に基づく筋書きであることは、其磧が加えた面白さへの評価とも言えよう。

注

＊1　岩波書店。

＊2　桜楓社、一九六九。

＊3　前掲注2書等、先学に既に指摘がある。

＊4　前掲注3書。
＊5　祐田善雄氏「宝永・享保期の浄瑠璃狂言」（『ビブリア』十八号、一九六一・二）
＊6　前掲注3書。
＊7　前掲注3書。
＊8　井上伸子氏「初代萩野八重桐とその時代の女方——付、上演年譜」（『近世文芸』三五号、一九八一・十二）
＊9　宮本瑞夫氏他校訂、国書刊行会、一九九五。
＊10　佐伯孝弘氏「隅田川物の中の『都鳥妻恋笛』——其磧時代物小考」（『江島其磧と気質物』若草書房、二〇〇四）
＊11　鈴木重三・木村八重子編『近世子どもの絵本集　江戸篇』（岩波書店、一九九三）

※本文は、各役者評判記が『歌舞伎評判記集成』（岩波書店）、各浮世草子は『八文字屋本全集』（汲古書院）に拠る。
傍線は全て私に付した。旧字などは私に直したものがある。

第五節　まとめ

「演劇翻案作と一括りに言われてきた時代物浮世草子[*1]」の中で、典拠とする演劇が明確であり、典型的な時代物浮世草子と捉えられてきた時代物浮世草子後半期作品をとりあげてみても、題名に利用された浄瑠璃をそのまま利用している作品はない。特に、演劇での見せ場をあえて書き換え、あるいは全く採らないで違う山場を作ること、それに伴い人物造型を変え、男性よりも女性の登場人物に焦点が当てられ活躍の場が増やされていること、滑稽味や人間的な深みなどの付与が、共通して見受けられる特徴である。そして演劇に比べ複雑化した人間関係を巧みに伏線として利用しながら、章をまたいで解いていく様は、長編小説として枠組が明確であることを意味する。まさに構成が合理的であり、整えられている作品といえる。これらは、其磧が、歌舞伎・浄瑠璃という演劇と、浮世草子という小説との媒体の差異を考慮していたからこその改変であった。

このようなほぼ全ての時代物浮世草子にみられる演劇受容の姿勢は、其磧における井原西鶴の作品の利用と重なる。其磧は、西鶴を単に「剽窃」するのみでなく、文章上のレトリックとして「原拠逆転の趣向」を加味した積極的な意図を持った利用をした、との先学の指摘には既に触れた。[*2]この「西鶴ずらし」の発想を、そのまま演劇に重ねるとすれば「浄瑠璃ずらし」になるだろう。丸本というきちんとした脚本がある浄瑠璃は、西鶴の文章を利用するのと条件的にはなんら変わるまい。むしろ、文章としてだけではなく、舞台のイメージや評判などがプラスされて巷間に回ることを考えれば、より広範囲の読者が楽しめる装置として機能できたであろう。しかし、単に演劇を当て込むだけでは、上の読者や演劇通に満足はしてもらえない。上の読者と下の読者に、演劇観劇者の玄人と素人を加え、これまでの読者よりももっと多くの読者を取り込むための其磧の仕掛けが、「浄瑠璃ずらし」であったと考える。

そもそも歌舞伎・浄瑠璃に造詣の深かった其磧にとって、歌舞伎や浄瑠璃は、それまでの浮世草子において利用してきた典拠である『太平記』、『平家物語』といった古典作品と同様のデータベースと捉えていたふしがある。その意味では、それまでの典拠利用の姿勢と変わらないとも言える。

また、各作品を見ると、典拠とされる浄瑠璃と、ほぼ同時期にその浄瑠璃を基にした歌舞伎が上演されている。ほとんどの場合は浄瑠璃と同じ外題であり、内容も共通している。その上、浄瑠璃よりも歌舞伎になって人気を博した作品もある。そのため、どの作品も、浄瑠璃だけではなく歌舞伎からの影響も確認できる。つまり従来の浄瑠璃による後半期の作というのは、浄瑠璃狂言という作品群に表される通り、歌舞伎と浄瑠璃の距離が近付いた演劇界の流行に即したものであって、其磧は浄瑠璃も歌舞伎も年代に関係なく利用していたことを確認できる。それを踏まえ、本章では、前半後半を典拠という視点で分ける区別への疑義を提示した。つまり典拠を変更する、とか、それによる前半・後半という捉え方自体が無効であるとの見解を示した。やはり、時代物浮世草子を演劇翻案作と単純に想定するのは当を失すると考える。

一方で、時代物浮世草子は、演劇と密接な関係を持つこともまた事実である。浮世草子というからには、浮世を描くこと、すなわち当代性を付与することは、時代物浮世草子であってもまた必須であった。もともと、演劇用語には「時代世話」があり、時代物の中に世話物の要素が加えられた脚本をいう。この武家の物語に当代的な物語を加える方法は、まさに其磧と通底しよう。さらに言えば、時代物浮世草子が演劇作品をそのまま浮世草子化したものでないのは、演劇よりももっと当代性を付与しなければならないという意識を其磧が持っていたからではなかろうか。

また、歌舞伎や浄瑠璃では、いわゆる〈曽我もの〉や〈小栗もの〉といった、同じ世界をもつ作品が既に非常に多く演じられてきていた。歌舞伎や浄瑠璃作品を利用する場合、その共通する世界をもつ演劇作品群から趣向を取ってくる作品が作りやすいだろうことは首肯できるところである。しかし、其磧の場合、世界にはこだわっていないことにも、もう一つの大きな特徴が認められよう。その自由に趣向を取り入れていく姿勢は、むしろ元禄歌舞伎の手法と近いとさえ考えられる。江島其磧は、歌舞伎や浄瑠璃の世界や筋書き、趣向だけでなく、手法までも利用していたと言え、彼にとって演劇は最も身近にあったネタの宝庫であった。それらの単なる典拠利用ではない縦横無尽な利用こそ、時代物浮世草子における演劇摂取であり、晩年の其磧の工夫として何より評価されるべき点と考える。

以上の点から、時代物浮世草子は、単なる演劇翻案作ではなく、浮世草子であることを意識した、それまでの知識と経験を基に其磧の構成力が際立つ作品群であることを論じた。同時に、本研究によって得られた知見により、晩年まで読者を確保するための工夫を怠らなかった専業作家である江島其磧について、文学史上の位置付けとして、従来よりも高い評価を与えられるものと考える。

注

＊1　倉員正江氏「八文字屋本板木の修訂と京都の出版規制」（『草稿とテキスト』二号、二〇〇一・十一）

＊2　本書第二章第一節。

第三章

時代物浮世草子の消長——演劇と江島其磧への視座から

近世文学史上、都賀庭鐘《つがていしょう》の『英《はなぶさ》草紙』（寛延二年〈一七四九〉刊）は重要な作品である。この作品をもって「読本」という新たな文芸ジャンルが始まったことは今更に述べるまでもないことである。既に先学が多く引用してきたところではあるが、その序文には次のようにある。

余また此の書の為に説あり。（中略）生れて滑稽の道を弁へねば、聞を悦ばすべきなけれども、風雅の詞に疎きが故に、其の文俗に遠からず。草沢に人となれば、市街の通言をしらず。幸にして歌舞妓の草子に似ず。

この「歌舞妓の草子」は「流行語を使用した歌舞伎調の小説。当時行われた八文字屋本の芝居物の文体をさす」*1とされる。この序文は、まさに八文字屋本という旧套《きゅうとう》を脱ぎ捨て、高らかに新時代の小説形式「読本」を提唱した宣言ということになる。

その読みが可能なのは、文学史で説くところの、八文字屋本の退転及び版木譲渡という時期と、「読本」台頭の時期が重なるからである。しかしこれは、あくまでも現行の文学史構築からの一方的な見方でしかない。謙虚に文面を見れば、「歌舞妓の草子」＝八文字屋本、とはならないはずである。八文字屋本にはいわゆる「気質物」が含まれており、歌舞伎とは無関係な当代性を持つ作品も多くあるからである。この「歌舞妓の草子」を素直に訳せば、それは「時代物浮世草子」ということになるのではないだろうか。

一方、ひるがえって上田秋成《うえだあきなり》の浮世草子作品を見てみれば、異口同音に『諸道聴耳世間狙《しょどうききみみせけんざる》』（明和三年〈一七六六〉刊）と『世間妾気質《せけんてかけかたぎ》』（明和四年刊）をその作品だとするに違いないが、これは「歌舞妓の草子」とはみなされないであろう。モデル小説であることや、題名から「気質物」と捉えることが通例である。

本章では、その問題意識から、庭鐘、秋成を中心にその作品における時代物浮世草子的なもの、すなわち「歌舞妓の草子」の要素を考察してみたい。

あわせて、同時代の洒落本《しゃれ》における江島其磧《えじまきせき》受容の問題にも触れ、八文字屋退転期に浮世草子を出版した京都の書肆、蓍屋勘兵衛《めどきやかんべえ》についても考察したい。その考察を通して、江島其磧やその作品、演劇と関わりを持つ時代物浮世草子の消長を概観してみたい。

＊1　『新編日本古典文学全集78』（小学館、一九九五）頭注。

第一節　八文字屋本の中の都賀庭鐘《つがていしょう》――『四鳴蟬《しめいぜん》』私論――

はじめに

都賀庭鐘に『四鳴蟬』（明和八年〈一七七一〉刊）という作品がある。[*1] 能、浄瑠璃、歌舞伎の演劇作品をそれぞれ白話戯曲仕立てに直した「惜花記」「扇芝記」「移松記」「曦鎧記」から成る作品である。[*2]

この『四鳴蟬』は、もとの演劇作品に準拠しており、庭鐘の演劇に対する関心の高さを物語る。特に最初の能「熊野《ゆや》」を典拠とした「惜花記」は、元曲の体裁に従い、謡本に忠実に漢文に直されており、非常によく考えられて構成されている作品といえる。

そのため、従来は専《もっぱ》らこの「惜花記」について研究されており、他の三作については等閑視《とうかんし》されてきたように思われる。[*3] 本稿では、歌舞伎・浄瑠璃を典拠にした二作をとりあげ、庭鐘の演劇知識と興味の在り方について考察したい。その上で、彼が前時代的な物語と槍玉に挙げた八文字屋本の中にどう位置づけられるのかを論じたい。

一、諸本比較

初めに諸本を確認する。諸本は、

①「東都　山崎金兵衛・浪速　渋川清右衛門」版（京都大学図書館・東京芸術大学・奈良大学・国文学研究資料館・カリフォルニア大学バークレー校三井文庫蔵）

②「東都　西村源六・浪速　渋川清右衛門」版（京都府立総合資料館・早稲田大学図書館・関西大学図書館蔵）

③「東都　西村源六」版（国立国会図書館蔵）

の三種が確認できる。見返しに「称觥堂」とあるので大坂の渋川清右衛門が出版を企画したものである。永井一彰氏によれば、板元の変遷もこの順番になり、現在は仏光寺に板木が現存する。永井氏はこの諸本関係について「後刷も同一の版木」としている。*4

ところがこの諸本は「同一版木」ではあるものの、「同一本文」ではない。京都大学図書館蔵本だけは、見返しに章題が書き入れてある点、本文中に一部黒板を削り残している部分がある【図1】。

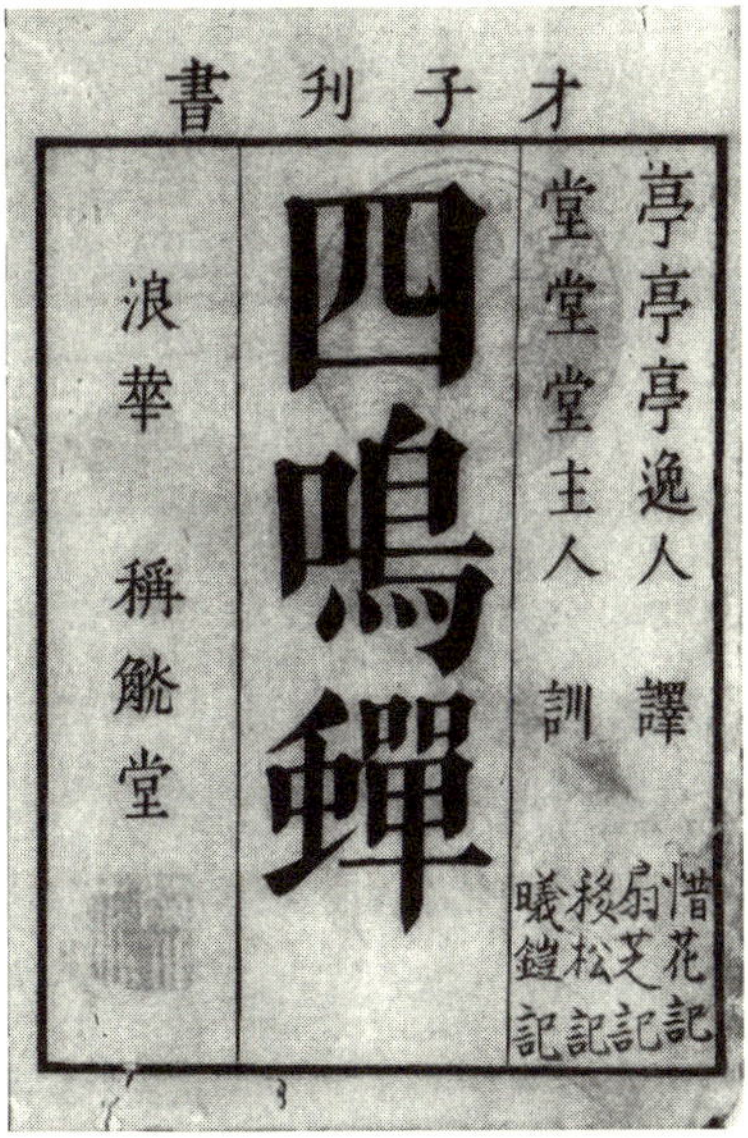

【図1】『四鳴蝉』見返し（京都大学図書館）

永井氏によれば、現存する板木には刊記の埋木以外に手を入れた跡は見当たらない、とのことなので、京都大学図書館蔵本は、本格的に刊行される前の試し刷り、もしくは本屋の手控えのような本であったのかもしれない【図2】。本来なら削るべき部分が残ったまま印刷されてしまい、商品として刊行される時には訂正されていた、ということではなかったか、と推測しておきたい。その箇所は、三丁表五行目（「惜花記」）の

旦／■

という記述の■を、後刷り【図3】では、

旦／臨江仙

としたものである。わずか一字分のしかも左半分の小さなスペースに「臨江仙」という「曲牌《きょくはい》」名を強引に彫り込んだものである。後述するように『四鳴蝉』就中「惜花記」において庭鐘がもっとも腐心したのがこの「曲牌」であり、他の「曲牌」明示はすべて大文字でなされているので、明らかにこの訂正箇所は異常である。これは製

【図2】『四鳴蝉』「惜花記」（京都大学図書館）

【図3】『四鳴蝉』「惜花記」（京都府立総合資料館　京の記憶アーカイブ より）

本段階では不明であった■について、一度刷り上がった後、庭鐘が「臨江仙」名の落ちに気づいて訂正を指示したと見るのが自然であろう。この不体裁な■部については後に問題とする。

ゆえに京都大学図書館本を「初版初刷り」と認定する。そして同じ刊記を有する①に属する他本を「後版」もしくは「後刷り」としたいが、前述のようにこちらの方が庭鐘の校訂を経た「最善本」であるとも考えられるので、本稿では底本として東京芸術大学蔵本を用いる。

二、「惜花記」

先述したように、先行研究では、川上陽介氏の論考を中心に、能「熊野」に基づく「惜花記」が、高く評価されてきた。及川茜氏もそれに即し、

> 謡の部分では南戯の曲牌を用い中国戯曲の作詞法を相当厳格に踏襲する一方、間狂言ではおどけた口ぶりの白話が用いられており、庭鐘の中国戯曲への造詣と白話の知識を遺憾なく発揮したものであると同時に、もちろん中国の地を踏んだこともなければ日常的に唐話で会話のできる環境になかったことによる限界はあるものの、それをおいてなお当時の日本における唐話学の水準を示す快作*5

と評価する。

本作については、ここでいう庭鐘の漢文知識だけではなく、能に対する知識の豊富さと造詣の深さを指摘して

おくべきかと考える。その根拠の一つは、間狂言《あい》にある。間狂言は謡本には残らず、現在の我々が復元することは非常に難しい。しかしこの「惜花記」では、台詞も含め間狂言が長く記されている。

〔末扮シ二午花ニ一上ル〕奴家ハ槿姐ノ伴婢、午花是。小娘従テレ宴ニ賞スレ花ヲ。（中略）〔浄扮シ二老執鞭ニ一上ル〕微臣即チ沢太宴ノ下。

願ハ使三我公ヲシテ移サ二酒泉ニ一。酔ヒ了酔ヒ了。俺ハ是殿下ノ近侍、剣持太郎ガ家ノ、馬前ノ丁。

右記の二人の名乗りから始まり、二人が会話をする形で、これまでの説明を担う場面となっている。最も簡単な推測をしてみるならば、庭鐘が実際の舞台を見てそれを再現した可能性があるだろう。しかし、「惜花記」の間狂言は、非常にくだくだしく説明口調である。また途中で能の内容と全く関係がない会話が続き、実際に演じられたものにしては、洗練されておらず脚本であったとは考えにくい。そこで、この間狂言は、庭鐘の創作ではなかったかと推測しておきたい。

また、庭鐘は「熊野」を白話戯曲に移す際に、中国戯曲の「曲牌」を宛てた処に眼目があることは、既に川上陽介氏に詳しい考証がある。川上氏は、謡曲「熊野」の詞章を挙げ、

これは、『断腸集之抜書』に典拠のある詩句を読み下したもので、本来、

春前有雨花開早。秋後無霜葉落遅。

山外有山山不尽。路中多路路無窮。

こういう漢詩になっている。ところが、『四鳴蝉』の作者は、この部分を漢語訳するにあたって、原作本文

の書き下し文を復元すれば簡単に得られる典拠そのままの漢詩文を採用しない。つまり、

　春前有雨多、花開攀。秋後無霜葉落少。

　山外山、山不尽。路多路、無窮。

このように訳している。四字句と三字句とを規則的に続けて、きれいな七言の詩句にまとめているもとの詩を、なぜ『四鳴蝉』の作者は、このような奇妙な表現に作り替えなければならなかったのか。つまりは、それが、明代戯曲の詞型に当てはめようとする作業だったということである。*6

と述べる。つまり、庭鐘は、明《みん》代戯曲の型に沿わせることを最重要視するが故に、簡単に使える典拠を利用せず自分で作り直したのである。その宛て方はまさに融通《ゆうづう》無碍《むげ》ではあるが、肝心なのは次の曲牌であろう。便宜上、川上氏の作成の対比表*7を借りて挙げておく【表1】。

【表1】「熊野」・「惜花記」対照表

	「熊野」	「惜花記」
1	次第	窣地錦襠詞
2	名ノリ	窣地錦襠詞
3	上歌	黄龍滾
4	サシ	番卜算
5	上歌	黄龍滾
6	問答	粉蝶児

7	上歌	出隊子
8	一セイ	（和歌部分）国風訳、念奴橋
9	サシ	節節高
10	下歌	節節高
11	上歌	黄龍滾
12	ロンギ	甘州歌、前腔、尾声
13	クリ	一剪梅
14	サシ	千秋歳
15	クセ	千秋歳、前腔、黄鶯児
16	一セイ	前腔
17	問答	（和歌部分）国風調、玉交枝
18	歌	（途中から）尾声

右表で四つある「上歌」（アミカケ部分）のうち、三箇所には「黄龍滾」という曲牌が宛てられるが、一箇所のみは「出隊子」という曲牌が宛てられる。両者に別の曲牌を宛てた理由は何であろうか。一つの推測としては、庭鐘は能楽にもさして詳しくはなく、また中国戯曲についてもさほど明るくはなく、適当に曲牌を配した結果と考えられよう。その一方では、この営為こそが能楽にも通じ、中国戯曲にも通じた庭鐘の面目躍如たる手腕だとも考えられるのではなかろうか。この点について川上氏は、

「惜花記」に見られる曲牌の中で特に注目すべきものは、三度にわたって使用される【黄龍滾】であるが、

この曲牌が、いずれも謡曲の小段「上歌」に対応しているのは、おそらく偶然であろう。として、庭鐘が能楽に明るくなかったとの立場に立ち、「同じ「上歌」による楽型であっても、【黄龍滾】とは宮調の異なる【出隊子】の曲牌を用いる歌詞がある」点から、「これらは謡曲の小段構成が作者の曲牌を選択する際の基準とはならなかったことを示」す、と結論づけている。*8 すなわち同じ「上歌」に「黄龍滾」「出隊子」の別の曲牌名をつけることを、作者庭鐘の謡曲への不明に求めるものである。

ところが、この四箇所の「上歌」には謡曲の曲調上の重要な「差異」がある。一・二・四番目の「上歌」は「弱ギン」、三番目の上歌のみは「強ギン」なのである。

すなわち、庭鐘は「偶然」とか謡曲不詳のために「上歌」に二種類の曲牌を宛てたのではなく、明らかに「弱ギン」の「上歌」には「黄龍滾」、「強ギン」の「上歌」には「出隊子」を使い分けて配しているのである。

先の庭鐘の創作に成るのではないかと推測される間狂言といい、ここに見る「上歌」の「強ギン」「弱ギン」に対する気の利いた配分といい、庭鐘の能楽における興味と知識は注意しておいてよいであろう。

ただ、その注意の方向性を見誤ってはならない。先述したように『四鳴蝉』において、謡曲「熊野」を白話戯曲化したこの「惜花記」は、際だった名作なのである。ゆえに、研究もこの章に集中している。この現象だけを見れば、都賀庭鐘の作品は八文字屋本や浮世草子とは確実に一線を画するものとして奉られる傾向にあるといわざるを得ない。まさに「歌舞妓の草子」という旧套を脱ぎ捨て新たな小説を切り拓いたという文学史的祖述が可能であろう。

しかしながら、本来この『四鳴蝉』は『四声猿』を模したものであるので四章構成でなければならなかった。*9

そのため、時代物浮世草子が得意とした手法、歌舞伎や浄瑠璃を利用した、いわば手垢の付いた方法を使う章二つを含んで残り三章が存在する。「惜花記」に比べ短く完成度も低いように思われるが、数的にはその駄作が『四鳴蝉』の四分の三を占めているのである。当然、それらの作品も検討した上で、改めて新時代の小説に凱歌を挙げるべきではないだろうか。

本節では、時代物浮世草子や其磧との差異を見るために、浄瑠璃「山崎与次兵衛寿門松《やまざきよじへえねびきのかどまつ》」道行を利用した「移松記」と、浄瑠璃「大塔宮曦鎧」三段目を利用した「曦鎧記」を取り上げる。

三、「移松記」

さて『四鳴蝉』では、登場人物を「浄」「丹」「小丹」などと表記している。これは中国戯曲の表記に基づくものである。「惜花記」では、登場人物たちを、以下のように宛てている。

丑　ワキ（ツレ）
生　ワキ
旦　シテ
小旦　ツレ
末・浄　狂言方

そして「移松記」については、女形や立役を中国戯曲登場名に宛てるのである。その営為からは、どうしても新時代の感覚、すなわち中国白話小説の世界との邂逅を果たした文化人の手法を認めてしまいがちである。どこか、八文字屋本とは一線を画した別格の風を感じるのではあるが、この趣向は、八文字屋刊行の劇書である『新刻役者綱目《しんこくやくしゃこうもく》』（明和八年）にも見える。

蜃中楼　役人替名の次第　一末　仙人　実悪（中略）
一小生　神童　若衆形
一旦　姉姫　若女形
一小旦　妹姫　娘形（中略）
一浄　下部　道外形
一副浄　同　小詰
一生　柳毅　立役

これを見ると、中国戯曲の摂取自体は、庭鐘の創意工夫に限定されるものではなく、庭鐘ほどの中国文学への知識がなくても可能である。この京で調製された『新刻役者綱目』と、大坂で調製された庭鐘の『四鳴蝉』が同じ明和八年であることに注意が必要であると考える。先述した、『四鳴蝉』における刊行を急いだ跡が見られる■の彫り残し、不体裁な曲碑名の挿入、さらに言えば「移松記」以外の三章の完成度の低さを併せて考えてみたい。すべての近世文芸の新趣向を書肆の営業や競争との枠内に収めることは、文化の気品を貶《おとし》めるわざであることは承知ながら、書肆の思惑や出版界の動向を無視して近世文芸商品を論じることもまた無理ではなかろうか。偶然かどうかは別として、明和八年には「庭鐘の書きたいもの」と「八文字屋の出したいもの」とが共通していると言えよう。

漢文脈と演劇関連書との関係については、夙《つと》に中野三敏氏が「ごく卑近な物として、元禄前後の役者評判記類、例えば「雨夜三盃期機嫌」「延命字学集」「風流醴」「三国朗詠狂舞台」等に見られる役者名詠み込みの物まで現れた」と指摘している。*[10] 及川氏も、「同時代の中国戯曲の受容に際しては、歌舞伎と対照させるのが通例*[11]」であったことを指摘している。庭鐘の『四鳴蝉』を考えるには、中国との関係や堅苦しい典籍の探索にばかり重点を置くのではなく、八文字屋本も視野に収めるべきであることはいわば当然のことであったのである。本節を「八文字屋本の中の都賀庭鐘」と名付けた所以である。

そこで、『新刻役者綱目』と「移松記」、そしてだいぶ時代は下るが、同じ八文字屋から刊行された『役者全書』（安永三年〈一七七四〉）にも同じような表記が確認できるので、その三者を比較してみる【表2】。

【表2】『新刻役者綱目』・『役者全書』・『四鳴蝉』比較表

	『新刻役者綱目』（明和八年）	『役者全書』（安永三年）	『四鳴蝉』（明和八年）	「惜花記」「扇芝記」
立役	生	末	生	生　ワキ
若衆形	小生	小生		
若女形	旦	旦	旦	旦　シテ
娘形	小旦	小旦		小旦　ツレ
道化形	浄	捷議	末浄	浄　狂言方

実悪	末	浄		末　ワキ
口上曰		白	浄	丑　狂言方

『新刻役者綱目』と『四鳴蝉』、『役者全書』に共通性はない。『新刻役者綱目』と『四鳴蝉』は同じく明和八年の刊行であるからである。すなわち、いずれかがいずれかを模しているという関係にはないということになる。つまり、庭鐘だけがずば抜けて中国戯曲に詳しいというわけではなく、八文字屋本作者もそれなりの知識を有していたということを物語っていよう。

『日本庶民文化史料集成　六巻』[*12]の『新刻役者綱目』解題では、「当時の戯作者間に流行していた白話小説の翻訳の影響になるもの」とされ、ちょうど明和八年の時期に白話への関心の高まりがあったことが指摘されている。つまり、『四鳴蝉』における庭鐘の着眼点自体は、それほど独自性があったわけではない。その漢文に直す知識と手腕に庭鐘らしさがあったにせよ、もともとの着眼点自体は八文字屋本の範疇からはみ出るものではなかった。評判記を刊行し続けた八文字屋の演劇界における大衆性と時代性は、現在我々が考える以上に、知識人達にも受け入れられていたものだったと言えよう。

同じことは、「移松記」本文でも言えそうである。本作は、「院本題曰二山崎与二寿門一ト松寿当レ訳二ス移根一ト」と記され、近松門左衛門の浄瑠璃「山崎与次兵衛寿門松」（以下「寿門松」）を利用したことが明記される。

まず典拠作をはじめ、本作刊行までの当時の興行を整理する【表3】。

【表3】『四鳴蝉』刊行までの関連興行年表（浄：浄瑠璃、歌：歌舞伎）

年月	分類	外題
享保三年正月二日	浄	「山崎与次兵衛寿の門松」大坂　竹本座
享保七年十二月	歌	「山崎与次兵衛半中節」大坂　嵐三右衛門座
享保八年十二月二日	歌	「山崎与次兵衛夢合宝船」大坂　嵐三右衛門座（角）
享保十年二月一日	歌	「山崎与次兵衛今様姿」大坂　嵐座（角）
延享元年十一月一日	歌	「山崎与次兵衛今様姿」大坂　嵐座（角）＊道行。大淀を吾妻にしての所作事。
延享三年正月以前	浄	「山崎与次兵衛寿の門松」江戸　座不明
寛延二年九月	歌	「双蝶々曲輪日記」江戸　中村座
宝暦三年五月五日	歌	「双蝶々曲輪日記」大坂　三枡座
宝暦六年四月七日	歌	「双蝶々曲輪日記」大坂　姉川新四郎座（大西）
宝暦九年十一月	歌	「双蝶々」六ツ目、八ツ目　大坂　天満神社内中芝居興業　嵐市松座元
宝暦十年	歌	「双蝶々」米屋の段　濱三芝居　石井飛騨掾座
宝暦十一年十月	歌	「双蝶々曲輪日記」二ツ目、四ツ目　大坂　座摩の中芝居　柏井森蔵座
宝暦十二年二月二六日	歌	「双蝶々」京　澤村国太郎座
宝暦十二年十二月十六日	歌	「双蝶々曲輪日記」大坂　中山文七座（角）
宝暦十三年十一月	歌	「双蝶々」角力、米屋　大坂　御霊社内谷村楯八座
明和五年十一月二九日	歌	「双蝶々曲輪日記」大坂　三枡座（中）
明和五年十二月一日	歌	「双蝶々曲輪日記」大坂　山下座　＊与五郎の代りに、弟与三郎となる役を拵え、浮瀬、角力、廓、芝居裏をつとめ、与五郎は道行だけ。
明和六年	歌	「双蝶々」大坂　中山文七

明和七年二月	歌	「双蝶々」京　尾上座　＊「蘭奢待」大塔宮

表から明らかではあるが、「寿門松」は、この外題で上演されることはほとんどなく、道行のみが他の外題作品に取り込まれ度々上演される作品であった。つまり、庭鐘が「寿門松」を選んだのは、当時の歌舞伎でよく取り上げられた作品であるためである。歌舞伎に拠ることは、「移松記」本文に、ト書きのような形で、「浄扮農家上」など、舞台上の役者の所作を記していることからも明らかである。庭鐘の「移松記」は単なる漢学者の手すさびに拠るものではない。この作品は出版されたのである。板元を変えて幾度も出版された、それなりに売れた本でもある。典拠とする作品に無名の作品を選ぶはずがない。その選択の姿勢は、演劇人気にあやかったと評される江島其磧とどこが違うのであろうか。

さて「移松記」は次のように「寿門松」の道行部分を漢文体に直したものである。

〔二宮〕〔上場ノ詞〕〔楽隊唱〕〔生上ル〕阿妻可レ贖フ山崎余二平。贖レン之ヲ哉。贖之哉。山崎余二平。嘗テ恨ム何ノ日カ遂二ヂ情願一ヲ。相ヒ偕ニ暢二ン繾綣一ヲ。往事懐来レバ却テ亦可レ恨。〔中略〕〔春野雉〕君不レヤ見兀タル的昆蟲猶双飛ス。鳳蝶上下シテ不レ失レハ偶ヲ。才貌相携テ倶ニ有レ情。飛虫不レ分二花ノ好醜一ヲ。菜花布レテ金ヲ賽二ク春花一ヲ。亦タ何得レン解二コトヲ蝶採ノ取一ニ。

「寿門松」からは、そのもっとも人気があり、上演回数も多く、他の歌舞伎に取り入れられる箇所である道行のみを、庭鐘は的確に選択しているのである。

さらに、「移松記」本文中には「一中譜」と記されており、道行に一中節を利用していることが確認できる。

庭鐘がこの道行を選んだ理由は、歌舞伎という舞台だけではなく、音曲としてもかなり流布していたことを配慮していたがゆえと考える。「寿門松」の粗筋に興味があったというよりも、日本の音曲の節を中国風に直すところに主眼があり、そこに読者の関心を狙ったと見る事ができよう。

これは次章で取り扱う『本草妓要《ほんぞうぎよう》』についても同様で、「太夫」の項「松位」の説明に、

李時珍本草綱目引㆓山崎与次兵衛曰其所而請出㆔百両予於㆑是有㆑歎嗟夫廉哉妓價也較㆓之今妓價㆒雖㆘年高年前之白人不㆑能㆑尽㆓全盛㆒者㆖亦有㆓此價㆒是以古之妓價不㆑言而可㆑知也

と、「寿門松」道行部分を利用して漢文戯作に仕立てている。ここからも、この時期の漢学書生間における「寿門松」漢訳ブームの一端を知ることが出来よう。

ここにもやはり「上の読者／下の読者」という考え方を導入できるのではなかろうか。「寿門松」の漢訳を楽しむ「上の読者」と、「寿門松」の人気にあやかった八文字屋本などを楽しむ読者（それを「下の読者」とは言いがたいが）とである。

そしてキーワードは「歌舞伎」である。この「移松記」という漢文戯作は「歌舞妓の草子」と呼ぶことはできないのであろうか。

四、「曦鎧記」と其磧

次に「曦鎧記」を取り上げる。「曦鎧記」は、浄瑠璃「大塔宮曦鎧」三段目を利用している。まず典拠作をはじめ、当時の興行を整理する【表4】。

【表4】「曦鎧記」関連興行年表（浄：浄瑠璃、歌：歌舞伎）

年月	分類	外題
享保八年二月十七日	浄	「太平記綱目　大塔宮曦鎧」大坂　竹本座
享保八年七月	歌	「大塔宮曦鎧」京　八重桐座
享保八年十二月一日	歌	「大塔宮曦鎧」大坂　松嶋座
享保九年正月	歌	「大塔宮曦鎧」大坂　松嶋座
享保九年正月	歌	「大塔宮曦鎧　けいせい若蛭子」江戸　森田座
享保十一年十二月	歌	「大塔宮曦鎧」京　佐野川万菊座
享保十四年六月十八日	浄	「新板大塔宮」竹本座
享保十七年正月	浮	江島其磧『曦太平記』
同	浮	江島其磧『曦太平記後編楠軍法鎧桜』
元文二年頃か	浄	「大塔宮曦鎧」辰松座か
元文四年十一月一日	歌	「大塔宮」大坂　花妻座（中）三番目
延享三年正月以前		「大塔宮曦鎧」江戸版道行本が刊行
宝暦三年三月二六日	歌	「大塔宮」三ノ口切　大坂　三枡座
宝暦四年十月以前	浄	「太平記曦鎧」京　竹本座
宝暦七年十一月	歌	「大塔宮曦鎧」四段目　大坂　石井座＊合併興業

宝暦九年九月二五日	歌	「大塔宮」京　澤村国太郎座　切狂言＊三条浪江下阪の暇乞
宝暦十年三月	歌	「大塔宮曦鎧」江戸　森田座
宝暦十年	歌	「大塔宮」四ノ口、同詰　濱三芝居　竹田近江大掾座
宝暦十一年十一月	歌	「大塔宮曦鎧」四ノ詰　大坂　濱三芝居　石井飛騨掾座
明和元年六月十一日	歌	「大塔宮」三幕　江戸　中村座＊團十郎大当たり（陣屋）
明和元年七月十五日	歌	「大塔宮」大坂　三枡座（中）
明和元年八月朔日	浄	「名月名残の見台」江戸　外記座「大塔宮曦鎧」
明和四年十二月十五日	浄	「大塔宮」三の口・中・切　大坂　北堀江ノ側芝居　豊竹此吉座
明和五年九月十四日	浄	「初櫓操目録」大坂　竹本座「大塔宮曦鎧」三段目
刊行年不明	草	『朝日太平記』

享保八年（一七二三）の浄瑠璃上演の後、すぐに歌舞伎「大塔宮曦鎧」の上演が行われている。この八重桐座の舞台は好評だったようで、この後も歌舞伎の上演が続いていく中で評価の比較対象となる舞台であった。やはり歌舞伎・浄瑠璃での人気作を庭鐘は選んでいるのである。これまた先述の「寿門松」と「移松記」との問題と関わり、漢学者の庭鐘と、一人気作家である庭鐘の両面が現れている。恐らく庭鐘にとっては「大塔宮曦鎧」から創作のインスピレーションをもらったというより、歌舞伎や浄瑠璃を漢文戯作に仕立てることが主眼で、その典拠に拘りはなかったのではないだろうか。彼の拘りはむしろ、自分の選んだ典拠に一般的人気があるかどうか、にあったかと考える。「大塔宮曦鎧」をどう評価すべきかは議論の分かれるところではあるが、それでも当代を代表する人気演目であったことは変わらない。その選択の姿勢、人気演劇にあやかって自作を売ろうとする庭鐘の目論見は、時代物浮世草子作家江島其磧との共通性を否定はできまい。

結論を急ぐ前に、庭鐘が拠った「大塔宮曦鎧」が浄瑠璃に拠るのか、歌舞伎に拠るのかを見定める必要がある。両者を比較してみる。

【表5】「大塔宮曦鎧」浄瑠璃・歌舞伎の内容比較表

浄瑠璃「大塔宮曦鎧」	歌舞伎「大塔宮曦鎧」享保九年坂
大塔宮は村上彦四郎を供に参内。帝が魔道の力を借りると言うのを諫めるところへ逆仁親王が常盤駿河守と共に参内。春日から献上された紅藤の花による譲位を求める。退出した親王が高橋九郎と出会ったところで赤松は橋を壊し流し去る。万理小路中納言屋敷では、三位の局を迎えて無礼講を装い平家討伐の軍略を練る。そこに土岐頼員が登場。高橋が局に戯れるのを助けようとして高橋を切り、切腹しようとするが宮に止められる。（一段目）	天王「魔術をこないの体」平賀「宮の供に付。位定の御教書を腹立し。するがの守とのせりふ」駿河守「平賀と立合」赤松「さかひと高橋赤藤の拵様をはなさるゝを。ゑんの下にて聞。ゑんを持あげてのあら事出来ました。其後天王のろうごしを取かへさるゝはたらき。」「はし弁慶のやつし。上るり二合あら事」高橋九郎「無礼講へ。よりかず来らるゝ故。跡をしたい来て。さわがるゝ所よし。扨万ざいの相手と成。六はら方の事を聞きめらるゝ思ひ入よし。」村上彦四郎「浄るりの通りに。はたらかるゝ所」「人形の身ぶりにて出。さか仁しん王より藤の花をもらい。草も木も王土にあらずといふ事なしと。天王をたつとまるゝ所いさぎよし。次ニより員高橋三人の万ざい」中納言「三位の局に無礼講の間の。名をおしへらるゝ所よし」 土岐「無礼講の場へ来り。三位の局三方持下女風にて出られしを。高橋ぬれらるゝを。さん〳〵にくらはし。是も無礼講とのおとし当りました。扨村上高橋と三人の万ざい。拍子事すぐれてよし。」

土岐の妻は父齋藤の屋敷に来る。帝に仕えるよう頼む娘に、齋藤は怒り兵を集める。これを見た土岐は自害。齋藤の注進により六波羅の軍勢が集まり、内裏を攻める。大塔宮が落ち行くところへ早咲が若宮を匿って現れるが、隅田弾正に奪われる。早咲は胸を射られ死ぬ。赤松の活躍で隅田は殺され大塔宮は落ち延びる。（二段目）	駿河守は、永井に三位の局と若宮を預け、局に恋慕。燈籠を贈った返事に、花園が持参した燈籠と浴衣に喜ぶが、齋藤はその本意を知らしめる。怒った駿河守は、若宮を殺すよう命じる。永井は、若宮の短冊を見て涙する。気晴らしの子供達の踊り。若宮の代わりに鶴千代が身代わりになろうとするが、齋藤は見破り、音頭に合わせ踊る子供の首を刎ねる。それは土岐の息子力若丸で、その首を持って六波羅に向かう。永井は出家。（三段目）
早咲「親を頼みに来りてのせりふ」「父齋藤を。宮方ニ一味させんと来らるゝ段。上るりの通なれ共。上るりよりはあはれに一入当りました。」金六兵衛「斉藤が娘早咲ニ力若をあはさんと。車にのせ。ひにんの体にて来り。少シ計のうれい大きによし。扨手負を車ニのせつかはるゝ」土岐「斉藤がやかたへ来り。切腹せらるゝ迄大きニよし」	駿河守「齋藤ニとうろうの恋ばなし。ゆかたをねぶらるゝ所。」花園「斉藤と燈籠のあらそひよし。次に身替り音頭のうれひ」「三位の局より使ニ来り。ゆかたを渡しきげんをとらるゝ所よし。扨齋藤右頭ノ頭は子孫長久。後の栄花をいのるといはれ。それより腹立てのせりふ。桐のや殿との立合見事〱。扨桐のや殿若宮のけんし太刀取承り。切こさげて出らるゝを。きりこ引取はかまのすそをおさへて。ゑぼしをとらまへて」「それより身がはりおんどのおもひ入。若宮の替りニ我子つるちよを。おんどの間につき出さるゝなげき。」斉藤「孫の首を切しうたん」「するがの守をきめらるゝ所」「其後身がはりの所のうれい。」永井「若宮へあいさつのつしりとして。さすが六原の物頭とは確ニみへます。扨宮のしうたんをいさめ。盆の間はおてならいもお休みと。つくへをかた付け。たんざくの一首をぎ

んじ。かんしんせらるゝ思入。」「花園切籠をたづさへ帰らるゝ。兒色をさとり。必善悪の御返事を。申ニ及ぬといひまはさるゝ」「齋藤若宮の首を打ニ来らるゝを。うれひまぜてのつめ合」三位の局「おんどを望。三味線引るゝ所よし。次ニ身替りおんどの時。若宮をかこい。気をくばらるゝ思入」

〈歌舞伎の内容についての引用は、『役者辰暦芸品定』大坂〈享保九年〉、『役者芸宗論』大坂〈享保九年〉、『役者三友会』江戸・大坂〈享保九年〉、『役者拳相撲』大坂〈享保十一年〉、『役者袖香炉』京〈享保十二年〉に拠る。〉

右表を見ると、浄瑠璃と歌舞伎の登場人物はほぼ重なっている。評判記の波線部を見ても、浄瑠璃をそのまま移したことが歌舞伎の見せ場の一つにもなっていることが確認できる。基本的には、浄瑠璃をそのまま踏襲した舞台であったと考えてもよいと思われる。その意味では歌舞伎に拠ったのか、浄瑠璃に拠ったのかは断定できない。しかし、浄瑠璃と歌舞伎との差異がないことは、そのまま大きな意味で「歌舞妓の草子」の考察範囲に収めてもよいであろう。

さて、江島其磧にも「大塔宮曦鎧」人気にあやかって創作した時代物浮世草子がある。「大塔宮曦鎧」と「楠正成軍法実録」〈享保十五年上演〉を合わせて、『大塔宮曦太平記』『楠軍法鎧桜』〈享保十七年〉として刊行したものである。これらは、序文に浄瑠璃利用を明確に打ち出した典型的な時代物浮世草子とされている。

しかし、前章でも述べたように、其磧の演劇利用とは、単なる剽窃とは違う。「浄瑠璃ずらし」と呼ぶべきものである。以下、其磧の独自性について前章でも述べたが再度確認しておきたい。

まず『曦太平記』は、直接浄瑠璃と歌舞伎の人気を当て込んで作られたものとは言い難い。浮世草子では、主要登場人物名は演劇と共通しているものの、その描かれ方は大幅に変更されている。粗筋を比べても、ほとんど重なるところがないのだが、以下演劇の見せ場との大きな変更箇所を挙げる。

まず第一段目。演劇の見せ場は、後醍醐天皇後の位争いに赤藤の拵えを出すところだが、浮世草子ではこの場面は削られる。横恋慕から始まる男女が入り乱れて登場する場面に変更され、演劇に比べ複雑化した人物関係になっている。

次に無礼講の場面では、演劇では華やかな邸内での万歳の趣向が見せ場になっているが、浮世草子では廓をそのまま邸内へ移したところに工夫がある。当代の廓を写した描写と、内通するための手段として傾城になっていたことが明かされる描写が山場となる。

三段目は、演劇では身替り音頭の場として有名な場面である。若宮の身替りにたてる子どもを巡り、忠臣である養父の葛藤と対抗勢力に与する実の祖父が自分の立場を明かす愁嘆場が見せ場である。これが、浮世草子では、養父母の葛藤と捨てた実の母親が明かされる。基本的な設定は変わらないものの、母親に焦点が当てられた山場となっている。

四段目は、戸野兵衛の気狂いの所作と、藤棚の下での立合いが見せ場である。ここを浮世草子では、偽の気狂いとし、息子の嫁に設定を変え、複雑化された人間関係が次々に解き明かされていく。

以上のように、其磧は、演劇から浮世草子にする際、かなり改変していることが確認でき、それも浄瑠璃の山場をあえて書き換えていることがわかる。浄瑠璃と歌舞伎とにほとんど異同がない点を鑑みても、演劇をそのまま翻案することをよしとしない姿勢が見える。一方で、変更する際には、演劇の趣向に通じるものも取り入れていることから、其磧の演劇への造詣の深さも窺える。従来言われてきたような単なる翻案作品ではなく、大筋は借りるにしても、内容には典拠以外の演劇とこれまでの浮世草子からの新しい筋書きを多分に加え、其磧の円熟した作家としての工夫が見られる作品といえる。

結局、其磧は浄瑠璃だけを典拠として選んだわけではなく、浄瑠璃と歌舞伎双方から多くを摂取したと考えられる。其磧は、浄瑠璃の人気を借りるためと言うよりは、それまでの武家物の『太平記』や『平家物語』といったような古典が担ってきた、枠組みを借りるための新たな典拠として、よく知られた演劇作品に目をむけたのではないだろうか。そして、そのよく知られた粗筋をそのまま使うのでは無く、世界なども関係なく多くの演劇作品の趣向を取り入れ、全く新しい作品として構成し直したところに、其磧の演劇利用の独自性と新しさが見える。この其磧の工夫が、後世に一定の評価を得ていたことは、演劇の見せ場を取らずに浮世草子の筋書きに基づく草双紙『朝日太平記』(刊行年不詳)が刊行されていることからも確認できよう。[*13]

翻って庭鐘はどうか。

「曦鎧記」は非常に短い作品であるため、一概に其磧の長編と比較することは難しい。しかし、その着想に既に差異が見られる。「曦鎧記」で庭鐘は、浄瑠璃の山場である身替り音頭の場面を利用している。これは、其磧とは違い、浄瑠璃の筋書きをそのまま利用しようとする姿勢といえる。実際、浄瑠璃には丸本があるため、それを利用することが簡便であり、「曦鎧記」は現行曲と比較してもほとんど異同は無い。演劇の摂取方法としては、非常に保守的且つ安易であるといえる。

また、「曦鎧記」には、「惜花記」間狂言のように、庭鐘が特に創作したと言える箇所を見出すことは難しい。いわゆるト書きのような箇所に「児王之偶先上台臨案写字科」「監人宣明之偶上」などと、人形の動作が記されており、浄瑠璃に拠ることは明らかではあるが、それほど細かい所作が記されているわけではない。舞台そのものを再現するというよりは、机上の書籍に頼った、丸本をそのまま漢訳した作品であると考えられる。そう考えるなら、庭鐘と浄瑠璃との関係性については、其磧に遠く及ばないということにはならないだろうか。庭鐘の面目はそれを「漢文戯作」に仕立てただけである。その和漢の改変を「典拠ずらし」として賞賛する「上の読者」はいないのではなかろうか。

おわりに

『四鳴蝉』は、都賀庭鐘が能・浄瑠璃・歌舞伎作品を漢文戯作に仕立てた作品である。庭鐘の興味は、白話戯曲の型に即して、日本の演劇を漢文体にする点にある。「曲牌」と呼ばれる節の型についても、非常に細かく即しているものの、その作品内容自体に新味はない。『四鳴蝉』という書名からも、庭鐘にとっては、中国の書名に則って、四種の曲を集めた点に意義があったのだろう。特に「惜花記」とその他三作との分量や出来の差は、認めざるをえない。演目の選択理由も推定し難いが、少なくとも能の比重が重いところは、当時の知識人の価値観が反映されているようにも思われ、庭鐘の演劇趣味と一口に言っても、かなりの温度差があることを確認した。

しかし、当然ではあるが、庭鐘が歌舞伎や浄瑠璃も観ていたことに間違いは無い。作品の素材として着想を得て、構成出来る程度には、十分に演劇好きな人間でもあった。ト書きのような割書部分に、人形や役者の所作を記そうとする姿勢は確認でき、特殊な所作が記されているわけではないが、演劇資料としても利用価値のある作品と言えよう。

しかしながら一方で、今日的な高い評価を得ている作品の革新性については疑問を抱かざるを得ない。述べてきたように、『四鳴蝉』における庭鐘の新しさ、とは、当時の白話ブームに乗じ漢文体にした点のみにある。つまり時代の潮流に乗って体裁を新しくしたものの、その演劇の摂取方法に見られる趣向は、八文字屋本の劇書などにも見られるもので、「惜花記」に見える庭鐘の創作部分もまた、間狂言としての新しい趣向があるわけではない。演劇作品からの享受の姿勢としては、非常に保守的であるといえる。

従来は、漢文戯作と浮世草子とは全く別ジャンルであり、その作者を比較することは無理があるように考えられてきたように思われる。しかし、『四鳴蝉』京大本の削り残しと、序文における庭鐘の「時間が足りなかった」言とを考えると、『四鳴蝉』は刊行を急いだことが推測される。その急いだ理由は、明和八年の白話ブームにあやかろうとしたことであり、趣向の似る中国戯曲の翻訳が掲載される八文字屋の劇書『新刻役者綱目』を意識したからではなかったろうか。庭鐘あるいは版元が『四鳴蝉』を売ることのできる作と考えていたことは、刊記が変更された版が三種確認できることから、永井氏も指摘している。[*14] つまり、大衆向けと考えられてきた八文字屋本と、庭鐘の読者は重なることが十分考えられるのである。

つまり、都賀庭鐘という作家の存在感、誰もが認める中国通であることに惑わされて、この『四鳴蝉』も独特の扱いがなされてきたのではないだろうか。すなわち「売るための本を作る」という当たり前の作家と書誌の営為を、あえて配慮外にしてきたように思われる。あたかも「人外の書」にして孤高の仙郷で享受された風格を勝手にイメージしているかのように。しかし当然のことながら、この『四鳴蝉』も「商品」である。人ならぬ仙郷で崇められた宝典ではない。商いの町大坂や江戸で需要のあった「売り物」である点を考えれば、そこに見られるであろう享受者側における八文字屋本と漢文戯作との受け止め方は似たようなものではなかったのだろうか。

以上を踏まえると、前章までで論じてきたように、其磧は、典拠とされる演劇作品をあえてずらすことにより、内容そのものに新しさを加え、再構成していた。つまり、演劇を利用する姿勢の点のみ見れば、庭鐘は其磧に及ばないと言える。あれほど古い作品として定義した八文字屋本の流れから、脱却し得なかった庭鐘の姿がそこにはある。

注

＊1　作者は明記されないため、岡白駒説（西沢一鳳『脚色余録』二編巻之上）と都賀庭鐘説（『日本古典文学大辞典』中村幸彦説）があるが、現在は後者が定説のようである。

＊2　影印・解説『中村幸彦著述集　第七巻』（中央公論社、一九八四）、翻刻・解題『江戸怪異綺想文芸大系　第二巻　都賀庭鐘・伊丹椿園集』（国書刊行会、二〇〇一）が備わる。

＊3　A川上陽介氏「『四鳴蝉』試論――謡曲「熊野」から元明戯曲風「惜花記」への翻訳」（『説話論集』十号、二〇〇一・七）

B同氏「『四鳴蝉』曲律考（総論、附各論【千秋歳】）」（『国語国文』八二二号、二〇〇三・二）

C同氏「『四鳴蝉』の作詞法について――『玉簪記』との関係」（『京都大学国文学論叢』十三号、二〇〇五・三）

D及川茜氏「都賀庭鐘《四鳴蝉》試論――二つの言語の狭間で」（東京外国語大学　大学院教育改革支援プログラム「高度な言語運用能力に基づく地域研究者養成」イタリア・ワークショップ報告書、二〇〇八・十一）

E同氏「都賀庭鐘『四鳴蝉』の白話」（『中国俗文学研究』二十号、二〇〇九・四）

F同氏「翻訳論としての『四鳴蝉』――中国戯曲における雅俗意識」（『中国俗文学研究』二一号、二〇一一・三）

＊4　永井一彰氏「佛光寺の板木――『四鳴蝉』――」（『奈良大学総合研究所所報』十四号、二〇〇六・三）
＊5　前掲注3E論文。
＊6　前掲注3B論文。
＊7　前掲注3A論文。
＊8　前掲注3C論文。
＊9　徳田武氏が「庭鐘と『四声猿』」（『日本近世小説と中国小説』青裳堂書店、一九八七）において、「『四声猿』の様式に倣ってみずから白話を操った中国戯曲体の作品（中略）第一に、書名がシセイエン・シメイゼンと近似していること。第二に、『四声猿』が（中略）四種の作品を集めているのに対し、『四鳴蝉』も「惜花記」「扇芝記」「移松記」「曦鎧記」と四種を収めているからである。」と指摘している。
＊10　『戯作研究』（中央公論社、一九八一）
＊11　前掲注3F論文。
＊12　芸能史研究会編、三一書房、一九七九。
＊13　『近世子どもの絵本集』（解題、岩波書店、一九九三）
＊14　前掲注4論文。
※本文は『江戸怪異綺想文芸大系　第二巻』（国書刊行会、二〇〇一）に拠る。傍線は全て私に付した。旧字などは私に直したものがある。
※なお、本稿、特に「惜花記」については日本女子大学大学院の講義における発表をもととしている。福田安典先生を

はじめ、多くの意見を賜った院生諸氏に感謝申し上げる。また、日本女子大学文学部日本文学科・日本女子大学大学院文学研究科日本文学専攻共催の二〇一五年度学術交流企画「シンポジウム　江島其磧の再発見」の席上で多くの方から御教示を頂いた。茲にお礼申し上げる。

第二節　其磧《きせき》と初期洒落本——『本草妓要《ほんぞうぎよう》』「漂游総義《ひょうゆうそうぎ》」を中心に——

はじめに

享保期の八文字屋本全盛期は、江島其磧の死と共に終焉《しゅうえん》に向かう。八文字屋は刊行を続け其磧以外の作者を求めるが、多田南嶺《ただなんれい》以後主となる作者を得ることができずにいた。その後明和《めいわ》期には、京都の八文字屋から大坂の升屋《ますや》への板木譲渡が行われる。しかし大坂での人気もはかばかしくなく、浮世草子そのものが衰退していったと考えられている。

一方、洒落本、読本などの新しい文芸がその間隙《かんげき》を縫って台頭していることも周知である。その浮世草子と洒落本との関係について、長谷川強氏は、「初期洒落本は、全篇を統括する趣向として、遊女評判記、また広く仮名草子以来の趣向——その多くは浮世草子の時代に洗練されたものとして再生されたのであるが——を用いているものがあり、色道論・遊興論や特殊のテクニックなどで、評判記や浮世草子好色物を剽窃・利用するものもある。（中略）作者の教養の差、廓それぞれの盛衰や遊びの様相の変化などによって、必ずしもストレートな形で浮世草子の影響が現れるわけではない」[1]とまとめた。

　その問題意識に立つと、宝暦頃成立とされる『本草妓要』という京都の初期洒落本は、注目されるべきであろう。本作品は、長谷川氏が、「江島其磧作『傾城禁短気』の影響があろうと思われる」[2]と述べたものである。しかし、『本草妓要』における『傾城禁短気《けいせいきんたんき》』（以下『禁短気』と略す）本文の利用は、子細に検討してみれば、剽窃《ひょうせつ》というレベルに留まらない。板面や字体に至るまで、ほぼ変更を加えないままでの流用である。そこから、特に江島其磧の享受に関する興味深い様相を呈示してくれる作品として重要であると思われる。

　この『本草妓要』は、異本が多く、『洒落本大成』解題でも充分とは言い難い。本稿では、まずその『本草妓要』諸本を整理することを通じて、大阪大学忍頂寺文庫蔵『本草妓要』の特異性を明らかにする。その上で、八文字屋板木譲渡期における京坂の江島其磧の享受の一端を考察してみたい。

一、『本草妓要』について

　宝暦甲戌年の序を持つ二巻二冊の『本草妓要』は、京都の洒落本である。漢文の序文を備え、「漢文戯作「本草妓要」と、「漂游総義」と題する箇条書の諸分秘伝書めいたものとを合せて上巻とし、下巻は和文の序があって再び「漂游総義」と題し、好色の功者腎男なる者の粋伝授聴聞」[3]（波線筆者）で成る。中野三敏氏『戯作研究』[4]に、「パロディを滑稽の第一手段とした漢文戯作の類が続出し、宝暦四年の「本草妓要」は本草書「本草備要」の（中略）まったくのパロディとして書かれている」と述べられるように、この題名及び作者名が、医学書『増訂本草備要』（清・汪訒菴、和刻本享保十四年〈一七二九〉刊）のもじりであることは、既に多くの指摘[5]がある。それに対し、福田安典氏は「『本草備要』をもじるのは、外題、見返し、序までであり、それ以後の凡例、目録は香川修庵著『一本堂薬選』をもじって作られている」[*6]と指摘している。

作者である巫山陽腎男先生の伝は未詳だが、香川修庵《かがわしゅうあん》著作の利用の状況から「修庵の門人」である「医家書生」であり、読者もその周辺の人物が想定できる、と指摘した福田氏は、本作の執筆について、香川修庵死去が契機であり、「作者も不埒な弟子であったにしろ、師の死に際して知らず知らず修庵にこだわり、その錯綜した想いゆえに、師の著書の戯作化を思いついたのではないだろうか」とした上で、医者を志す若き青年達の「戯れや韜晦を考えるべき」と述べる。単なる色遊びの指南書としてのみ書かれたわけではないことと、作者も読者も一定以上の教養レベルを持つ人間であったと推察される。香川修庵は儒を伊藤仁斎《いとうじんさい》に、医を後藤艮山《ごとうこんざん》に学び、儒医一本論を提唱した当時高名な医師であった。その塾は京の堀川にあり、古義堂《こぎどう》と親密な関係を持っていて、都賀《つが》庭《てい》鐘《しょう》が学んだことも知られている。当時の先進的な医塾の代表格であって、『本草妓要』はその中で生まれたことになる。

本稿の目的に照らせば、注意されるべきものは下巻の「漂游総義」である。これは先述した長谷川氏や、小林勇氏「会話体洒落本に関する一考察」[*7]にも指摘されるように、『禁短気』本文を、ほぼそのまま流用して一冊に仕立て直したものである。宝永八年（一七一一）刊の『禁短気』は、男色女色の優劣を論じる『けいせい色三味線《いろじゃみせん》』の系譜上にある好色物である。本作は、安永初め頃まで京の八文字屋が板木を所有し刊行していたことが確認されており、長い間読まれた人気作品であった一方、本屋仲間が一応は機能した状況ではその板木を手に入れるには困難な作でもあった。

そこで、本稿の出発点として、二点を挙げる。

第一に、正規には板木が手に入れられない状況下、素人板行とはいえ重版の禁を犯して、下巻「漂游総義」が出版された点である。その禁を犯した書肆《しょし》はどのような目論見《もくろみ》があったのだろうか。あえて正規の板木を手に入れられない『禁短気』を利用したのは何故なのか。その書肆の目論見に『禁短気』もしくは其磧の魅力を窺い見ることができるのではないだろうか。

第二に、修庵塾に学ぶような知識人と目される初期洒落本の享受者層と、『禁短気』利用とが整合性を持つのかどうか、という点である。大衆性を専《もっぱ》らとすると考えられがちの浮世草子の再利用を、果たしてこれまた高踏《こうとう》的と思われがちの知識人層が是としたのだろうか。

この二点の考察を通して、京坂における其磧の享受の様相を考えてみたい。

二、『本草妓要』の諸本

まず諸本の整理を行いたい。『洒落本大成』解題によれば、『本草妓要』にはイ本からホ本までの五種類あるとされる。解題では、底本としたイ本（国立国会図書館蔵本）を完本とし、それ以外の書誌への言及は簡潔にまとめられている。本稿では、「漂游総義」に着目するので、その有無を以て諸本整理を試みる。但し、「漂游総義」には二種類ある。一は、国会図書館蔵本上巻の最後に伏される（「漂游総義①」）もので、もう一は下巻に一冊としてまとめられているもの（「漂游総義②」）である。内容は全く異なり、『禁短気』を利用しているのは後者（「漂游総義②」）である。以下、調査の及んだ範囲のものを挙げる（日本古典籍総合目録データベースに所蔵が記載される学書言志蔵本は未見。そのためか、『洒落本大成』ロ本は特定できなかった。また、国文学研究資料館所蔵及び公開画像を利用した場合がある）。

1、国立国会図書館蔵本（『洒落本大成』イ本）
2、東京都立中央図書館蔵本（『洒落本大成』ニ本）
3、蓬佐文庫蔵本（『洒落本大成』ホ本）
4、東京大学霞亭文庫蔵本
5、早稲田大学附属図書館蔵本①（『洒落本大成』ハ本か）
6、早稲田大学附属図書館蔵本②
7、大阪府立中之島図書館蔵本①
8、大阪府立中之島図書館蔵本②
9、西尾市岩瀬文庫蔵本①
10、関西大学総合図書館蔵本①
11、関西大学総合図書館蔵本②
12、大阪大学忍頂寺文庫蔵本
13、天理大学附属図書館蔵本

【表1】『本草妓要』諸本一覧

	1	2	3	4	5	6	7	8	9	10	11	12	13
見返し	A	×	C	×	B	×	×	×	B	B	×	×	B
漢序	○	×	○	○	○	○	○	○	○	○	×	○	○
本文	○	×	○	○	○	○	○	○	○	○	×	○	○
和序	●	○	○	○	×	●	×	×	○	◎	×	×	○
漂游総義①	○	△	○	○	○	○	×	×	○	○	×	×	○
嗣出目録	×	×	○	○	○	×	×	×	○	○	×	×	○
漂游総義②	○	▲	×	×	×	○	×	×	×	×	○	○	×

以上の諸本について、「見返し、漢序、本文、和序、「漂游総義①」、嗣出目録、「漂游総義②」」の有無をもって再整理してみる。このうち、見返しについては三種あるが、

A（上に承露主人の漢文。丸の中に書名）
B（Aに柳の枝と「春日路傍情」を描く）
C（子持ち枠の中に書名）

を以て違いを示した。また、和序にも三つの違いがあるので、

○（「漂游総義①」前にある場合）

●（「漂游総義②」前にある場合）
◎（見返し後漢序前にある場合）

を以て差異を示した。

最後に、「漂游総義①」が下巻に、「漂游総義②」が上巻にある差異を、それぞれ△▲で示した。

それらをまとめたのが【表1】である。

この表から、「漂游総義②」については次のように分析できよう。

一、「漂游総義②」を備える本は少ない。

二、「本草妓要」とセットになっているのは、国立国会図書館蔵本（以下、国会本）、早稲田大学付属図書館本②、大阪大学忍頂寺文庫蔵本（以下、忍頂寺文庫本）である。

三、都立中央図書館蔵本は、「本草妓要」本文がない上、明らかに後代の仕立て直しと思われるので、本稿では取り上げない。

四、関西大学総合図書館本は下巻のみの端本であるので、対象外とする。

以上から、注目すべきは、最も多くの内容を持つ国会本と、忍頂寺文庫本と早稲田大学付属図書館本②だと思われる。その三本を中心に、以下の考察に進みたい。

三、『本草妓要』の受容――京都

さて、『洒落本大成』解題によれば、国会本、即ちA形の見返し、上巻の「本草妓要」と「漂游総義①」、下巻の「漂游総義②」を備えたものを完本と考え、その欠落によって諸本を把握しようとしている。しかしながら、下巻の「漂游総義②」が、其碩作『禁短気』の流用であることは、先に触れた小林勇氏の論によって明らかであるので、その考え方は自ずから再考を迫られているのではなかろうか。試みに「漂游総義①」の始まりを挙げておくと、

○こがねは宝のさいしやうなれともいろ遊ひの座にてはとつとひれつなり是にて恋をしるべし
○伽羅はいたりていろをもよふし人の気をとるものなれと灶所の品たき人の気によりていやしまるものなり

などと続いていく形になっている。それぞれ具体的な注意が箇条書きで書かれており、

教への道も一色の〳〵。女色を四方にひろめん。是は好色の功者腎男と申睟にて候。

と始まる「漂游総義②」とは全くの別物であることが確認できる。「漂游総義②」の始まりは、能「誓願寺《せいがんじ》」をもじったものであり、節点を付けた板面まで『禁短気』をそのまま利用している。

さて、国会本の形が、京都で板行されたときの最初の形であるとすれば、その作者及び読者が、其碩作『禁短気』の再利用をも望んだことになる。そして、本作がそれなりの人気を持ち始めた後、特に「漂游総義②」を除

いた本が出回る、という、やや無理のある事態を想定せざるをえない。しかも、この事態については、先述した次の二点から疑問がある。

一、板木が未だ八文字屋にあるので、いくら素人板行とは言っても問題がある。

二、其磧が読み古されていた京都において、漢文戯作の新しさと同居できたのであろうか。

本稿では、当初京都では、「漂游総義②」は少なくとも無い形で流布したのだと考える。その理由として、完本とされてきた国会本より先行する本があると推測されるからである。まず、見返しの差異について見てみたい。国会本のみが持つA形は、B形に先行することは確かである。しかし、実はC形が典拠『本草備要《ほんぞうびょう》』見返しのパロディであることは明白であるので、A形・B形よりC形が先行すると考える。つまり、C形を備える本の方が、国会本より先行すると考えられる。

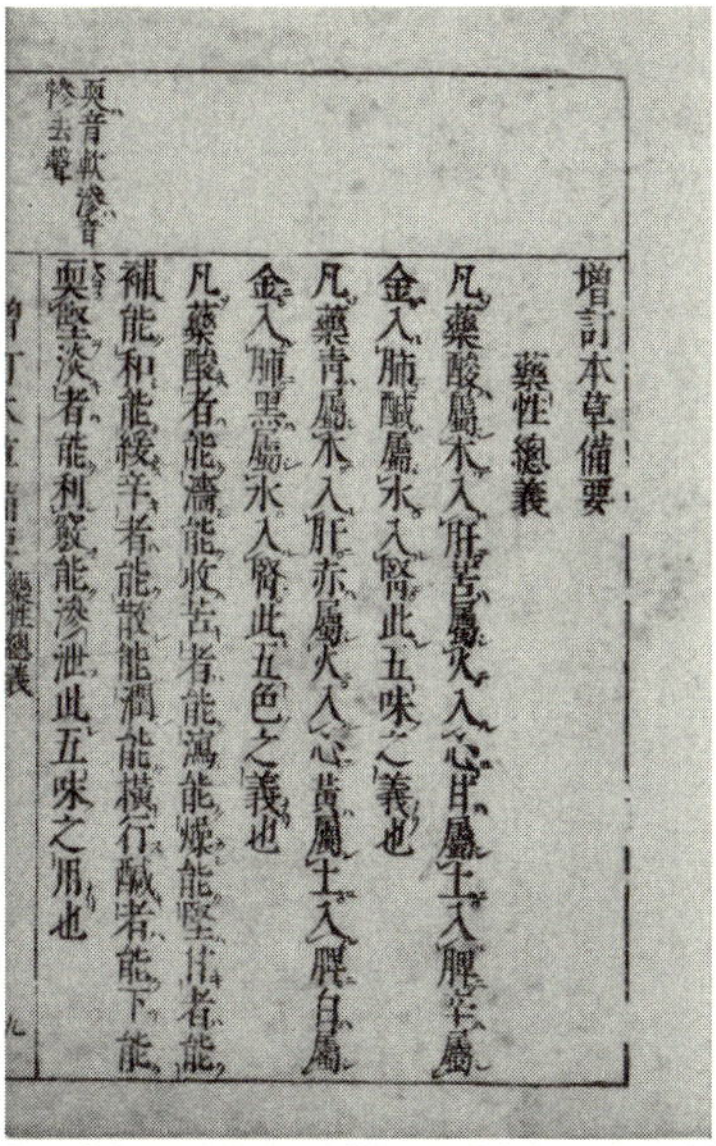
増訂本草備要
藥性總義
凡藥酸屬木入肝苦屬火入心甘屬土入脾辛屬
金入肺鹹屬水入腎此五味之義也
凡藥青屬木入肝赤屬火入心黃屬土入脾白屬
金入肺黑屬水入腎此五色之義也
凡藥酸者能濇能收苦者能瀉能燥能堅甘者能
補能和能緩辛者能散能潤能橫行鹹者能下能
耎堅淡者能利竅能滲泄此五味之用也

【図1】『増訂本草備要』「薬性総義」（福田安典氏蔵）

また、本来、『本草妓要』に附されるべきものは、その典拠「本草備要」の「薬性総義」のパロデイであるはずである。この「薬性総義」は、「凡そ〜」の形をとり、箇条書きで書かれるものである【図1】。

そもそも「漂游総義」①と②の違いは、前者が箇条書き、後者が『禁短気』の焼き直しであることにある。「漂游総義①」は記述法も含めて原拠を襲ったもので、これが本来の『本草妓要』にあった「漂游総義」であると考える。全く違う形の「漂游総義②」は、名前だけを「漂游総義」に倣ったものにすぎないのであろう。つまり、京都における最初の流布において、其碩の文章を流用した「漂游総義②」は付されていなかったという可能性をまず指摘しておきたい。

四、『本草妓要』の受容——大坂

それでは、「漂游総義②」が付される形は、いつ頃、どの地域で調製されたのか、について考察していきたい。その際、注目されるのは、忍頂寺文庫本である。忍頂寺文庫本には、「文政十二年　柏屋藤七」の書き入れがある上、下巻見返しに貼紙があり、「正本屋利兵衛・理助」という板元もしくは売り捌き所名が印字されているからである【図2】。

このことは「漂游総義②」の成立に一つの示唆を与えていると思われる。

まず、この忍頂寺本が、正本屋《しょうほんや》の商品であったことは、疑うところは無い。また、書き入れをどう取るかは判断が難しいが、いずれにしても、京都での享受の後、大坂で「漂游総義②」の享受があったことを示すことには間違いは無い。

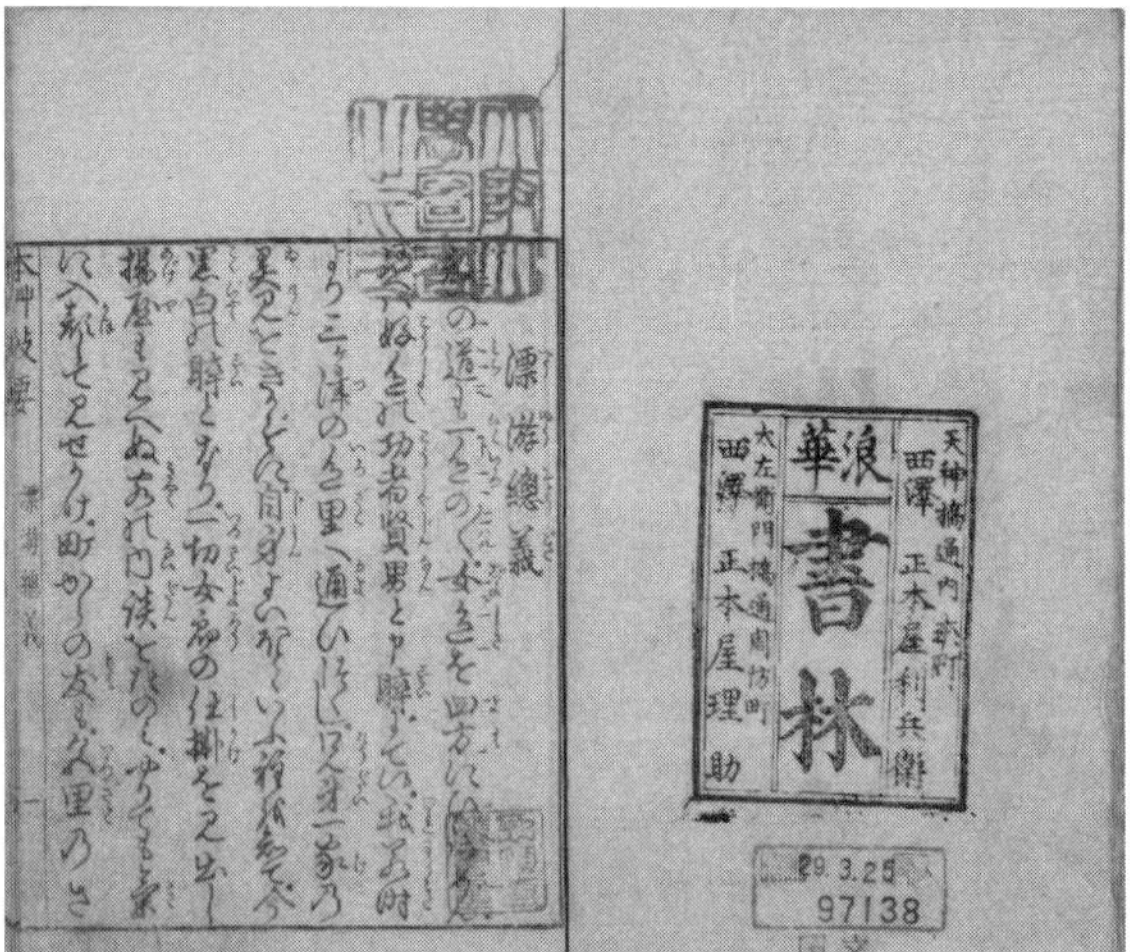

【図2】『本草妓要』下巻見返し（大阪大学附属図書館忍頂寺文庫）

ここで正本屋に関して簡単に触れておく。西沢一鳳《にしざわいっぽう》として有名な、理助（利助とも。嘉永五年〈一八五二〉十二月二日没。享年五十一）と利兵衛（天保十一年〈一八四〇〉二月二十九日没。享年四十九）の兄弟は、正本屋と貸本屋を営んでいた。福澤徹三氏「大坂本屋・正本屋利兵衛の「武鑑」「在方本」の出版活動」[*8]では、正本屋利兵衛が刊行した『大坂袖鑑』『大坂便用録』『在方便用録』（全て天保六年刊）という実用書について述べる。氏によれば、大坂城下及び周囲の町の役人名などを記載する「武鑑」は、需要はあったものの、神崎清兵衛が既に商標としていた。そのため、利兵衛は「武鑑」という名は使えず、苦肉の策で先述の書名にして刊行したことが指摘されている。これらの実用書は、天保十年以降は刊行されないため、それほど利益を挙げたとも言えず、あえて新しい分野に手を出した利兵衛の置かれた状況等が想定されるものの、以後の解明が俟たれる。ただ、正本屋利兵衛・理助兄弟が、書肆としてそれほど大きくないことは確認できよう。実際、利兵衛の名が板元として見える本は、『吉野静人目千本』などの浄瑠璃関連、『百の笑』などの咄本、『朝顔日記』などの読本、『天王寺まいり』などの滑稽本と多岐にわたる。経営のために試行錯誤している姿勢が推測できよう。その中でこの正本屋は『本草妓要』に手を出したのである。

先に「漂游総義②」についての、京都の書肆の関与については疑問点を呈示しておいた。そのことは即ち「漂游総義②」が京都の地以外で調製されたことを意味している。忍頂寺本一本をもって推論することには慎重であらねばならないが、現存する事象を黙殺することにも同様に慎重であらねばならない。

仮に大坂で「漂游総義②」が調製されたとすれば、それは売れるための工夫だと当然考えられていたはずである。その狙うところは、既に板行されていた『本草妓要』に『禁短気』を取り合わせることであったのではなかろうか。

おわりに

『本草妓要』の序が書かれた宝暦頃は、八文字屋本が京都で終焉を迎えていくまさにその時である。『本草妓要』が大坂に移ったのが京都より後であると考えるなら、八文字屋が京都での浮世草子板行に見切りを付け、大坂に板木が移った頃の時期だったかと推測できる。升屋が大坂の地で、まだ其磧の作品は読者をひきつけるもの、と判断したことを考慮するなら、大坂の他の本屋も同じように考えたことは想像に難くない。まだ大坂で其磧が商品として通用すると考えた理由について、以下のように考えてみたい。

まず『本草妓要』そのものは、非常に詳細に書かれた遊興指南書である。遊興について知る、という目的は『本草妓要』だけで十分に果たされる。その後ろに、わざわざ古い情報でしかない『禁短気』本文を「漂游総義②」として加える、という行為は、単に遊興について知識を得るためとは考えにくい。

次いで「漂游総義②」が『禁短気』から一番大きく変更した箇所をあげる。「大きな紋に短き羽織。大臣仕立の衣裳を着。人形遣ひのやう成頭巾をかぶりたる男」という表現である。ここは文辞を増やしており、『禁短気』刊行時より約四十年後に当たる『本草妓要』刊行当時の風俗を映しているか、と思われる。つまり、あまりにも古い衣裳の描写だけは当世風に変更するものの、それ以外はほぼ変更されていない。ここから、「漂游総義②」を附した本屋が必要としたのは、『禁短気』の情報や文辞を利用した新しい文章ではなく、『禁短気』そのものを付すことに目的があったと思われる。

『本草妓要』と「漂游総義②」の作者については、「漂游総義②」冒頭に「好色の功者賢男と申す晬にて候」とあることから、森氏は「『本草妓要』と『漂游総義』の上巻（「漂游総義②」を指す——引用者注）とは同一人の手に成ったことが確実にせられる」[*9]と述べられた。しかし、「漂游総義②」の変更点は、特に『本草妓要』作者の知識を必要とはしていない。たとえば、相手に対し「足下」という呼び方をしている箇所は、漢文知識を伺わせ「医師の戯作」の特徴を示したものと考えられる。しかし、専門的な用語では無く、『本草妓要』の作者ではなくとも変更は可能である。その他最小限にとどめられた変更も、長谷川氏のいう「原文理解不十分による変改」[*10]が散見する。この点も、『本草妓要』の作者自らが「漂游総義②」を手がけていないことと、本屋の介在を推測させる。

長谷川氏は、「漂游総義②」について、時代の変化がありながらも「遊興総論には其磧が生きていることには注目しておいてよかろう」[*11]と述べる。確かに、遊興の細かい知識ではなく、そこに生きる人々の関係性について述べるものであるため、時代に即した内容変更は最小限で済んだとも言える。しかし、「漂游総義②」として其磧の文章が生きた理由は、内容が「遊興総論」であったという消極的なものではない。「漂游総義②」は、板面も浮世草子に倣っており、『禁短気』を古色蒼然とした文章として捉えてはいない。逆に其磧の名前を明記しないにもかかわらず『禁短気』を付した点からは、『禁短気』の文章の面白さへの評価が伺える。それは、内容というよりむしろ、その文章力への評価なのではなかろうか。

構成に優れ理知的である、と評される其磧の文章の洒脱さは、都会的でもあった。話の整合性を重んじる合理的な姿勢は、大坂において未だ新しさを有していた。浮世草子という一つのジャンルの黄昏《たそがれ》時に、大坂の本屋が、浮世草子の先駆者であり、大坂の作家であった西鶴ではなく、京都の作家である其磧を扱うことを選んだところに、その新しさへの評価がある。そこには、西鶴の後続作家であるという後世の位置づけを超えた其磧の文章への高評価を見出せよう。

もともと京都での『本草妓要』は、知識人の最先端とその周囲で享受された。彼らは、漢文体戯作という新しさを喜び、漢籍のパロディを面白く捉えた。しかし、その後商品として扱われた大坂では、同じ享受者層だけではなく、層を広げていく必要があった。そのため本屋は、より広範な読者層を獲得できるような読みやすく、且つ最先端の漢文体戯作に違和感の無い新しい文章を必要とした。ちょうどその頃、其碩をはじめとする八文字屋本が大坂で売り出されようとしていたのである。その其碩の大坂における未知なる評価に賭けて、大坂で『禁短気』を付す形にしたのではなかろうか。一方で、『禁短気』の板木はまだ八文字屋が持っており、正規の板行はできない。しかし、同じ大坂の升屋の持つ板木を利用することは、大坂の本屋にはより強いタブーであっただろう。消去法で、京都に権利がある『禁短気』を、題名と作者名は使わず、「漂游総義」として使うことにしたと考える。それだけ、其碩の文章というのは、大坂の本屋にとって未だ価値あるものであったのではなかろうか。これを、本稿における其碩享受の一端として提示しておきたい。

『本草妓要』の作者達と同じ知識人層に属した都賀庭鐘《つがていしょう》は、『英草紙《はなぶさ》』序文で「歌舞妓の草子」と八文字屋本を評した。それは、新しい文学作品を目指す意気込みでもある。しかし一方で、それは古めかしいと言っておかねばならないほどにまだ八文字屋本を好み、読む人間が多かったことを示している。八文字屋本が勢いを失っていっても其碩の面白さは享受され続けていた。『本草妓要』とは、後世の鑑賞に耐えうる筆力を持っていた其碩の再評価を迫る作品でもあると言えよう。

注

＊1　「洒落本と先行文芸」（『浮世草子新考』汲古書院、一九九一）

＊2　前掲注1書。

＊3　『日本古典文学大辞典』（岩波書店）

＊4　中央公論社、一九八一。

＊5　『洒落本大成　第二巻』（解題、中央公論社、一九七八）、「漂游総義と大通伝」（『森銑三著作集　第十巻』中央公論社、一九七四）

＊6　「初期洒落本の手法――医家書生の戯作について」（『近世文芸』五二号、一九九〇・六）この中で、成立についても、序年より下るであろうことを指摘されている。

＊7　『近世文芸』（四三号、一九八五・十一）

＊8　『書物・出版と社会変容』（六号、二〇〇九・三）

＊9　「漂游総義と本草妓要」（『森銑三著作集　第十巻』中央公論社、一九七四）

＊10　前掲注1書。

＊11　前掲注1書。

※本文は、『洒落本大成　第二巻』（中央公論社、一九七八）に拠る。傍線は全て私に付した。旧字などは私に直したものがある。

第三節　上田秋成《うえだあきなり》『諸道聴耳世間狙《しょどうききみみせけんざる》』と歌舞伎

——團十郎《だんじゅうろう》を中心に——

はじめに

明和元年（一七六四）に出版願が出され、明和三年に刊行された浮世草子『諸道聴耳世間狙』（以下『世間狙』と略す）は、周知の通り、和訳太郎《わやくたろう》というペンネームで刊行された上田秋成の処女作である。

本作は、気質《かたぎ》物の流れを汲む浮世草子と位置づけられ、典拠やモデル特定などが行われてきた。[*1] 演劇からの影響についても、既に先学の御論考が備わるが、本節では、二代目市川團十郎に焦点を当て、秋成と演劇の関係性について検討してみたい。

すなわち、その時代物浮世草子的なものを求め、その手法や世界観から、江島其磧を逆照射してみたい。

一、先行研究

煩雑《はんざつ》になるが、『世間狙』と演劇利用についての先行研究を整理しておく。
まず堤邦彦氏は、『世間狙』巻二―二における一向宗についての主題を中心に論じられた後、演劇からの影響について、葉箒《はぼうき》売りの老人の唄が演劇由来であることを指摘し、

当代劇壇に対する敏感な反応がみられる点では、引用文後半の「矢の根曽我の荒事」の場合も同様である。(中略)秋成があえて矢の根の一場面を引いたのはかかる風評への当て込みではないかとの推測が成り立つ。(中略)ここは近年の上り役者市村亀蔵の話題という眼前の事実を念頭に置いた書き方であり、流行色を生かした結構とみてほぼ間違いないだろう。*2

と述べた。そして、それらの利用は、

処女作『世間猿』についていえば、(中略)極めて速報性・当代性に富むものであり、更にまた、従来本書の題材とされている演劇作品にしても、その京阪における上演年次に注目するなら、いずれも『世間猿』の出願(明和元年十一月)に近い時期に上演された演目であることがわかる。これらの事実から、『世間猿』執筆時の秋成が当時上方で上演された歌舞伎や浄瑠璃或いは役者の動向に少なからぬ関心を寄せていたとの理解が導き出される。この傾向は次作『世間妾形気』においても予想されるところである。*3

とまとめた。神楽岡幼子氏は、堤氏のご指摘を踏まえ、中村富十郎《なかむらとみじゅうろう》に特に着目した上で、『世間狙』挿絵に演劇

の影響が顕著に見られることを指摘し、[*4]秋成と演劇の関係性についても、

芝居内容や詞章の利用、役者や劇界の話題の利用、役者評判記のような演劇書の利用など『世間狙』における演劇の利用方法は広く様々である。秋成は当時の劇界の事情や役者の芸、動向にかなり通じていたものと思われる。その情報を随所に盛り込んでおり、芝居にかかわる様々な話題は『世間狙』を成す上で有効な素材として積極的に利用されたものと思われる。[*5]

とまとめている。その他、先行研究で指摘された演劇関連箇所[*6]を見てみると、刊行時に近い舞台の影響を中心に言及されていることが確認できる。

二、『世間狙』巻二―二における二代目市川團十郎

前節で見たように、執筆時に近い上演のあった舞台を当て込む、という秋成の姿勢については先学に共通する見解である。しかし、『世間狙』には執筆時よりも十年以上も前の舞台、特に二代目市川團十郎の大坂での上演に対して意識していると思われる章段がある。まず、従来は宝暦十一年（一七六一）の市村亀蔵《いちむらかめぞう》の大坂での舞台を当て込んだ、とされていた『世間狙』巻二―二における、二代目市川團十郎への秋成の関心について検討してみたい。

巻二―二「宗旨は一向目の見へぬ信心者」は、一向宗の堅門徒の男を主人公に、行き過ぎた信仰心を皮肉めい

て描き出した章になっている。本章において、演劇関連箇所として既に指摘されているものは五点挙げられる。*7
そのうち今回は三点に着目したい。

まずはじめに冒頭の「曽根崎心中《そねざきしんじゅう》」の詞章利用である。因果経に曽根崎心中の道行を織り交ぜて説法するような、いわば適当な僧侶に対する皮肉が描かれる場面となっている。この「曽根崎心中」の典拠としては、宝暦十一年に大坂で上演した市村亀蔵の舞台「女夫星浮名天神《めおとぼしうきなのてんじん》」が指摘されている。*8 宝暦年間の「曽根崎心中」の上演記録をみると、宝暦十三年にも大坂で「女夫星浮名天神」、「曽根崎心中」と二回の上演が確認できる。宝暦十一年の浄瑠璃「曽根崎模様」でもこの詞章はそのまま使われており、秋成は、当時よく知られていた詞章を利用した、といえる。

次に曽我ものである「矢の根」を劇中劇の形で利用している箇所である。隣村の本堂の棟上げが盛大に行われたとき、急に狂言を演じることを思い立ったお調子者の長男が選んだ演目が、「矢の根」であり、実際の台詞を取り入れた文章になっている。この「矢の根」の典拠についても、堤氏は市村亀蔵の舞台「寿夕霞曽我《ことぶきゆうがすみそが》」（宝暦十一年・京都）が契機である、とした。*9 しかし、この「寿夕霞曽我」については、亀蔵が矢の根五郎時宗を含めた五役を演じて評判を取った舞台であることくらいしかわかっていない。例えば、宝暦

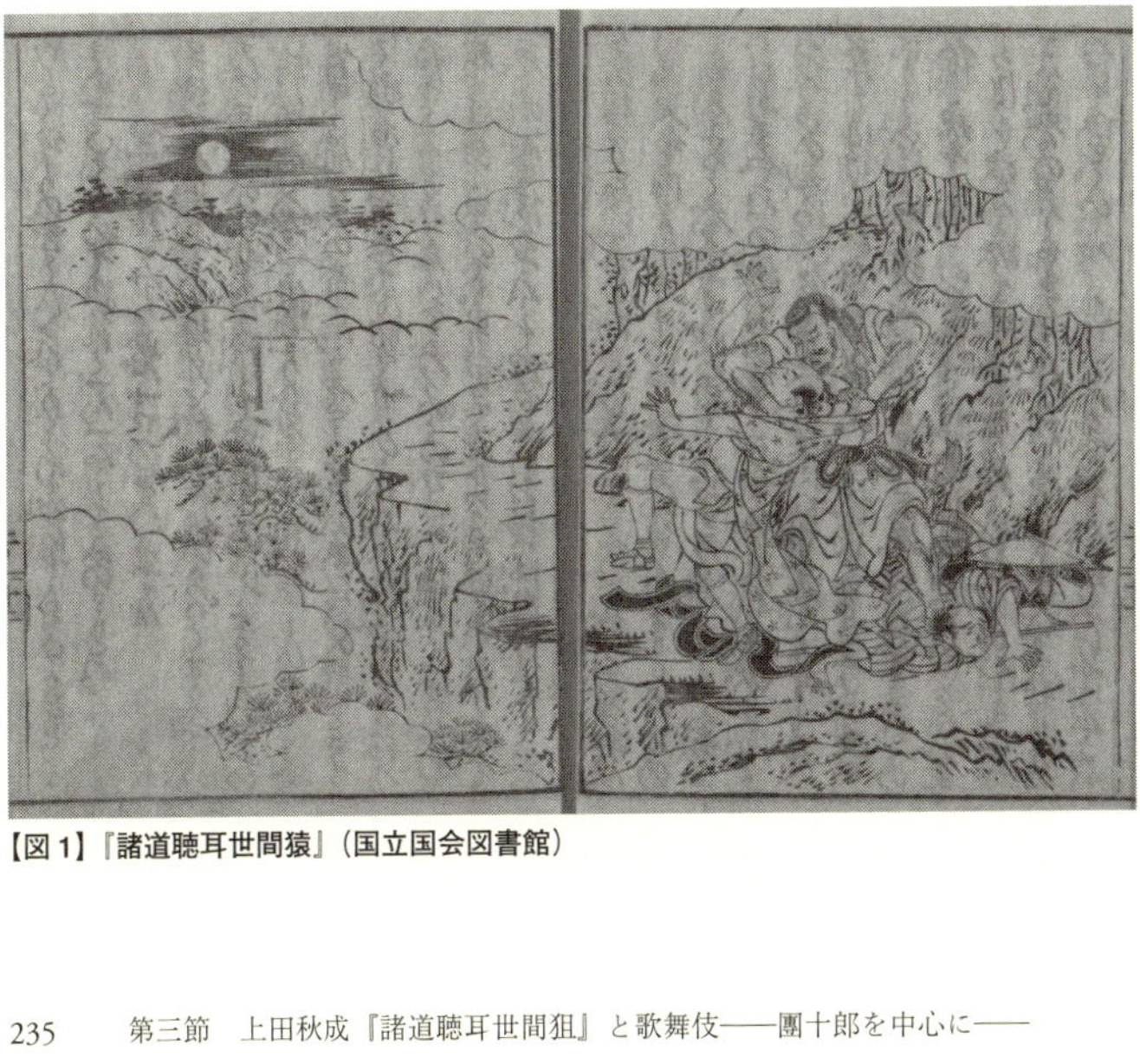
【図1】『諸道聴耳世間猿』（国立国会図書館）

十二年正月刊『役者年越草』（大坂・市村亀蔵条）には、

> 大坂出勤の間下合見物も仕。また大坂中の評判を承り合すに。十人が九人迄上手とは申さず。（中略）矢の根五郎役は江戸が根元故。京大坂の役者とちがひ拵いきごみ見事〳〵おぼこ人形の所作はきつと面白かつたはいな（中略）古人市川栢筵程の名人なれ共。大坂へは出勤ン有て。京のぶたいへ一生出られず。何橋丈は三ヶ津のぶたいを首尾能ク勤られしは。天晴手柄。

と、「矢の根」の演技が褒められてはいるものの、詳しい内容は不明である。また同書京の部にある「寿夕霞曽我」の挿絵を見ても、矢の根を研ぐ五郎の様子が、二代目團十郎の矢の根五郎の扮装を踏襲しているものと推測はできるが、それ以上は不明である。また、亀蔵の舞台についても、大入りであった事は確かなようだが、内容や演技はそれほど高く評価されているわけではない。どちらかといえば矢の根五郎よりも、子供の遊ぶ様子を模したおぼこ人形の所作や、道化役に徹した仙台座頭の扮装の方が好評であったらしい。その上、現行の矢の根劇とは違っている「毒酒を飲んだ兄を左腕の痛みによって察して馬で駆けつける」という『世間狙』の筋書きが、「寿夕霞曽我」にあったかも不明である。

ところで、「矢の根」は年表類を確認する限りでは、曽我ものの中でそれほど多く上演されている演目とは言えない。しかし、宝暦十一年に上演された「桔梗原《ききょうがはら》娘合戦」の絵尽を見ると、夢の中で矢の根の仕内がとりいれられている。「大当たり」とあるように、曽我ものの作品以外でも取り入れられていたことが確認でき、『世間狙』成立前後頃にも独立した場として人気の演目であったことがわかる。

この「矢の根」とは、享保十四年（一七二九）正月「扇恵方曽我《すえひろえほうそが》」において、二代目團十郎によって初めて上演されたものである。宝暦八年の市村亀蔵の「矢の根」の大当たりとは、この二代目團十郎が亀蔵に舞台上で「矢の根」を与える演出で、二代目團十郎にとっての最後の「矢の根」となった。この團十郎最後の「矢の根」は江戸で大評判になり、その情報は当然秋成の耳に入っていたと考えられる。つまり宝暦十一年の亀蔵の「矢の根」とは、江戸で二代目團十郎に譲られた芸であることを後ろ盾に、上方へ上ってきたものであった。ここから、亀蔵の上坂とは、もともとその後ろに二代目團十郎を想起させたものと考えられないだろうか。

さて二代目團十郎を彷彿とさせるのは、例えば「面真赤にぬりこたくり」「角鬘」「江戸塗の紅顔」といった矢の根五郎の扮装についての記述にもある。評判記を見ると、

抑江戸役者にて五郎仕のかいさんは。古中島勘左衛門。古松本幸四郎は。五郎の役に顔まつかいにぬり。前髪を髻仕立にして荒事一通りなりしに。其後栢筵。正徳享保の比より専五郎の役大当り。白粉顔のぬれ事にては女中の見物をうかつかし。隈彩てあら事は家の物。（中略）贋五郎角鬘うつりていやはやどうも〳〵（宝暦二年三月刊『役者独案内』江戸・市川海老蔵条）

故人中島勘左衛門。古人松本小四郎。五郎の役を致されし時分は。角髪を太元結にてくゝり。顔まつかいにぬつて鎧着ての草摺引なりしが。前髪を左右へわけ。白粉計にて五郎を勤しは今の栢筵より始る。くまどりといふ事も同じ。（宝暦四年三月刊『役者大峰入』江戸・市川海老蔵条）

とあり、曽我五郎の扮装は、二代目團十郎を境に変化したことがわかる。しかし本章での長男は、顔を真っ赤に

塗りたくっている。つまり、二代目團十郎が工夫する前の化粧法を表現したと思われる。五郎を演じた長男は、非常にお調子者の設定であるため、ここも当然最先端の演目をうまく上演したつもりで、化粧法は古臭いところにおかしみがあったはずである。そう考えるなら、「面真赤にぬりこたくり」とは、二代目團十郎よりも昔の舞台を想起させるもので、やはりその起点は二代目團十郎にあったと考えられる。

　また、息子が上演舞台から落ちて転落し亡くなる場面について、神楽岡氏は「壇上から落ちて目を回し、周りから呼びかけられる設定は「鳴神」を利用したものである。「千里もゆけ、万里もとべ」は「鳴神」の幕切れで見せる荒事の際にも使われていることばである」*10と指摘する。

　この「千里もゆけ、万里もとべ」という言葉は、宝暦十三年三月刊の評判記『役者吉野山《やくしゃよしのやま》』（京・佐野川万吉条）に「鳴神上人と成。千里も行万里をとべといはるゝ所いさぎよかつた」とあり、宝暦十二年に演じられた鳴神の舞台でも確認できる。享保五年に上演された「楪根元曽我《ゆづりはこんげんそが》」のせりふ本である『ゆつりはやの根五良《ねごろう》』（享保五年刊）に、「人げんのかよはぬ所千里もゆけ万里もとべ」とある通り、曽我五郎の台詞でもある。秋成は共通する部分の台詞を利用することで、「鳴神」の設定を踏まえたことを示しているのである。

　ちょうどこの時期は、元田與一氏が「舞台と出版とが相乗的に、あるいは相補的に、「鳴神物」ブームを現出させたのではなかろうか。このブームのただなかに、和訳太郎もいた」*11と指摘するように、「鳴神」が多く演じられていたようである。この「鳴神」は、二代目團十郎の大坂での起死回生の上演作でもあった。評判記『役者和歌水』（寛保三年刊・江戸・「市川海老蔵難波英」）には、

大坂芝居事知リ日酉の霜月朔日より。佐渡島長五郎座の皃みせ。万国太平記ニ畑六郎左衛門時義と成。外良売リの出大当

> リ。▲極月十一日より八的勢曽我に。十郎五良二役不当リ残念去ながら。戌正月十六日より。雷神不動北山桜の大当リ。久米寺弾正と。鳴神上人の役。大切リに不動明王。七月迄の大入。漸三月六日に江戸にて死去の。市川團十郎殿聞忌にて。一月の休日より外。毎日の群集。西国四国より態々見物に登られ候は。いづれ銘人の一徳

とある。二代目團十郎は、残念ながら不入りに終わった「矢の根」の後、「雷神不動北山桜《なるかみふどうきたやまざくら》」をかけたところ大当たりになって面目を施し、息子である三代目が亡くなるまで上演を続けたのである。この舞台は、『役者巡炭』（明和三年十一月刊・京・尾上菊五郎条）に「栢筵一生京へ出勤なかりし故。京の見物見知たる人〴〵多からず芝居好の人〴〵は栢筵大坂出勤の時見覚有べし。」と述べられている。上演から約二十年後の明和三年の時点でもまだ「見覚えている」ほど、印象的な舞台だったのである。秋成にとっても同じことが言えるのではなかろうか。

つまり、本章で「鳴神」を利用したことは、息子を亡くす、という共通する点も鑑みれば、二代目團十郎のエピソードを当然踏まえたものと考えられる。しかも、その劇中劇のきっかけが本堂の建立であり、そこからひっくり返って落ちてしまう、という描写には、「矢の根蔵」のエピソードがきかされているのでは無いかとも推測させられる。「矢の根蔵」とは、享保十四年正月「扇恵方曽我」において二代目團十郎が初めて演じた「矢の根」が大当たりして、座元である中村勘三郎に蔵が建ったほどの収入をもたらした、というエピソード[*12]や、宝暦四年の「矢の根」が大当たりして、二代目團十郎が自費で「矢の根蔵」を建てたことを指す。[*13]つまり、二代目團十郎の場合は建物が建つほど大当たりした「矢の根」を演じたのにも関わらず、建ったばかりの建物から転落して命を落としてしまう抜けた息子、という人物造形の対比にこそ面白さがあった。そして親の敵を討つという目的を持つ親孝行な息子

である曽我五郎に対し、とことん親不孝な息子へ変化させるところに、秋成の「わやく」意識も見出せるのである。

以上のように、『世間狙』巻二―二は、全体を通してそのモチーフを二代目團十郎に求められると考えられる。二代目團十郎には、享保四年には、曽我ものの中に「曽根崎心中」の世話物を入れて「曽我崎心中」と銘打って構成した作品も確認できる。もともと世話物と荒事の題材を合わせて採り入れるというのは、二代目團十郎が得意とした方法でもあった。本章における冒頭の「曽根崎心中」と「矢の根」にも、二代目團十郎を介在して関連性が見えて来るように思われる。

三、没後の二代目市川團十郎

ここで、二代目市川團十郎について簡単に触れておく。*14

元禄元年（一六八八）に初代市川團十郎の息子として生まれた二代目は、元禄十年に不動明王として初舞台を踏む。しかし、宝永元年（一七〇四）、初代團十郎の突然の逝去に伴い、二代目團十郎を襲名することになる。父親という後ろ盾を早くに無くした二代目は、最初から順風満帆な役者ではなかったために、逆に色々な工夫をこらすようになり、人気役者となり、江戸を代表する役者の一人に育っていくのである。特筆すべきは、先にも触れたように、佐渡嶋長五郎に請われ、寛保元年（一七四一）、團十郎が初めて大坂で興行をしたことである。この大坂興行は非常に好評であった。大坂の裕福な商家にいた秋成は、幼少期に実際に舞台を見ていたと推測できる。大坂の人間である秋成にとっても、印象深い江戸の役者であったと考えられるのである。

さて明和元年には成立していた『世間狙』当時、二代目團十郎は既に亡くなっていたが、大きな存在であり続けていた。それは江戸では当然のこととしても、京都や大坂でも同様だった。例えば、評判記『役者開帳場《やくしゃかいちょうば》』（宝暦九年三月刊）では、市川團蔵の鳴神上人の役について、「いづれも御存知の市川海老蔵せられし通り」であると評価する一方、その二代目團十郎の舞台と較べてしまうと物足りない、と文句をつける。頭取は「市川栢莚と見比べては私共も物は申されぬ」とまとめるのである。ここからは、二代目團十郎が宝暦八年九月に亡くなった以後も、「市川流」あるいは「海老蔵写し」の芸が非常に高く評価されて、江戸を代表する役者と考えられていることが確認できる。この高い評価は、当然秋成にも共通していた認識だったと考えられる。

『世間狙』巻四―二「評判は黒吉の役者付あひ」には、「天地の大芝居で堯舜は坂田大和山が温潤。湯王武王は小佐川柴崎がいきごみで。曹操王莽のあく人方は藤川武左衛門でなければと。唐の帝の芝居好」と多くの役者名がみられる。ここを、高田衛氏は、「当代ではなく、前の時代、元禄の名優たち、坂田藤十郎、大和山甚左衛門、藤川武左衛門、小佐川十左衛門などの上方役者を見立てるなど、なかなか趣向を凝らした文章であることが知れる。[*15]」と指摘する。今の役者達を評価せず、既に引退、あるいは亡くなっている役者達で見たかった、と残念がる茶屋の主人の言葉は、『癇癖談《くせものがたり》』（寛政三年〈一七九一〉成、文化五年〈一八〇八〉刊）下巻において、昔の役者を褒め、「今の世なるはそれらがおもかげにもあらず」と嘆く「歌舞妓ものがたりをかしくするおきな」と通じる。ここから当時の元禄・享保懐古の風潮の中に秋成もいたことが想像できよう。

また、この頃の江戸上りの役者の高い給銀について、「北側の江戸役者は七百両じゃと口にほうばる高給銀。啌かと思へば見ては無理ではないぞ」と述べる箇所では「七百両」という具体的な金額を挙げている。この役者については、既に大野絵美子氏が市村亀蔵であると推定している。[*16] ただ、亀蔵に関する具体的な給金の話題は管見の限りでは見つからなかった。一方、二代目團十郎が大坂に来た時の給銀は『佐渡嶋日記』[*17]に「給金貳千両にて。

手付金五百両下さるべしと申来る。歌舞妓芝居始りて以来。給金貳千両やくしや聞も及ばず。稀なる事を申越されしと。甚おもしろく。手付金五百両調達して差下したり」と具体的な金額がある。そこには、「給金二千両」「手付金五百両」という非常識なほどの高額な給銀を要求した二代目團十郎について感心と皮肉が、そしてそれを払う己に対して大物ぶる描写が見える。この非常識なほどの高額な給銀は二代目團十郎にまつわる伝説の一つとして広告のように広められ巷間《こうかん》に膾炙《かいしゃ》していた話題でもあった。

そして、本章において、茶屋の主人が江戸で会う約束をする「栢筵」とは、既に亡くなっている二代目團十郎の俳名を指している。つまり、少なくとも『世間狙』巻四―二における時代設定は、二代目團十郎が生きていた宝暦八年以前を想定していることになり、秋成にとって二代目團十郎とは、未だ興味の持てる役者であったと言える。従来、『世間狙』巻一―二「文盲は昔づくりの家蔵」に「朱鞘の相口を出して。庵に木瓜の目貫がかけてござりますが。此紋はまへかどに海老蔵が来た時見ました。曽我兄弟の紋所かと存ます。」とあることから、「秋成にとって二代目團十郎の上坂は過去の出来事でしかない、と考えられてきた。[18] しかし、秋成の言う「まへかど」とは、大坂に来たことについてのみの評であり、二代目團十郎自体を古いと考えていたことではないのではなかろうか。

もう一点指摘するならば、二代目團十郎の没後、團十郎の芸を誰が継ぐのか、ということは芝居好きの人々にとって非常に関心の集まる話題であった。四代目は既にいたが、三代目團十郎が若くして亡くなった後、十三年間もの空白期間を経てから、團十郎の名を譲られた。つまり、四代目團十郎という役者は、二代目團十郎とは姿も芸風も全く違う役者であったのである。しかも、先に述べたように、二代目團十郎を象徴する演目の一つである「矢の根」は、市村亀蔵（後の市村羽左衛門）に譲られていた。團十郎という名前ではなく、芸を継ぐ者とは誰なのか、ということは江戸の人間にとって非常に興味ある問題で、それだけ二代目團十郎の存在は耳目を引き続けるものでもあった。高橋則子氏は、明和期の團十郎評価について、

『役者名物袖日記』（明和八年〈一七七一〉刊　萬里亭）の中で、二世市川團十郎は「古今の稀もの」の筆頭に挙げられている。「男ぶり能…声色あざやか…愛敬なければ不叶」という三条件を全て兼ね備え、更に「芸品よき」と評される二世團十郎のような理想的役者に較べ、筆者は当時の役者を手厳しく批評している。（中略）明和期に入ってからの二世團十郎当て込みの黒本には、『役者名物袖日記』に通底するような、当時の庶民の意識が流れていて、二世團十郎の荒事を大きく神格化して再形成するようになったのではないだろうか。*[19]

と指摘する。つまり、『世間狙』執筆当時である宝暦末年から明和期とは、二代目團十郎を「理想的な役者」として考え、高い評価が定まっていった時期といえる。高橋氏の「既に亡くなっている團十郎を当て込む黒本・青本が多い、という点から江戸における元禄・享保懐古の庶民意識が見られる」*[20]という指摘は、江戸だけのものではなく京坂でも通じるものであり、それは『世間狙』にも見られる意識であったことが推測できよう。『世間狙』においても散見される秋成の二代目團十郎への関心とは、玄人というよりは素人の芝居好きとしての興味の範囲内にあるものであったと考えられる。この点から『世間狙』は、京坂における團十郎享受の一資料としての価値も見出せるのではなかろうか。

おわりに

従来、最新の演劇の当て込みを目指した、とされてきた『世間狙』には、それだけではない役者や舞台の取り込み方が見受けられる。特に、従来は古い役者であり影響はないと考えられていた二代目團十郎を強く意識したものがあることは、当時の演劇界における元禄・享保懐古《かいこ》の風潮に沿ったものでもあった。秋成もまた当時の大多数の観客達の認識を共有していたのである。また、その演劇利用の方法には、其磧の時代物浮世草子のように演劇を当て込むことが主たる目的なのではなく、あくまで演劇は素材の一部でしかない秋成の執筆姿勢が表れていると考えられるのである。

如上のように、同じく演劇や役者、しかも其磧時代の役者を素材としながら、秋成浮世草子と其磧とは大いなる懸隔がある。その懸隔こそが其磧時代の終焉を告げるものであろう。

注

1　浅野三平氏「諸道聴耳世間猿論」(『女子大国文』十五号、一九五九・十)、森田喜郎氏「気質物としての『諸道聴耳世間猿』『世間妾形気』の意義について」(『文学研究』四五号、一九七七・六)、風間誠史氏「和訳太郎の方法――『諸道聴耳世間猿』『世間妾形気』『書初機嫌海』『癇癖談』」(『国文学　解釈と教材の研究』四十巻七号、一九九五・六)など既に多くのご指摘がある。

2　「諸道聴耳世間猿の構造――世間と伝承」(『国語と国文学』五七巻三号、一九八〇・三)

3 「和訳太郎と当代劇壇――『世間妾気質』を中心として――」（『近世文芸』三五号、一九八一・十二）

4 「『諸道聴耳世間狙』の挿絵」（『歌舞伎文化の享受と展開』八木書店、二〇〇二）

5 「『諸道聴耳世間狙』と歌舞伎」（『歌舞伎文化の享受と展開』八木書店、二〇〇二）

6 宍戸道子氏「「白峯」と「祈祷はなでこむ天狗の羽帚」の表現――言葉としての天狗」（『読本研究新集』四集、翰林書房、二〇〇三）、大野絵美子氏「『諸道聴耳世間狙』考――巻四―二・巻五―二を中心に」（『駒沢国文』四九号、二〇一二・二）、森山重雄氏『上田秋成初期浮世草子評釈』（国書刊行会、一九七七）など。

7 前掲注2、3、4、5論文。

8 前掲注2、5論文。

9 前掲注2「亀蔵は宝暦八年十一月江戸市村座で、「亀蔵の矢の根大当り」とされた役者で、宝暦十一年八月大坂へ上り『女夫星浮名天神』の徳兵衛役で同じく来坂中の名優中村富十郎と共演、九月に入って京に赴き十郎・五郎・朝比奈・仙台座頭・おぼこ人形の一人五役を演じたのが、前掲『寿曽我』であった」。

10 神楽岡幼子氏「『諸道聴耳世間狙』と歌舞伎」（『歌舞伎文化の享受と展開』八木書店、二〇〇二）

11 「『世間妾形気』の趣向――「お春物語」と歌舞伎「鳴神物」」（『近世文芸史論』桜楓社、一九八九）

12 「古今大当り大評判、浄瑠璃は大薩摩主膳太夫相勤、此狂言五月迄打つゞき、座元矢の根蔵といふ土蔵をたつると云々」（石塚豊芥子『歌舞妓十八番考』、岩本活東子『新燕石十種』第四、中央公論社、一九八一）「此興行大入にて五度迄の日延、四月廿日舞納、百十三日内五日休、百余日の興行、此時の仕入上り帳を見るに、総括の仕入金高二千三百二十両余、外に百八十五両、売上ゲ高四千二百二十一両余（計算するに一日の売高三十八両余に当る）、此狂言市川栢筵矢の根五郎初めて勤む」（関根只誠編『東都劇場沿革誌料』（国立劇場芸能調査室『歌舞伎資料選書』

一九八三〉等に見える。

13 近藤瑞男氏「二世市川団十郎考――『矢の根』上演を中心に」(『文学』五五―四号、一九八七・四)に、「彼の最後の大当りが、宝暦四年(一七五四)、六十七歳の時、三代目市川団十郎追善公演『百千鳥艶曽我』であり、その三番目に演じられたのが『矢の根』であった。「分身矢の根五郎の仕内。いつも〳〵角髪。うつり扨々若いぞ〳〵。大当り〳〵。此狂言六月十三日まで大入。」(『役者柵家系』)この時の『矢の根』は、四月一日より行われた南都西大寺釈迦如来の開帳に当て込んだ上演で、中村座より西大寺へ、海老蔵の矢の根五郎の大絵馬が奉納されている。この大当りによって海老蔵は、衣裳蔵を自費で建て、「矢の根蔵」と称したという」とある。

14 立教大学近世文学研究会編『資料集成二世市川團十郎』(和泉書院、一九八八)に多く拠った。

15 「秋成文業の生態私考――筆、人を刺す。又人にさゝるゝれど」(『秋成文学の生成』森話社、二〇〇八)

16 「『諸道聴耳世間狙』考――巻四―二・巻五―二を中心に」(『駒沢国文』四九号、二〇一二・二)

17 今尾哲也氏『役者論語評註』(玉川大学出版部、一九九二)

18 堤邦彦氏「諸道聴耳世間猿の構造――世間と伝承」(『国語と国文学』五七―三号、一九八〇・三)「上方で矢ノ根を演じた名優は亀蔵ばかりではない。二世団十郎もその一人である。しかしそれは寛保元年のことであり、秋成自身「まへかどに海老蔵が来た時」(『世間猿』巻一の三)としたように一昔前の出来事である。」

19 「黒本・青本から見た二世市川団十郎――黒本『龍宮土産』をめぐって」(『歌舞伎研究と批評』三号、一九八九・七)

20 前掲注19論文。

【付表1】『諸道聴耳世間狙』における演劇関連箇所一覧表

巻	本文	関連する外題・役者	先行研究における指摘
一―一	挿絵	「夏祭浪花鑑」団七	「団七の絵姿を写したもの」③
	小西三十郎（人物設定）	「本朝三国志」小西弥十郎	「『本朝三国志』の歴史観を茶化す意図」⑦
	中村吉右衛門（略）かたくろしい吉右衛門	中村吉右衛門	「武道事を得意とした」⑦
	花は三吉野人は武士末世に残る名こそ恥かし。舅殿後に逢ふ	「ひらかな盛衰記」	②
	富十郎がお初徳兵衛	宝暦十一年八月、大坂角の芝居「女夫星浮名天神」	「近年の上り役者初世中村富十郎」②・④
	富十郎が女楠てもいたしたら。	「吉野都女楠」	⑦・「富十郎の芸の傾向を理解した上での描写」④
一―二	八岐の大蛇を筒切にしたやうな注連縄	「日本傾城始」	
一―三	庵に木瓜の目貫がかけてござりますが。此紋はまへかどに海老蔵が来た時見ました。曽我兄弟の紋所かと存ます。	寛保元年十二月、大坂佐渡嶋座上演「八的勢曽我」	②・③「四代か」⑦

	曽我の時宗が箱王丸の昔箱根の別当の許にて。敵工藤左衛門にはじめたたいめんせし時。祐経より箱王に遣はせし。赤木の柄のさしぞへ		⑦評判記に、「介経に手づから貫ひし赤木ノ太刀」等の記述あり
	挿絵	寛保元年十二月、大坂佐渡嶋座上演「八的勢曽我」	「海老蔵の工藤を思い出して欲しいというサイン」③
	手鼓の中音にて。ウタイいやしき海士の胎内にやどりてと。		「海士」⑦
二―一	挿絵	「仮名手本忠臣蔵」	④
	筋立	宝暦五年正月刊『役者柵家系』	④
	葬礼のもどり竹田の新からくり見る		「人形あやつり」⑦
	海士が玉だすように		「謡曲『海士』」⑦
	おまへと一躰かうなつたはなみ大抵の事かいなあとしたひよる	「ひらかな盛衰記」	「色模様とは似てもにつかぬこの場面に利用することで失笑を誘う効果」④
	高砂や此うら船に		「謡曲『高砂』」⑦

二―二	お初徳兵衛が道行をまぜて。それ娑婆のはかなき事は。たとはゞあだしが原の道の霜一足づゝに消てゆく人の命。死る時はかたびら一枚	「曽根崎心中」	宝暦十一年八月、大坂角の芝居「女夫星浮名天神」④
	こんたんでのゑちやへ	「天竺徳兵衛聞書往来」	宝暦七年大坂大松座（森哲朗氏）
	棕櫚の葉箒売たる親仁。店の端にもしばしは休み	宝暦四年七月初演、宝暦十一年、十三年再演「義経腰越状」	①・②・④
	心得任せの飛上り。矢の根曽我の荒事面真赤にぬりこたくり。金襴の大広袖角髪の大童。（中略）大音にあゝふしぎや。左リの腕のしびれしは。兄十郎が大磯にて敵工藤にめぐりあひ毒酒を盛と覚へたり。たとへは此鬼鹿毛千里も飛べ万里もゆけと。思ひ入の力あしに。	「寿夕霞曽我」 「鳴神」	宝暦十一年九月、京千歳座上演、市村亀蔵が矢の根を演じ評判をとったことを背景に持つ①・④ 「曽我狂言流行」② 「矢の根に小栗判官の話を付言したもの」⑦
	足代の縄が切て。高さ三丈ほどの所から真逆さまに踏はづせば。	「鳴神」	④
二―三	こゝに一ト月かしこに十日	「ひらかな盛衰記」	④
三―一	筋立	宝暦元年一一月、大坂豊竹座初演「一谷嫩軍記」	①

	梅若が塚（中略）塚しるしの柳		「謡曲『隅田川』」⑦
	中村勘三が二の替り見に行し		「勘三郎。六代目の冠子」⑦
	役者まじくらの酒もり		「小万が歌舞伎役者の吉三郎を可愛がったことを踏まえ」⑦
三—二	長崎仙人鷂之介といふ一本綱の名人。…京女房の脛の白きに通をうしなひ。	「鳴神」	
三—三	挿絵	「娘道成寺」 「宝小槌手づま占」	「「娘道成寺」を得意とした富十郎の姿を重ね合わせる」④
	老女の傾城（人物設定）	正徳三年正月「小野小町都年玉」、同年秋「大和歌五穀色紙」 「傾城室町桜」	「時代浄瑠璃へのわやく」⑦ 寛保三年、京四条北側芝居④
	筋立	「御所桜堀河夜討」	⑦
	付てもいきたひやうに嘆かるゝ内儀	中村富十郎	宝暦六年四月、江戸中村座上演「長生殿不断桜」④
	吉弥結		「玉村吉弥の帯を結びそめ、一時若き女子の間に行われたもの」⑦
	大吉髷		「大阪の女形、中村大吉（中略）が錦祥女に扮したので大吉髷といったものか」⑦
	五郎市	「釜渕双級巴」	「石川五右衛門の子の名」⑦

	トラヤアトラヤアという唐音も今は昔	「国姓爺合戦」二段目	⑦
四―一	筋立	「大島台白狐婿入」	宝暦十年十一月、京沢村座初演②
四―二	天地の大芝居で堯舜は坂田	坂田藤十郎	⑦
	大和山が温潤	大和山甚左衛門	⑦
	湯王武王は小佐川	小佐川十（重）左衛門	⑦
	柴崎がいきごみ	芝崎十左衛門	⑦
	曹操王莽のあく人方は藤川武左衛門	藤川武左衛門	「元禄期敵役の名優」⑦
	四条の櫓幕真葛が原に染あげし顔見せ		「顔見世狂言」⑦
	年々の上り役者。霜さきのつめたい銀を。誰は今年廿五貫目で南側へすんだげな（中略）北側の江戸役者は七百両じやと口にほうばる高給銀。	市村亀蔵	「二十五貫目は金六両で端役の給金」⑦ 宝暦十一年に上京⑥
	海老蔵が発句の紙表具	四代目団十郎	⑦　初代或いは二代目団十郎か。
	所作事		「歌舞伎の舞台で演じられる舞踊及び舞踊劇」⑦
	鯉長どんの給銀のあやじやそうにござります	中村粂太郎（初代）	⑦

	あいもかはらぬ富十郎が江戸土産。	中村富十郎（慶子）	③・「宝暦九年九月、大坂上りの暇乞い」④
	今七めがよう仕をる	今村七左衛門	⑦
	あの場を前の音右衛門にして	沢村音右衛門	⑦
	喜代三がする所を	中村喜代三郎	⑦
	春水あやめで。	芳沢あやめ（二代目）	「春水は俳名」⑦
	団蔵が役を	市川市紅（三代目）	⑦
	親榊山で見たら面白かろ	榊山小西郎（初代）	⑦
	来春は此連中で江戸の二の替り今団十郎見に下らふじやあろまいか	四代目団十郎	⑦
	栢筵や	四代目団十郎	⑦　二代目団十郎か。
	助鷹屋にかたぐ下る約束	沢村藤十郎（初代）	⑦
四―三	小野のおつう		「浄瑠璃「十二段草子」の作者という」⑦
五―一	天竺にては班足太子の塚の神（中略）那須野の叢にかくれて殺生石となりけるとや。		「謡曲『殺生石』による」⑦
	芦屋道満の狂言くずの葉の道行。畜生足にこり果て京より帰る与勘平のやうに小首かたげ。悪右衛門か家来の坊主にしらるゝ	「芦屋道満大内鑑」	宝暦十一年四月、中山文七座上演を踏まえたか②「玉藻前曦袂」⑦

五—二	筋立	「霧太郎天狗酒醼」	宝暦十一年大坂中山文七座⑤・⑥
五—三	桑名やの徳蔵	「桑名屋徳蔵入舟物語」	「明和七年十二月に上演された」⑦
	大名でも剥兼ぬけぢぶとい性悪玉	「秋葉権現廻船語」二本駄右衛門	宝暦一一年、大坂中の芝居初演④

【付表2】上坂以後の、京坂の評判記に見える二代目団十郎

刊年『評判記』		内容
寛保三年正月刊『役者和歌水』京	萩野伊三郎	鳴神不動に。海老蔵殿のお役。近年盆芝居にめづらしい大当り。（中略）使者の段は海老蔵殿とは雲泥の違ひ。（中略）おつと此丸一段海老蔵の暇乞の狂言と云事か。おつしやれいでもみな御存じでござる。
寛保三年正月刊『役者和歌水』大坂	姉川新四郎	去年中江戸市川海老蔵殿とはり合て。すでに盆替り熊野御前平紋日の当リ。海老蔵殿も是にはおさ給ひし。（中略）いづれ市川殿の雷神上人の当リに。外カの座本衆ならつゞきは致すまい。
寛保三年正月刊『役者和歌水』大坂	中村十蔵	去年中海老蔵殿のお相人にならせられても。少シも弱みをくはぬお上手。
寛保三年正月刊『役者和歌水』大坂	山本京四郎	雷神上人を指殺さるゝ仕内。海老蔵殿とは余程間タが見へました。（中略）三ヶ国の銘人といづ三升殿のお相人に。年ン中ならせられても負給はぬが。上々吉のお役者。
寛保三年三月刊『役者桃埜酒』京	津内門三郎	さんせん箱より出らるゝ所は。海老殿が出られたかと存られた。生うつし共〳

寛保三年三月刊『役者桃埜酒』大坂	市山助五郎	江戸の海老殿宗十殿京の三右殿。当津の市山殿などは。万能丸の芸者。何をなされてもお上手かと存る。
寛保四年正月刊『役者子住算』京	萩野伊三郎	ゑび蔵風のあら事では。かゆい所へ手の行ごとく
寛保四年正月刊『役者子住算』大坂	沢村宗十郎	海老蔵殿は三代の名代もの。其上芸も見られた通。痒を熱湯でたでるやうな。気味のよい芸ぶり。（中略）江戸風といふは。海老殿や廣治殿の格といふことであらふ。あれが則東男の風俗といふ物（中略）宗十殿の巻頭。海老蔵殿の巻軸の年もござつたれば。海老殿と余り甲乙もない筈の事。
寛保四年正月刊『役者子住算』大坂	津内門三郎	あらごと。海老蔵殿がゝりできました〳〵
寛保四年正月刊『役者子住算』大坂	柴崎民之助	去々年は海老蔵殿当年は宗十郎殿名代のお上手達
延享二年三月『役者紋二色』京	民谷十三郎	つらねせりふ。海老蔵殿のうつりどふも〳〵
寛延四年三月刊『役者翁叟鏡』大坂	市川團蔵	奉行の侍をせんぎせらるゝ所去とはよいぞ。お江戸名物のゑび殿に其まゝ〳〵
宝暦三年正月刊『役者秘事枕』京	市川和十郎	大ぜいを相手にしてのあら事よし。右は江戸にて栢筵殿せられたる通リ因て先此人の仕内とくとはしれず。
宝暦四年正月刊『役者懐相性』大坂	市川團蔵	あづまには本家海老蔵殿がゐらるれば。上方衆程には見申さない

宝暦六年正月刊『役者懸想文』大坂	市川團蔵	大切さわう権現の姿にてせり上迄。是は海老蔵の不動の格大にできましたぞ
宝暦八年三月刊『役者将棋経』京	中村十蔵	お江戸には日本はおろか。唐人迄知ツてゐる海老蔵といふ名人が有ル。（中略）栢筵丈お江戸にござれ共。三座の内に出勤なしさすれば此人より上に置。立役衆は覚へませぬ
宝暦九年三月刊『役者開帳場』大坂	市川團蔵	鳴神上人（中略）いづれも御存知の市川海老蔵せられし通リ（中略）栢筵の仕内を見ては去とは淋しくてはがゆい（中略）それは御無理と申物。市川栢筵と見くらべては私共も物は申されぬ
宝暦十年正月刊『役者段階子』大坂	目録	市川升蔵　市川の香ひにて当津で花を堺清
宝暦十年正月刊『役者段階子』大坂	市川升蔵条	市川海老蔵弟子と成。…江戸流の思ひ入。團蔵の若いを見る様なとの噂でござるぞ。
宝暦十年三月刊『役者呉服店』京	市川團蔵条	海老蔵此かたの不動見事〳〵。
宝暦十一年正月『役者初白粉』京	中村四良五良	此仕内は元来市川海老蔵。大坂にて暇乞の狂言にせられたる。伴の字組と同し事。…よつてめづらしからず
宝暦十一年正月『役者初白粉』大坂	目録	市川枡蔵　市川流の口跡をうつせみ
宝暦十二年正月『役者年越草』京	市村亀蔵条	古人市川栢筵程の名人なれ共。大坂へは出勤ソ有て。京のぶたいへ一生出られず。何橋丈は三ヶ津のぶたいを首尾能ク勤られしは。天晴手柄。

明和三年正月刊『役者年内立春』京	小川吉太郎	仕内古人栢筵のおもかげが見へます
明和三年十一月刊『役者巡炭』京	尾上菊五郎	全体栢筵と見へます。然れ共栢筵一生京へ出勤なかりし故。京の見物見知たる人〴〵多からず芝居好の人〴〵は栢筵大坂出勤の時見覚有べし。（中略）全体栢筵と見へますれ共。栢筵をまねらるゝにてなし。此人女形の時分ンより栢筵にしたしく立役となられては真似る心はなく共。自然に其意味うつるべし

※本文は、『上田秋成全集　第八巻』（中央公論社、一九九三）に拠る。傍線は全て私に付した。旧字などは私に直したものがある。

第四節　其磧《きせき》没後の浮世草子——『怪談御伽桜《かいだんおとぎざくら》』とその周辺——

はじめに

八文字屋は、享保期後半から他書肆に対して優勢となり、宝暦末期・明和頃までほぼその勢力が続いていく書肆である。いわゆる八文字屋本というジャンルが認定されるほどである。従来、多くの先学による研究があるが、それでもその周辺に目を配してみれば、その全容が解明されてはいないようである。八文字屋本の代表作者としては江島其磧と多田南嶺《ただなんれい》が挙げられることが多いが、其磧が没したとされる享保二十年[*1]（一七三五）から、南嶺の処女作『武遊双級巴《ぶゆうふたつどもえ》』刊行の元文四年（一七三九）までには、じつに四年もの新版浮世草子刊行の空白があることの意味が問われないことなどもその一例であろう。本稿ではその空白期の意味そのものを問うのではなく、元文二年の小説出版状況を俎上に挙げたいと思う。すなわち、空白期を察知したかのように、雲峰《うんぽう》を作者として『怪談御伽桜』と『渡世伝授車《とせいでんじゅぐるま》』[*2]という二作の浮世草子を刊行した著屋勘兵衛《めどきやかんべえ》という書肆、及びその作品、主に『怪談御伽桜』について考察するものである。

『怪談御伽桜』は中短編怪異集であるが、かつて山口剛氏が「『御伽桜』の一瞥は少なからず西鶴の怪談物を想ひ出させる。（中略）雲峰は西鶴を模して怪異の間に多少の諧謔を寄せようとする。たゞ技量の乏しさが西鶴の辛辣を移し得ないで、わづかに結句の洒落を得たに過ぎないかとも思はせられる」[*3]と触れた程度で、近藤瑞木氏も本作の存在に着目されたが、「滑稽怪談」の嚆矢《こうし》として後続の江戸の草双紙への影響の指摘[*4]に留まり、内容の分析はされていない。

対して『渡世伝授車』は町人物浮世草子と呼んでもよい。飯倉洋一氏が指摘するごとく[*5]、宝暦四年（一七五四）刊『新増書籍目録』において当時の浮世草子の殆どが「風流読本」に分類されているが、『渡世伝授車』は「奇談」という項目に入れられ、『怪談御伽桜』は記載すらないのである。この点について飯倉氏は、ジャンル区分が混沌としている宝暦・明和にかけては「浮世草子にも読本にもただちには分類しがたい領域の作品が存在」し、「「奇談」書のさまざまな試みの中で、次の時代に繋がるジャンルが登場し」「宝暦明和以後の近世後期散文[*6]」に結実したと説明される。しかしながら、かかる分類を拒まれた作品群は、宝暦・明和期になって突如として発生したものなのだろうか。やはり、「奇談」書に繋がる萌芽ともいうべき試みは、それ以前の作品にみることが自然ではなかろうか。元文二年刊行の「怪談書」を取り上げる所以である。

一、板元・蓍屋勘兵衛と、雑俳点者雲峰

まず『怪談御伽桜』と『渡世伝授車』の刊年と諸本を確認しておく。

『怪談御伽桜』は刊記が記された本を確認できていないが、早稲田大学附属図書館本にのみ蓍屋勘兵衛の広告

半丁が載り、『渡世伝授車』の刊行予告[*7]が見えるので、『渡世伝授車』の刊行より前、つまり元文二年十一月以前の刊行であることは確かである[*8]。また、現在、著屋勘兵衛版[*9]と菊屋利兵衛求版本[*10]の二系統が確認できるが、菊屋版では、巻五の最終二行を削り「みなこんくわいして入にけり終」と埋木し、書肆名を記載している。故に、著屋版が先行すると見てよい。

次に『渡世伝授車』だが、『享保以後江戸出版書目』[*11]に「渡世伝授車　植村藤次郎」とあるので、「元文二年丁巳年仲冬望月／江戸　書舗　木石町十軒店　植村藤三郎／大坂　書林　高麗橋一町目　藤屋彌兵衛／皇都　書庫　四條通御幸町西入町　上坂勘兵衛」と連名の刊記がある本が早印[*12]である。後印本には、菊屋利兵衛求版本[*13]、平瀬新右衛門求版本[*14]が確認できる。三巻三冊のみの香川大学附属図書館蔵本は刊記からの確認はできないが、板面から後印本と考える。また『渡世伝授極秘巻』として、大坂、伊丹屋善兵衛が『渡世伝授車』のうち一冊を改題して刊行した本が九州大学附属図書館に所蔵されている。

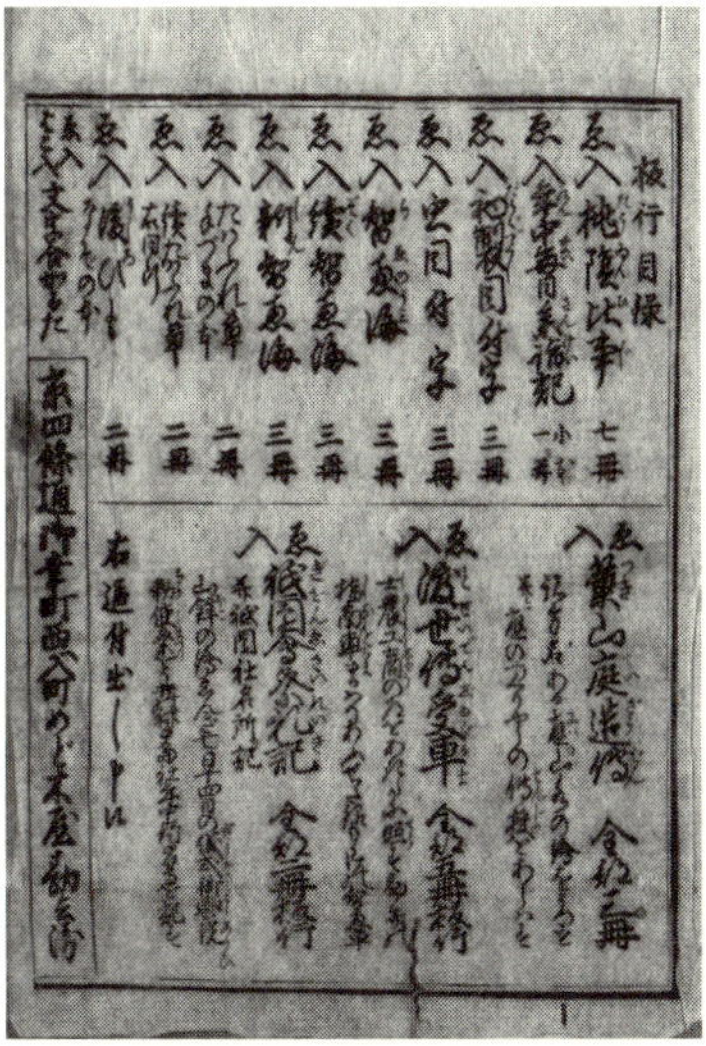
【図1】『怪談御伽桜』広告（早稲田大学図書館）

『渡世伝授車』の板元である上坂勘兵衛は、『怪談御伽桜』の板元である著屋勘兵衛と同一人物であることは既に指摘がある[*15]。著屋勘兵衛は、『通俗台湾軍談《つうぞくたいわんぐんだん》』の作者としても知られる京都の書肆である。易や医学書から宗教関係まで幅広く扱っているが、浮世草子関連としては『本朝藤陰比事《ほんちょうとういんひじ》』『武道真砂日記《ぶどうまさごにっき》』の書名が見える程度である[*16]。しかし両作とも求版改題本であり、新板浮世草子である『怪談御伽桜』『渡世伝授車』の刊行は著屋にとってまさしく例外的な刊行といってよい。徳田武氏が、大田南畝《おおたなんぽ》『半日閑話《はんにちかんわ》』を引用して、『通俗台湾軍談』に関し「いち早く入手した新資料を用いて、最新の通俗軍談を出版するのが、通俗軍談流行の当時にあっては目覚しい仕事であり、また利潤獲得の上にも有利な事業」であると著屋勘兵衛の有能さを指摘しているように[*17]、著屋勘兵衛は新しい潮流を見るに敏な書肆であった点に注意が必要であろう。

その著屋勘兵衛が、元文元年から二年にかけて新板浮世草子を板行したのである。この板行は、商魂たくましく目端の利く著屋勘兵衛が、逸早く江島其磧の死という情報を得て、八文字屋の浮世草子作者の不在を嗅ぎつけたゆえではなかろうか。その著屋勘兵衛と手を組むことになったのが、雲峰という雑俳点者であった。

二、雑俳点者・雲峰

杜口《とこう》は『翁草《おきなぐさ》』に「享保年間洛俳諧の噂」として次のように記している。

抑俳諧の事、元禄の始頃迄は、古来の法をもつてつらね行、宗匠の点を乞て、優劣を争ふのみなりしに、いつとなく前へ句付という事起りて、世上一統に翫之、浅猿しき勝負業になれる事、太宰春臺が獨語に書置る如し、竟に此事上に聞えて、享保の始に、京師の点者を廳へ召れ、三笠附の類の博奕を堅く禁ぜられ、其時の点者三十一人を名簿に記され、爾来新たに点者たらん者へは、当時の点者共より、制禁の品を能く示し教へし、公面なきもの、妄に点を引べからずと厳重の規矩を立らる、芭蕉《ばしょう》が亡くなった後、その門人も他界して俳壇は混沌期にあったことは既に説かれている。享保期の京都では「前句附け」が流行り、それが「浅猿しき勝負業」であったので、宗匠三十一人という官許制が施行されるほどであった。[*18]この三十一人の中に名を連ねるのが『怪談御伽桜』作者、都塵舎雲峰である。杜口は、

厳令に仍て是を守り慎むと雖も、卑俗の尤も好む所なれば、動もすれば品を替て、此勝負を為す事を計る、中にも雲鼓并雲峰、又浪花にては龍田、犬立など、常の俳諧よりも前句笠付の点に高名也、諸州挙つて是に群る、

として名指しで雲峰の名を挙げている。この京都での流行を背景に興行の商品化が進み、勝句披露のための一枚刷りや、会所本《かいしょぼん》などの褒美の過大化を引き起こした。雲峰はその中心にあって、宝暦中期以後まで興行規模を維持し続けた会所《かいしょ》である梅竹堂と深く関わりを持ったことが、永井一彰氏によって指摘されている。[*19]

著屋勘兵衛は、この俳諧側から言えば「卑俗」、小説側から言えば「素人」の雲峰に白羽の矢を立てたのではなかろうか。では、なにゆえに雲峰であったのだろうか。

雲峰の編著作品は、管見の限り二十八作が数えられる（但し、目録に題名のみ記載されている作品も含む[*20]）。このうち、『怪談御伽桜』『渡世伝授車』の浮世草子二作を除くと、師の雲鼓《うんこ》との共著『志加聞《しかきき》』（享保十三年刊）と、『歳首の賀』（享保十五年成）以外はすべて会所本である。

そこで、仔細に会所本を見ながら、雲峰の動向を探りたい。管見の限りでは、初めて撰者として名前が見える会所本は、享保元年刊『和光の露』である。雲峰は、師雲鼓、知石、雲鈴らと並ぶ雑俳点者であったようで、た

とえば、天理大学付属天理図書館蔵本『奉納七箇所』表紙には、「京雲鼓雅翁撰／依病気雲峰丈手伝」とある。大きく「京雲鼓雅翁撰」と謳いながら、雲鼓は病気のため代理として雲峰が手がけた、と明記されている。この時期の雲鼓は体調が悪かったらしく、何作か同じような体裁で弟子が選句した会所本が見られるのだが、雲峰は多くいた弟子の中でも実力者であったことが窺える。先の公免の三十一人に選ばれるほどであったし、諸国に名が知られていたようである。しかし、永井一彰氏「京都会所本に見られる奈良・大和の取次」[*21]によれば、享保期の京都会所本全五十四冊のうちに雲峰の撰は四冊しかない。雲峰は享保以後の活躍を期していたのであろう。

ところが、続く元文期には雲峰の会所本は見当たらず、その後の寛保・延享期の全三十一冊の京都会所本のうち十四冊が雲峰の撰となる。雲峰は元文年間には会所本を撰集しなかったのであろうか。この点について永井氏は「元文から延享にかけての雲峰撰の多くは合冊再刊物としてしか残っていない」がゆえの不明であるとされている。この雲峰の元文期における会所本撰集の空白期が、彼が小説作者として二作品を執筆した時期と重なるのは果たして偶然であろうか。しかもこの浮世草子二作品を書いた後に、再び雲峰の会所本撰集は活発化してくるのである。

京都の雑俳は、享保期末頃になると、「享保の末から動き出した蕉風復帰を合言葉とする俳諧中興の全国的な波」の高まりにもおされ[*22]、思いがけず衰退期にさしかかる。雲峰にとっては、雑俳以外への食指が動く状況であったのである。ここにおいて、新たな分野進出を狙う著屋勘兵衛と雲峰、その両者の利害が一致したのではなかろうか。

三、『怪談御伽桜』の方法

それでは雲峰の打ち出した新機軸とは、いかなるものであったのだろうか。彼は、いかにして読者の関心を惹こうとしたのだろうか。本節では、『怪談御伽桜』の素材や、その摂取の方法を具体的に見ることで、如上のことを考察していきたい。

まず、先行怪異小説からの影響を確認しておく。例えば、巻二―三「松浦の大蛇」では、異国（龍宮）への漂流譚及びその描写を『多満寸太礼《たますだれ》』巻五―一「木津五郎常盤国に至る事」から取る。巻三―二「古寺の小娘」では、死んだ人間（僧）が隠しておいた金への執心により怪異が起こるという粗筋を、『諸国百物語』巻三―十四「豊後国迎寺の長老金にしう心のこす事」や、巻五―十五「伊勢津にて金の執心ひかり物となりし事」等から取り、荒れ果てた寺で亡霊が連歌の会を催す怪異を見るという設定を、『多満寸太礼』巻六―四「行脚僧亡霊事」から加える。以上から、雲峰が先行怪異小説を利用していることは間違いないと思われる。本作は、中短編怪異集という形式をとっており、それまでの怪異譚の系譜上にあることは勿論である。しかし、本作は書名に「怪談」と付けたかなり早い例[*23]であり、従来の怪異譚の焼き直しにとどまらず、新しい「怪談」を創り出そうとした積極的な姿勢を認めてよいだろう。その点からも、先行怪異小説の安易な焼き直しをするのではなく、新奇な作品を目指し工夫していたと考えられる。

次に、これら素材の扱いや、摂取の手法について、具体的に巻二―一「鰤の入道」を例に、論じてみたい。「鰤の入道」は、雷僧正と呼ばれる女嫌いの高僧を主人公に置く。御所勤めの当麻という女の童は、朋輩に僧正を落とせると豪語する。当麻は、若衆姿で小姓仕えし、寝間で女である正体を明かした上で僧正と契る。その後、僧正を御所の門に毎夕通わせ、和歌で恥辱を与える。恥じた僧正は、紀州へ逃げる途中に川へ落ち、折しも虫干しで宝を公開中の龍宮城へ着く。面向不背の玉が龍宮にある理由を聞き、外に出て食べ物を呑むと、鰤となる。漁師に釣られ、叩かれそうになった途端人間へ戻り、仏舎利を手に出す、という内容である。

まず、女嫌いの高僧が女の計略に嵌められる、という最初の筋立ては、歌舞伎「鳴神」物[*24]に拠ると思われる。鳴神仙人から「雷僧正」、雲の絶間姫から「当麻」という人名を借り、文中の「かみなりは雲のたえまに落されて南の門に夕立ぞする」という和歌も、「鳴神」の舞台を利かせているのである。

そして女の計略の部分には、『好色五人女《こうしょくごにんおんな》』巻五を利用している。おまんが若衆姿になって源五兵衛と出会い、「我誠は女にて候が様子ありて男の姿にて居まいらすれ」と女性であることを明かした上で、「心よはく枕をかはしなを愛執ふかく契」る場面である。『好色五人女』の利用によって、女性の色仕掛けである「鳴神」では描けなかった、雷僧正の女嫌いを強調させ、当麻の賢さに焦点を当てることに成功している。

僧正が川から龍宮へ落ちた後は、海にまつわる伝説・故事などを踏まえた龍宮の宝物を紹介する「ほゝでみの尊兄の釣針を失ひ給ふて龍宮へ参り給ふ時のまなしかだめゆずの妻櫛」「神功皇后のかんざし」「安徳天皇の持遊びの風車」と、『日本書紀《にほんしょき》』に実際に記述されたものや、『平家物語』の想像の産物を折り込みながら、存在していそうな竜宮の宝物を列挙する。

そして龍宮の最大の宝物ともいうべき「面向不背の玉」については、「此玉は唐土より渡りし時龍宮へとられしを淡海公賤しき海士乙女と契りをこめ取かへしたるよし海士の謡にもいひたり」と、能「海人《あま》」から取った設定であると明記する。しかし、「面向不背の玉」が実体のない玉であるという説明は、「海人」にはない。これは、近松門左衛門『大職冠《たいしょかん》』[*25]から利用している。つまり、「面向不背の玉」を巡る話の中でも、複数の違う作品を重ねて利用している。これは、後の黄表紙にも見られる手法である。このように少しずつ異なった情報を一つの話にまとめることで、「面向不背の玉」に関する輻輳《ふくそう》する面白さを創出しているのである。

そして最後に、変身していた「鰤」と、口から吐き出した「仏舎利」をかけ、「これぞブリシャリ」という地口オチを付ける。これは、わかりやすい面白さを加えた、と言えるであろう。その他、『徒然草《つれづれぐさ》』百七段を引く「女の性のひがみたるを嫌ひ」、能「羅生門《らしょうもん》」を踏まえる「綱が金札を持羅生門へゆく心地」など、古典の引用も散見される。これら本章で利用された作品には、特に共通点はない。それにも拘わらず、次から次に多くのモチーフをつなぎ合わせて破綻なく一篇の話にまとめる手腕は、長編ではない点を差し引いても、雲峰の力量として評価してよいであろう。*26

同様に、巻二―二「津国蛙合戦」では、近松の『傾城島原蛙合戦《けいせいしまばらかわづかっせん》』をはじめとする蛙合戦を題材にとる。そこに能「実盛《さねもり》」を加え、蛙掛《かわづが》けの故事や生田川伝説を使い、張果仙人の伝説を付けてまとめている。巻二―三「松浦の大蛇」でも、大蛇に飲まれる話に、異国漂流譚を加え、浦嶋伝説でオチをつけてまとめている。

このように、読者の興味を惹きそうな素材を、特に共通点などは考えずに複数取り合わせていく、というのが『怪談御伽桜』の特徴といえる。そしてこの手法は、誹諧の素養のある雲峰にとってはお得意のものであった。点者として活躍した雲峰の場合、作句はほとんど残らず、彼の作風と浮世草子とを繋げる手がかりは見つけにくい。しかし誹諧において、語の連想から句を作ることは珍しいものではないし、言葉遊びが盛り込まれた雑俳もある。それらの発想や形式を、小説作りに援用した可能性は十分に考え得る。

一方で、雑俳点者であることが活きている場面もある。会所本で雲峰が撰した句のうち、『怪談御伽桜』の内容と重なるものが散見されるのである。例えば、三輪山伝説に異類婚譚を加えた化物話（巻一―二「坪の石文」）と、「三輪に住みすぎにくいとはいみ詞」（『神風』）、盲人しかいない屋敷に奉公し女性に次々忍ぶが、人間界ではないと気付いて逃げ出した時には自分も盲人になっていた、という蝉丸伝説を下敷きにした「逢坂の盲御所」（巻五―

一）と、「盲人によい女房は須磨の闇」（『五十鈴がは』）「かかる身に逢坂山の琵琶皇子」（『ふた柱』）、狐に化かされるのではないかと悉く疑ってかかる若者を描く「信田の俄道心」（巻四―二）と、「異見いふ親もうたがふ狐釣り」（『和光の露』）などがそうである。投稿者の発想と重なるということは、これら多くの投稿句から作品の契機を得た可能性も推測できる。

加えて、雲峰の会所本に見える取次は京都近辺が多いが、諸国にもある。『怪談御伽桜』の舞台も京都を中心とした上方が多いが、京都以外で採集されたと思われる伝説や民話、噂なども少なからずある。例えば、迷い込んだ遊郭が、実は化け猫達の集まる場所だったことを知り慌てて逃げ出す、という「猫の色里」（巻三―一）は、現在「猫又」（秋田県・新潟県）として採集される民話とほぼ同じ話である。この「猫又」の類話は、東北から九州に至る各地で採取されており、雲峰は、これらの諸国の情報を会所本の取次を通じて得たのではないだろうか。

そのほか、序文で『荘子』を利用することを始め、「源氏」「伊勢物語」「百物語の昔本」「古今集」「朗詠の抄」「事類後集」「五雑俎」「海道記」「東斎随筆」「元亨釈書」といった書名を記す箇所もかなり見受けられる。このような古典を自在に利用するところに、雲峰の衒学的姿勢を窺うことができるのだが、これらの知識が雑俳点者に求められたものでもあったことは間違いないであろう。

また、これらの引用は本作の教訓的要素に利用されているのみで、その内容は直接本作に影響していない。「声色つかい」「お談義の流行」などの当代の流行や、廓の描写など、読者の興味を引く要素を導くための仕掛けとして利用されるにとどまっている。このように、難解な古典漢籍を引用しながら深くは立ち入らず、大衆受けする要素を全面に押し出した工夫が見られることは、雲峰の読者を意識した商品としての執筆意識を推測させる。雑俳点者は常時句を集めねばならず、少しでも多くの句を投稿してもらうための工夫が必要であった。それは投稿者へのサービス精神でもあり、雲峰の浮世草子読者に対するサービス精神もまた、雑俳点者としての意識と共通するように思われる。

さて、後の安永二年刊『俄仙人戯言日記』序文には「西鶴・其磧が筆まめに面白い事のありたけをかきつくし、南嶺が口車くるくる廻る舌の先でめづらしき事をねぶりまはしたあとへ、近いころ流行弁慶がしり餅を、正成が軍法でちぎらせ、酒呑童子が灸を楊貴妃がすへてやるなどと、木に竹をついだ趣向」とある。篠原進氏はこれを引いて「西鶴から其磧・南嶺と動き、〈吹寄〉〈綯い交〉という手法で戯作を先取りする浮世草子の軌跡をかなり的確にとらえて」おり、〈吹寄〉〈綯交ぜ〉にも似た手法が末期浮世草子の中で流行するということを指摘している。[*27]〈吹寄〉〈綯交ぜ〉とは、中村幸彦氏が述べる[*28]ごとく、戯作表現の特色の一つとされているのは周知のところである。雲峰がどこまで自覚的であったかは不明だが、結果的にこの『怪談御伽桜』の方法は、そういった末期浮世草子のあり方の先取りともなっているのである。

四、『怪談御伽桜』における噺本的要素

『怪談御伽桜』の特質としては、軽妙なオチをつけた笑話形式を取る点も挙げられる。笑話形式をとる浮世草子は多々あるが、怪異短編集でオチをつける形は珍しい。例えば、巻四―二「信田の俄道心」の最後のオチは、『座狂はなし』中「這出の狐つき」の最後にある狐の一言を使っている。このような地口オチなどの短いオチを最後に付け加えるだけでなく、章話の最後に噺本の内容をそのまま付け加える形をとる章が見られることが特徴的である。例えば、巻五―二「橋立の三人女房」の章の結末は以下のようになっている。

信の西恩寺の和尚もんじゅへ参詣し帰るさに。人の多くあつまりければ。何事ぞと人にたづね給へば。さればこそ西恩寺の和尚を。橋立波右衛門が。大げさに。切たるはといへば。聞ておどろき走り寄。人をのけとくと見てアア嬉しやおれではないぞ

ここは、全体の章話の筋からは特に必要はない箇所であり、最後のオチのために付け加えられた部分といえる。自分が殺されたと教えられた男が、死体を見て「自分では無い」と言って安心する、という傍線部と同様の内容は、既に噺本[*29]に見られ、そのまま借りたものである。また、『怪談御伽桜』以降も、多くの噺本[*30]に形を変えながら流用されており、現在の落語「粗忽《そこつ》長屋《ながや》」につながるよく知られた笑話だったらしい。巻五―三「恋慕の遠眼鏡」の場合も同様である。

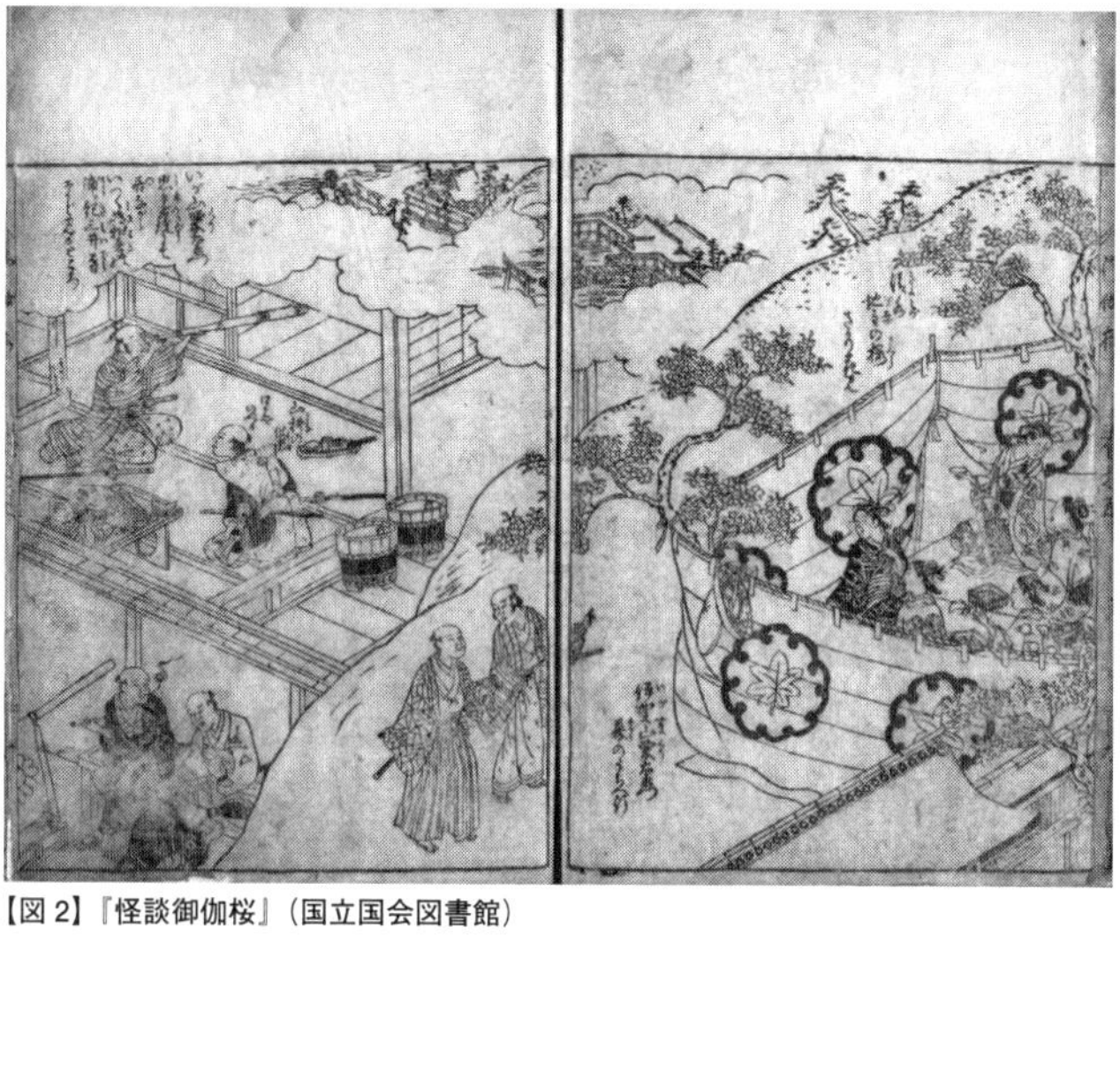

【図 2】『怪談御伽桜』（国立国会図書館）

狐一疋。ひたもの池の藻をかづき。十七八の娘と化たり。……彼娘近く寄涙くみ。私は茸狩に参り。道に迷ひたる者也。お情けに麓まで。送りて給はれといふ。栗右衛門心におかしく…ふもとへ下り。茶屋へまねき。

酒よ肴よとひしめけば。……思ふ程賞翫し。用事調へる風情して。ぬけて戻れば。日もはや夕かた也。茶やの主出て。今日のしゆらい。廿八両五分渡し給へといへば。狐びつくりして。最前の人に取給へといへども。亭主聞入ず。…思はず誠の姿を顕し。奥山さしてにげ行ける。

引用は、章の結末部分である。狐が化けたと知って遊興に誘い、支払いを押しつけて逃げてしまう男と、騙《だま》されて逃げ帰る狐、という傍線部の内容は、現在の落語「王子の狐」とほぼ同じ内容といえる。しかし、本章の主筋は、清水寺縁起を下敷きにした問答と、花見で美しい娘（実は狐）に一目ぼれした主人公の執心が憑くという狐憑を逆にした趣向、娘を諦める代わりに遠眼鏡をもらう場面である。やはり最後のオチを導くためだけに、引用部分が加えられている。「王子の狐」の原型としては、宝永四年『露休置土産《ろきゆうおきみやげ》』巻三—二「狐も化かさるゝ世の中」等が既に指摘されている。[*31] しかし、本話の最後のまとめ方は、それら原型とされてきた話よりも現在の落語の形に近しいと言える。『怪談御伽桜』の笑いの分かりやすさが、後世の笑いと通じるものであったとも言えるのではなかろうか。

後世への影響という点では、噺本が本作を直接取り入れている例もある。巻四—一「狐の菊合」は、諸国修行の入道が寺で怪異に遭うが、次々に狐の仕業と喝破し、騙されずに夜明けを迎えた、と思って外に出たらまだ夜で、結局化かされてしまった、という非常に短い一話である。この内容は、落語「古寺古い」につながっていくものであり、元禄十四年『軽口あられ酒』巻四—十「何を見てもふるいと云人」等、本作以前に出た噺本[*32]に既に見られる。しかし、本話独特のオチは、これらの噺本には見られない、「もう夜が明けたと思って出たらまだ夜だった」という、『雨月物語《うげつものがたり》』「吉備津《きびつ》の釜《かま》」を髣髴とさせる描写である。この本話のオチをそのまま使った「化ものゝ新狂言」が、明和七年に刊行された噺本『軽口片笑窪《かるくちかたえくぼ》』に見られる。以上のように、噺本を取り込む形、また、噺本に影響する形のいずれからも『怪談御伽桜』には舌耕《ぜっこう》文芸との密接な関係が見えてくる。

ところで、このような多様なオチの利用や舌耕文芸との関係は、雑俳においても共通している。宮田正信氏によれば「謎解きの体に落ちを取る小咄風の趣向は雲鼓晩年の会所本に目立つ」傾向とあり、それに倣った雲峰も『冬ぼたん』の中で「長句狂言」と称したことが指摘されている。*33 つまり、雲鼓・雲峰の作風に際立って噺本との類似性が指摘されているのである。雲峰にとっては、雑俳で培った方法を浮世草子に利用したものであったことが改めて確認できよう。

五、新しい「怪談」

最後に、『怪談御伽桜』が「怪談」を集めたものであると標榜する点について考えてみたい。『怪談御伽桜』の序文では、「怪を語るハ古聖のいましめといへ…表には奇異の雑談を顕せども裏には迷情にくらまさるる人の邪正をわきまへ怪を見て怪ざれば其怪自壊るの理を教へたる者か。…心こそ心迷はす心なれ。」と『論語《ろんご》』を引きながら「怪」を説明する。怪異譚の裏には、その現象を怪異と思い込む人間の存在が不可欠である、という現実的な視線が本作の基本であるらしい。例えば、巻一―三「車屋町の雪女」では、雪のかかった酒ぼうしを大頭の化け物、酒を買いに出かけた女性を雪女に見間違い殺してしまうという、恐怖から愚かな行動に出る男が描かれる。巻三―二「丹波の山猿」でも、化物を捕まえようと思って扮装したところ、逆に自分が化物として捕まり売られてしまうという、欲望から墓穴を掘る男が描かれる。怪異には根拠があり、その根底には人間が在る、という怪異に合理的な解釈を加えようとする「弁惑《べんわく》」の姿勢と重なる。『怪談御伽桜』は、雲峰が得た多くの情報を組み合わせて創作された。元々存在している民話や説話をそのまま利用した作品ではなく、作者が新しく創り出した話である。導入からオチまでの一話の構成を考える作業は、全ての怪異の仕組みを構築していく機能的な行為であり、そこに想像の余地を残さない。つまり本作の合理的手法は、怪異の理由を明らかにすることになり、結果として怪異譚としては徹底できないことにもなったといえる。この理知的な姿勢が、序文の根底にあり、「弁惑」の姿勢と重ならざるをえなかったのではなかろうか。

ところで、近藤氏は前掲論文の中で、『怪談御伽桜』が後の草双紙に繰り返し利用された理由の「一つは、本作の「笑い」の要素であった」と指摘する。西鶴をはじめとする「浮世草子には怪談の滑稽化、パロディ化の傾向が見られる」とし、西鶴は「幽霊を無力化し、怪談話を怪談話としてはむしろ破綻させたところに笑いを生み出し」た、と述べる。同様の「笑い」の要素が本作にある。それは西鶴からの直接の影響とは言えぬにせよ、「幽霊を無力化」する姿勢とは、怪異を怖がり記録することから一歩進み、怪異を相対化する本作と西鶴との意識は共通する。そして西鶴が怪談を破綻させたとするなら、より怪異を明確に笑いに転じさせたのが雲峰だと捉えてもよいであろう。怪異を合理的に解釈する姿勢は、それを笑い飛ばせる余裕を生む。彼らの怪談にはもとから笑いの要素があった。それが結果、本作と噺本との近しさになったのだと考える。

おわりに

浮世草子史を改めて考えると、元文二年は、其磧没後、南嶺登場までの短い空白期間であった時期といえる。

その時期を狙い浮世草子刊行を企画した蓍屋勘兵衛は、一定の知名度と文才がある作者として、高名な雑俳点者であった雲峰に目を付けたのではなかろうか。その雲峰の浮世草子における試みが、雑俳点者としての経験と知識を縦横に利用したものとなったのは当然のことであろう。加えて、諸国の取次や投稿句を利用する等の雑俳点者としての情報収集もあったかと推測できる。多くの情報を話の要素として組み合わせ、噺本につながるような笑いの要素を加えて一話をまとめる、という雲峰の構成手法は、怪談に「弁惑」という合理的視点を取り入れる姿勢とも相まって、浮世草子の新しさの創出につながり成功したと言えるだろう。そして、その創作された怪談ともいうべき『怪談御伽桜』の模索は、後の末期浮世草子及び周辺ジャンルが獲得していく方法を先取りしていたともいえるものであった。

このように、蓍屋勘兵衛と雲峰が、それまでの八文字屋本とは異質な読み物を板行した試みは、後に都賀庭鐘《つがていしょう》が、『英草紙《はなぶさ》』で時代物浮世草子を「歌舞妓の草子」と規定し、新しい読み物を模索することと軸を一にするものでもあった。雲峰の試行は、『怪談御伽桜』を「風流読本」と分類される浮世草子とは明らかに異質なものに仕立てた。本作は書籍目録に記載されてはいないものの、後に「奇談」と分類されていく内容に近しい、多種多様な内容が含まれている。[*34] それは、新奇な趣向を模索し続けた雑俳点者としての在り方と共通するものではなかろうか。雲峰が、雑俳点者としての豊富な知識を自在に利用し、その手法を浮世草子に取り入れていく姿勢は、西鶴が全く新しいジャンルとして『好色一代男《こうしょくいちだいおとこ》』を執筆した姿勢とも通底しよう。

江島其磧の死を契機に八文字屋の空白期に打って出たかった書肆、蓍屋勘兵衛と、師、雲鼓亡き後、雲鈴をはじめとするライバル達より一歩でも先んじようとした雲峰。両者の一つの試行が、この『怪談御伽桜』であったのではなかろうか。その試行は、浮世草子のみならず噺本や滑稽本等の周辺ジャンルとも重なっていく新しく且つ幅広い内容を備えることとなり、八文字屋本の影に隠れながらも後続の文学ジャンルへつながっていく先見性を持っていたと言えるのである。

なお、本書巻末に著屋勘兵衛の出版事項年表を付した。また、近時、京の著屋勘兵衛と似た動きをする大坂の北田清左衛門についての論考が発表された。[*35] 両書肆のデータが一書にまとめられる方がよいとの福田氏からの勧めにしたがい、その出版リストも巻末に付している。あわせて参照いただきたい。

注

＊1　「村瀬家系譜」にあるが、『其磧置土産』の序にいう元文元年説もある（長谷川強氏『浮世草子の研究』桜楓社、一九六九）。

＊2　翻刻は、朴蓮淑氏「翻刻『怪談御伽桜』」（『お茶の水女子大学人間文化研究年報』第二二号～二四号、一九九九・三～二〇〇一・三）、『渡世伝授車』が『通俗経済文庫　巻二』（日本経済叢書刊行会、一九一六）に既にある。

＊3　『山口剛著作集　第二』（中央公論社、一九七二）

＊4　「滑稽怪談の潮流――草双紙に於ける浮世草子『怪談御伽桜』の享受」（『人文学報』四〇二号、二〇〇八・三）

＊5　飯倉洋一氏「奇談から読本へ」（『日本の近世』十二巻、中央公論社、一九九三）、「「奇談」史の一齣」（『日本古典文学史の課題と方法』和泉書院、二〇〇四）、「「奇談」の場」（『大阪大学語文』七八号、二〇〇二・三）、「浮世草子と読本のあいだ」（『国文学　解釈と教材の研究』七二四号、二〇〇五・六）、「怪異と寓言――浮世草子・談義本・初期読本」（『西鶴と浮世草子研究』二号、笠間書院、二〇〇七・六）

＊6　前掲「浮世草子と読本のあいだ」。ちなみに現在浮世草子とされるもののうち「奇談」に分類されたのは、『新増書籍目録』では『渡世伝授車』と享保十九年刊中尾伊助『御伽厚化粧』。『大増書籍目録』では宝暦五年刊自楽『地獄楽日記』（飯倉氏は、「本来「風流読本」の項に入るべきものだが『舌耕夜話』の「自楽軒」に引かれて「奇談」に入ったのだろう。」（「奇談史の中の一齣」）とする）、明和三年刊上田秋成『諸道聴耳世間狙』、明和五年刊丹青『秘事枕親子車』がある。全て八文字屋以外の書肆の刊行であることは示唆的ではなかろうか。

＊7　「ゑ入　渡世伝授車／全部五冊板行／士農工商の道をあきらかに照す勘弁の指南車まはりあふせた銀もうけの智恵車／右追付出し申候」。

＊8　拙稿「蓍屋勘兵衛の出版活動」（『日本女子大学大学院紀要』十八号、二〇一二・三）

＊9　早稲田大学付属図書館・京都大学附属図書館・東京国立博物館・立教大学図書館（巻一〜三のみ）各蔵本。

＊10　刊記「三条通寺町西へ入町／菊屋利兵衛板」。西尾市岩瀬文庫・国立国会図書館（序ナシ・墨書「寛政三年二月上旬」）各蔵本。石川県歴史博物館大鋸文庫（巻一のみ）、関西大学図書館（巻四のみ）各蔵本は、刊記の確認はできないが後印本と思われる。

＊11　朝倉治彦・大和博幸編、臨川書店、一九九三。

＊12　東北大学附属図書館狩野文庫・京都大学附属図書館・慶應義塾大学図書館・都立中央図書館加賀文庫（刊記ナシ）・国文学研究資料館（刊記ナシ）各蔵本。

＊13　刊記「京書林／三条通寺町西へ入町　菊屋利兵衛板」。西尾市岩瀬文庫・早稲田大学附属図書館・たばこと塩の博物館・東京国立博物館各蔵本。

＊14　刊記「浪花書林　千草屋　平瀬新右衛門板」。筑波大学付属中央図書館蔵本（最終三丁「浪花書林赤松閣蔵板目録」

広告あり）。

＊15 『国書人名辞典』、『改訂増補　近世書林板元総覧』（井上隆明編、青裳堂書店、一九九八）、『京都書肆変遷史』（京都府書店商業組合編・発行、一九九四）等。

＊16 前掲注8論文。

＊17 徳田武氏『日本近世小説と中国小説』（青裳堂書店、一九八七）

＊18 深沢了子氏『近世中期の上方俳壇』（和泉書院、二〇〇一）等。

＊19 「梅竹堂会所本の入木撰」（『奈良大学総合研究所所報』四号、一九九六・二）

＊20 浮世草子以外の作は【付表1】を参照。

＊21 『奈良大学総合研究所所報』（七号、一九九九・三）

＊22 宮田正信氏『雑俳史の研究』（赤尾照文堂、一九七二）。

＊23 本作以前に刊行された「怪談」と書名にある作品は、『怪談全書』（元禄十一年刊、写本『古今奇異怪談抄』の刊本）、『本朝怪談故事』（正徳六年刊、勧化本）、『新怪談三本筆』（享保三年刊）、『怪談諸国物語』（享保十一年刊、正徳二年刊『一夜船』の改題本）がある。

＊24 ここでは『雷神不動北山桜』（寛保二年初演）以前の作品を含めて、大きく「鳴神物」として捉えておく。そうした意味の「鳴神物」の展開については浦山政雄氏「鳴神劇の伝系」（『日本女子大学国語国文学論究』一九六七・六）参照。

＊25 龍宮にある「面向不背の玉」は、能「海士」を始めよく知られた話だが、その「面向不背の玉」に実体がない、とするのは、近松門左衛門「大職冠」に拠ると考えられる。原道生氏「『大職冠』ノート――近松以前――」（『近松論集』

六号、一九七二・二）参照。

＊26　佐伯孝弘氏は、「『怪談御伽桜』の破戒僧」（『國學院雑誌』一一四巻十一号、二〇一三・十一）において、本話と『雨月物語』の直接的な影響関係を認めた上で、本作を高く評価された。

＊27　篠原進氏「江戸のコラボレーション——八文字屋本の宝暦明和」（『国語と国文学』九五四号、二〇〇三・五）

＊28　「戯作の趣向の中でも、特にきわだったいくつかの形式が認められる。…一つの形式の中にあらぬものを種々あてはめて、牽強付会を極めることを「吹寄」という。…二つ或は数個の長い物語や完成した作品を、多数の点において吹寄せたものを「綯い交」と称する。」（『中村幸彦著述集　第八巻』中央公論社、一九八二）

＊29　宝永五年『かす市頓作』三「袈裟切にあぶなひ事」、正徳二年『笑眉』五「五兵衛の安堵」、享保頃『水打花』三「袈裟切にあぶなひ事」等。

＊30　寛保二年『軽口耳過宝』三「胸算用」・天明三年『軽口夜明烏』上「片意地」・寛政八年『即当笑合』巻二「似你」・刊行年不明『絵本噺山科』四「水の目」・『軽口蓬莱山』一「どふ合点したこれの八蔵」等。

＊31　その他に、宝永六年『本朝諸士百家記』三「藤崎里右衛門狐をばかす事」・正徳二年『笑眉』巻一「初心な狐」・宝暦三年『軽口福徳利』五「狐小僧」等（延広真治編『落語の鑑賞201』〈新書館、二〇〇二〉等）

＊32　元禄十五年『露休しかたはなし』巻四—七「狐もすいにあふてハばかされぬ事」・享保十五年『座狂はなし』中「つるべおろし」・享保頃『水打花』一「新しいばけもの」等に見られる。

＊33　宮田氏前掲注22書。

＊34　この『怪談御伽桜』に見られる異質さが、次作『渡世伝授車』を「風流読本」ではなく「奇談」に分類させることにつながったのではなかろうか。

＊35　福田安典氏「大坂書肆北田清左衛門覚書　付、大江文坡との関わり」（『日本女子大学大学院文学研究科紀要』二一号、二〇一四・三）

※本文は、『翁草』が『新装版　日本随筆大成第三期第十九巻』（吉川弘文館、一九九六）、『英草紙』が『新編日本古典文学全集78』（小学館、一九九五）、『俄仙人戯言日記』が『狩野文庫マイクロ版集成』（丸善株式会社）、『怪談御伽桜』が『浮世草子研究叢書』（クレス出版、二〇一二）、西鶴作品は『定本西鶴全集』（中央公論社、一九四九）、噺本は『噺本大系』（東京堂出版、一九七五）に拠る。傍線は全て私に付した。旧字などは私に直したものがある。

【付表1】雲峰関連作年表（『国書人名辞典』、『俳文学大辞典』、宮田正信氏『雑俳史の研究』、鈴木勝忠氏『未刊雑俳資料』①、『雑俳集成第一期』、「日本古典籍総合目録データベース」に拠る。）

年	西暦	事項	所蔵など
延宝六年	一六七八	生れる	
宝永年間		『頭陀袋』（宝永元年成）	『俳諧書籍目録』に拠る
享保元年	一七一六	『和光の露』（享保元年刊か）（会林花鳥堂）	鈴木勝忠氏①
享保五年	一七二〇	『初嵐』（享保五年か）刊記「卯八月上旬／清書　江州下山吉野屋兵衛」	石川県立歴史博物館【図1】
享保十三年	一七二八	『志加聞』（享保十三年刊）雲鼓との嵯峨行。追善集。	天理大学綿屋文庫ほか
		『俳諧都富士』（享保十三年刊）（会林大慶堂）	天理大学綿屋文庫
		『俳諧峯の嵐』（享保十三年亀岡序）（京亀岡堂発行・江戸川勝五良右衛門）	京都大学ほか①
享保十四年	一七二九	『海士をふね』（享保十四年刊）（会林松栄堂）	愛知県立大
享保十五年	一七三〇	『歳首の賀』（享保十五年成）周囲の人間との句集か。	岡山市立中央図書館
		『冬ぼたん』（享保十五年刊）（会林松栄堂）	鈴木勝忠氏①
		『京の花』選句集	未見
享保十六年	一七三一	『はいかい五十鈴川』（享保十六年刊）	大礒氏①
享保十八年	一七三三	『俳諧森の古歌解』（享保十八年成）	天理大学綿屋文庫
享保年間		『俳諧華頂山』（享保年間）（会林梅竹堂）	天理大学綿屋文庫
元文二年	一七三七	『怪談御伽桜』（元文二年刊）浮世草子	早稲田大学ほか
		『渡世伝授車』（元文二年刊）浮世草子	東北大学狩野文庫ほか
寛保二年	一七四二	『神風』（寛保二年頃成立、宝暦年間刊か）	京都大学付属図書館①

寛保三年	一七四三	『一夜泊』（寛保三年刊行）（会林大慶堂）	天理大学綿屋文庫①
		『俳諧冨多柱』（寛保三年頃か）	天理大学綿屋文庫①
		『俳諧御代錦』（寛保三年頃成立か）	天理大学綿屋文庫①
延享三年	一七四六	息子、乾峰（初め松鼓、貞五堂雲峰。結婚後に乾峰。）没。行年三十四歳。	
延享五年	一七四八	『千代見句作』（延享五年刊行）	『俳諧大辞典』に拠る
寛延元年	一七四八	十二月十八日没。浄国寺（下京区寺町通高辻下ル）に墓あり。	
江戸中期		『神路山』（江戸中期刊か）	京都大学付属図書館
刊行年不明		『俳諧無智巻』	天理大学綿屋文庫
		『俳諧大内山』	天理大学綿屋文庫
		『奉納之会』（会林長集軒）	天理大学綿屋文庫
		『奉納七箇所』（会林松栄堂）「京雲鼓雅翁撰／依病気雲峰丈手伝」とあり、雲峰撰。一枚刷りを冊子体裁にしたものか。	天理大学綿屋文庫
		『はいかい壬生の雨』	天理大学綿屋文庫①
		『俳諧弥生山』（会林梅竹堂）	天理大学綿屋文庫

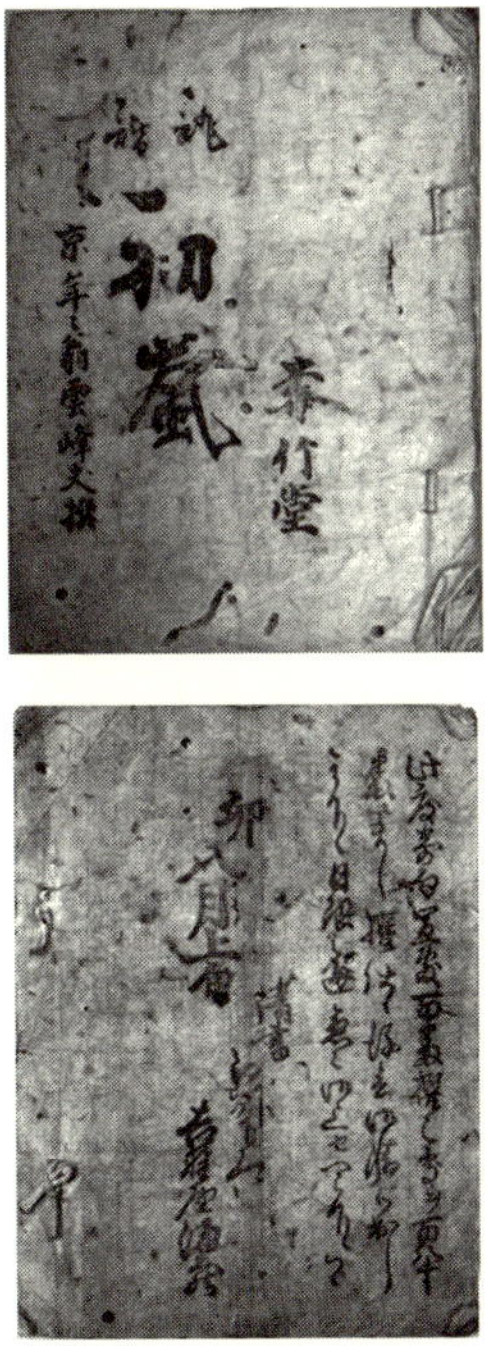

【図 1】
『初嵐』（石川県立歴史博物館）

【付表2】典拠一覧

巻	章	内容
一	一	〈深草の里〉【小野小町関連の伝説】 ・医者が薬を取り違えて渡して騒動【弘法大師伝説】
	二	〈忍の郡〉【信太妻伝説】 ・娘の元に毎夜通う美男子だが跡をつけられない【三輪山伝説】
	三	〈車屋町〉 ・雪女と思って下駄を投げて逃げた【『諸国百物語』四―十一「気ちがいの女をみて幽霊かと思ひし事」・『太平百物語』二―十「千々古といふばけ物の事」】
二	一	〈京都〉 ・高僧が女の計略に嵌められる【『鳴神』・『好色五人女』巻五・近松門左衛門『大職冠』・謡曲「海人」・浦嶋伝説・『古事記』・『日本書紀』・『平家物語』】
	二	〈摂津国名越岡〉【生田川伝説・篠原合戦・謡「実盛」・がま仙人・近松門左衛門『けいせい嶋原蛙合戦』】
	三	〈肥前国ちとせ塚〉 ・異国に到着し、富貴を極める【『多満寸太礼』五「木津五郎常盤国に至る事」】 ・故郷に帰る【浦嶋伝説】
三	一	〈石山寺への山道〉【因果経】 ・実は化猫の町と知り、昔の恩で逃がしてもらう【猫また伝説】
	二	〈八幡山〉 ・金に執心して成仏できない住職の化物寺は、住職がいつかない【『諸国百物語』三―十四「豊後国迎寺の長老金にしう心のこす事」・『多満寸太礼』六「行脚僧治亡霊事」】

	三	〈丹波国亀山〉 ・化物と思ったのは扮装した人間で、逆に捕まり見世物に売られ「三文で前代未聞の咄の種さあく銭は戻く」【『軽口福蔵主』二「看板に偽なし」】
四	一	〈遠江国浜名〉 ・次々に怪異が起こるが、皆狐の仕業と喝破する善入という名前の僧【古寺古い・『露休しかたはなし』巻四―七「狐もすいにあふてハばかされぬ事」・『軽口あられ酒』巻四―十「何を見てもふるいと云人」・『座狂はなし』中「つるべおろし」・『水打花』一「新しいばけもの」】 ・もう夜が明けたと思って外に出るとまだ暗く「虚空よりおかしき声をして。何とあたらしかろがな」【・『軽口片頬笑』三「化ものゝ新狂言」】
	二	〈泉州堺〉 ・逆に騙されて頭を丸められ「はじめからのあほうはこちやしらぬぞや」【『座狂はなし』中「這出の狐つき」】
	三	〈江州瀬田〉【瀬田龍宮伝説】【『軽口出宝台』一「福神の初寄合」・『絵本軽口瓢金苗』上「福神の寄合」】
五	一	〈逢坂四宮川原〉【蝉丸伝説】
	二	・桂陽の張叔高【『太平広記』】 ・自分が殺されたと聞いた僧が首を見て「嬉しやおれではないぞ」【『軽口蓬莱山』一「どふ合点したこれの八蔵」・『水打花』三「袈裟切にあぶなひ事」・『軽口耳過宝』三「胸算用」・『かす市頓作』三・『笑眉』五「五兵衛の安堵」・『軽口夜明烏』上「片意地」・「絵本噺山科」四「水の目」】
	三	〈京都岡崎〉 ・狐が化かしに来るので、一緒に店へ行き、置いて帰る。逃げ帰った狐は友達に話して「慥にそれは馬ふんでありつらん。むさや〱」【・王子の狐・『軽口福徳利』五「狐小僧」・『笑眉』巻一「初心な狐」・『露休置土産』巻三―二「狐も化かさるゝ世の中」・『本朝諸士百家記』三「藤崎里右衛門狐をばかす事」】

結　章

本書では、江島其磧の時代物浮世草子を中心に、後続浮世草子や初期読本《よみほん》、洒落本《しゃれほん》などの後続ジャンルに至る其磧以後の小説界について論じた。

浮世草子創始者である井原西鶴亡き後、出版界をほぼ独占する書肆《しょし》兼仕掛け人である八文字屋の代表的作家であった其磧は、西鶴の三倍以上の作品を残す、まさに一世を風靡《ふうび》した流行作家である。にも拘《かかわ》らず、現在、其磧の評価は、甚だ低い。西鶴に比して、西鶴を超えない模倣者である、という認識は、どうにも拭い去り難い。

その認識の一端は、時代物浮世草子の低評価にある。

時代物浮世草子は、其磧の後半生の殆どを占める作品数を誇る。それだけ売れた作風であった、ということを示すと考えられるのだが、序文に歌舞伎あるいは浄瑠璃を移す、と明記されることが多いことから、作家の工夫が少ない作品である、と捉えられてきた。すなわち、八文字屋との和解後、生活基盤が安定した時期だったことも相俟《あいま》って、歌舞伎・浄瑠璃の人気と構成によりかかった安易な典拠利用作であり、其磧の新味を求める姿勢や工夫が少なく、刊行数を確保するための作品群という認識があった。長谷川強氏は『浮世草子の研究』（桜楓社、一九六九）において、その認識に疑義を呈しながらも、時代物浮世草子と、典拠とされる演劇作品との乖離は、言及はされつつも、結局演劇作品の翻案として評価されることがほとんどであった。長谷川氏の大著である『浮世草子の研究』を契機に、西鶴以外の浮世草子作家、特に江島其磧についての研究が進んだことは言を俟《ま》たない。しかし、好色物や気質物の研究が主となっていき、作品数としては最も多いにも関わらず、時代物浮世草子については等閑視されてきたと言っても過言ではない。

しかしながら、其磧の時代物浮世草子の評価はかかるレベルでよいのだろうか。其磧ほど演劇に精通した作家もいない。もし、其磧の時代物浮世草子が、単なる先行演劇作品の焼き直しにすぎなかったとすれば、その読者とは、其磧の浮世草子の「何」を読みたかったのであろうか。専業作家である其磧の作品は、趣味人の筆のすさみではなく、「商品」である。多くの作品が刊行される中で、単なる演劇の焼き直し作品は、商品価値を持ち得たのであろうか。極言するなら、従来の低評価は、江戸時代の読書人そのものの否定につながる危険を包含している。本書で、敢えて時代物浮世草子に注目した所以である。その問題意識に沿って、第一章では、時代物浮世草子の習作として「赤穂浪士もの」をとりあげた。ついで第二章では、歌舞伎と浄瑠璃の利用をもって画期とする従来の説の検討を行い、時代物浮世草子の特質について私見を述べた。第三章では、其磧没後の後続ジャンルとの影響関係について論じた。

第一章では、「時代物浮世草子の習作」と題し、時代物浮世草子の前段階として『けいせい伝受紙子《でんじゅがみこ》』『忠臣略太平記《ちゅうしんりゃくたいへいき》』を取り上げた。二作とも赤穂浪士の一件を浮世草子に仕立てたもので、いわゆる赤穂浪士ものの作品として位置づけられている。『けいせい伝受紙子』は、好色もの浮世草子の流れに位置しつつ、武家の起こした事件であることを強調した作品である。赤穂浪士ものとしては非常に早い時期に実説を意識した小説として刊行されており、其磧の構成力が際立つ作品である点を評価し、後の時代物浮世草子の方法と重なる点が既に見られることを指摘した。

『忠臣略太平記』については、従来、『けいせい伝受紙子』の好色味を取り去った焼き直しだとされてきた。しかし、両作を比較すると、赤穂浪士の一件に関する部分、言い換えれば、赤穂浪士ものであるからには変えようのない部分にしか共通点はない。つまり『略太平記』はそれまでの赤穂浪士もの浮世草子に比べて、より実説とされるものを意識し、一人一人の義士達にエピソードを与え、中心人物としての大蔞の存在を全編を通じて確固としてもたせた赤穂浪士ものとしての集大成の作品という評価を与えることが出来る。浮世草子の面白さとしての筋立てに技巧をこらすよりも、実説の情報を取り入れながら人物描写に力を入れて作ろうとした実験的な作品であるとも捉え直すことができる。〈世界〉を借りることによって逆に自由に当代を映すことは演劇における時代物の手法であるが、この『略太平記』はその手法に通じており、その意味で時代物浮世草子の習作として位置づけることができると論じた。

第二章では、時代物浮世草子前半の特徴とされる従来言われてきた歌舞伎摂取について、荻野八重桐《おぎのやえぎり》を中心として、別の角度からの位置づけを試みた。歌舞伎を材にしたとされる前期時代物浮世草子は、実は八重桐の活躍した時期とほぼ重なっている。其磧が、時代物以前の浮世草子の中で特に一人の役者を取り上げた作品はないにも関わらず、この八重桐という役者だけは名前を出しており、その関連する舞台も多く浮世草子に仕立てている。そして、『女将門七人化粧《おんなまさかどしちにんけしょう》』という作品が、上演舞台と浮世草子との刊行年月に差があるが、それがちょうど八重桐の休演時期と重なっている事実を挙げ、従来の研究における浄瑠璃利用の有無によって期を分けるという単純な其磧の演劇摂取説に対して、新たに八重桐という役者の存在も考え合わせるべきだという提言を行った。
また、浄瑠璃を利用したとされる後半の作品について、それが単なる焼き直しではないことを確認した。例えば、『鬼一法眼虎《きいちほうげんとら》の巻《まき》』は、浄瑠璃「鬼一法眼三略巻《さんりゃくのまき》」を利用しているが、山場を敢えてずらし、男色や廓の要素を加えて当代性を付加することにより生き生きした人物が描かれている。同様に『大内裏大友真鳥《だいだいりおおとものまとり》』『頼朝鎌倉実記《よりともかまくらじつき》』『曦太平記《あさひたいへいき》』などの浄瑠璃作品と題名が重なる典型的な後期時代物浮世草子作品についても、人物名は重なってもその造型や挿話を全く違うものに変えており、山場の改変や当代性の付与、女性登場人物への焦点化など、共通する方法があることを論じた。本書では、これら其磧の演劇の取り入れ方を「浄瑠璃ずらし」とまとめ、その方法は「上の読者／下の読者」という享受者の階層化に拠るものと考えた。また、従来は浄瑠璃が典拠だと一括りにされがちだった後半期の作品に、歌舞伎の影響も強く見られる点も指摘した。

以上から、時代物浮世草子は、序文に謳《うた》うほど歌舞伎や浄瑠璃作品そのままを利用するものはそれほど無く、演劇を浮世草子の手法で再構築した点に其磧らしさが発揮されていると考える。すなわち、演劇作品は、人々がよく知る枠組みとして利用したに過ぎず、時代物浮世草子を演劇翻案作と単純には考えられまい。同様に、典拠とされる演劇作品が歌舞伎か浄瑠璃かによって、前半と後半とを分けるという捉え方自体も無効であろう。また演劇摂取の方法として、〈世界〉にはこだわらないことにも、其磧の大きな特徴が認められよう。その多くの演劇作品の要素を、自由に取り入れていく姿勢こそ、演劇をもっとも知る作者としての其磧らしさであり、当時の読者が評価した点ではなかろうか。

第三章では、其磧没後の浮世草子を扱った。まず初期読本作者として名高い都賀庭鐘《つがていしょう》を取り上げた。彼が、八文字屋本を古いと断じるところから読本は始まるわけだが、その庭鐘の漢文戯作《げさく》『四鳴蝉《しめいぜん》』に見られる八文字屋の演劇摂取と共通する点、其磧の演劇摂取とは異なる点を論じた。また、其磧の後世への影響と読者論のために、其磧の文章を剽窃《ひょうせつ》して作成された上方洒落本『本草妓要《ほんぞうぎよう》』所収の「漂游総義《ひょうゆうそうぎ》」を取り上げた。『本草妓要』が、福田安典氏の指摘する如く、作者と読者が当代高水準の学識を持ち、知識人のみで愛玩されていた前期戯作であるとすれば、京都においてその水準の書生たちが其磧没後も其磧を求めていたという指摘は、其磧の読者レベルの再考を促すものと考える。また、上田秋成《うえだあきなり》の浮世草子『諸道聴耳世間狙《しょどうききみみせけんざる》』における演劇描写について、其磧との比較を念頭に論じた。市川團十郎《いちかわだんじゅうろう》の人気が上方でも高かったことを確認した上で、当時の人々と演劇が密接な関係にある点を指摘し、読者論から見る作家の特質の差異について言及した。

最後に、其磧の作品を出版した八文字屋の勢力は長く続いたが、八文字屋以外の書肆《しょし》から板行された浮世草子が目立つ時期がある。その一例が、其磧が没した直後の元文二年である。雲峰《うんぽう》作『怪談御伽桜《かいだんおとぎざくら》』、『渡世伝授車《とせいでんじゅぐるま》』を出版した京都の書肆である上坂勘兵衛こと蓍屋《めどきや》勘兵衛がそれである。この『怪談御伽桜』について、作者である雑俳師、雲峰の著作全てを整理したうえで、雑俳と通底する「おもしろさ」を『怪談御伽桜』に見出し、それが後の戯作や噺本の方法と重なっていくことを明らかにした。その上で、八文字屋本とは異質の浮世草子ともいえる『御伽桜』の新機軸の再評価を試みた。

以上のように、本書は「江島其磧」と「演劇」を視座として論じたものである。時代物浮世草子は、単なる演劇翻案作ではなく、浮世草子であることを意識した、それまでの知識と経験を基に其磧の構成力が際立つ作品群であることを示した。同時に、本研究によって得られた知見により、晩年まで読者を確保するための工夫を怠らなかった専業作家である江島其磧について、文学史上の位置付けにおいて、従来よりも高い評価を与えられるものと考える。

資料

【資料1】時代物浮世草子典拠作一覧（浄：浄瑠璃、歌：歌舞伎）

刊行（上演）年	分類	作品名	備考
貞享三年十一月下旬以前	浄	「東大全」	（上演年は推定）
元禄元年十月十二日	浄	「大塔宮熊野落」竹本座	
元禄十一年正月以前	浄	「大友真鳥」竹本座	
元禄十四年二の替り	歌	「大友真鳥」森田座（江戸）	
元禄十七年二月十五日	浄	「東大全」豊竹座	
宝永三年八月	歌	「大友ノ真鳥」亀屋座（京）	
宝永四年春	歌	「大友真鳥」篠塚次郎左衛門座（大坂）	
宝永六年以前	浄	「大友真鳥　いくさだんぎ」上演か。	竹本筑後掾段物集『古播磨風筑後丸』
宝永七年春	歌	「大友真鳥化粧文」夷屋座（京）	
正徳三年春	歌	「三人真鳥」篠塚座（大坂）	
正徳三年正月	浮	『当世御伽曽我』	不詳
正徳三年三月	浮	後編『風流東鑑』	
正徳三年正月	浮	『今川当世状』	古浄瑠璃「今川物がたり」／宝永7年京「今川今物語」
正徳三年	浄	「信田森女占」豊竹座（大坂）	
正徳四年九月十日以前か	浄	「弘徽殿鵜羽産家」竹本座	
正徳四年七月	歌	「金花山大友真鳥」森田座（江戸）	
享保二年五月	浮	『国姓爺明朝太平記』	正徳5年近松「国性爺合戦」享保2年「国性爺後日合戦」／享保元年坂「国性爺合戦」等
享保四年正月	浮	『義経倭軍談』	不詳

享保四年正月	浮	『武道近江八景』	享保元年京「竜都幾代之姫俵」、享保2年坂「弁天長者宇賀玉」等
享保五年正月	浮	後編『花実義経記』	
享保五年正月	浮	『楠三代壮士』	享保4年坂「楠三代男」
享保六年正月	浮	『女曽我兄弟鑑』	享保5年京「けいせい八万日」影響か。
享保六年三月	浮	『日本契情始』	享保5年海音「日本傾城始」／同年京「日本傾城の始り」
享保六年秋	歌	「女正門七人化粧」早雲座（京）	座本　荻野八重桐
享保七年春	歌	「桜曽我」八重桐座（京）	
享保七年春	歌	「桜曽我」竹嶋座（大坂）	
享保七年春	歌	「桜曽我」嵐三右衛門座（大坂）	
享保七年秋	歌	「けいせい七小町」八重桐座（京）	
享保七年九月	浮	『風流七小町』	享保7年京「けいせい七小町」
享保八年正月	浮	『桜曽我女時宗』	享保7年京「桜曽我」
享保八年二月十七日	浄	「太平記綱目　大塔宮曦鎧」竹本座（大坂）	『月堂見聞集』享保8年の部「六月十一日触町代」として名前が出る。
享保八年七月	歌	「大塔宮曦鎧」八重桐座（京）	
享保八年十二月	歌	「大塔宮曦鎧」松嶋座（大坂）	（歌舞伎年表）
享保八年十二月	浮	『女将門七人化粧』	享保6年京「女正門七人化粧」
享保九年正月	歌	「大塔宮曦鎧」松嶋座（大坂）	

享保九年正月	歌	「大塔宮曦鎧　けいせい若蛭子」森田座（江戸）	
享保九年正月	歌	「弘徽殿鵜羽車」榊山座（大坂）	
享保九年秋	歌	「出世握虎」三保木座（京）	
享保九年十一月	歌	「太平記阿国劇場」（「太平記阿国歌舞妓」）中村座（江戸）	お国かぶきの狂言
享保九年十一月四日	浄	「右大将鎌倉実記」竹本座（大坂）	
享保九年十二月六日	歌	「頼朝鎌倉実記」三保木座（京）	
享保十年五月九日	浄	「出世握虎稚物語」竹本座（大坂）	
享保十年盆	歌	「大友真鳥」梅の助座（京）	万菊
享保十年盆	歌	「木曽ノ梯女黒船絵盡」三保木座（京）	
享保十年九月十八日	浄	「大内裏大友真鳥」竹本座（大坂）	
享保十一年正月	浮	『安倍清明百狐玉』	不詳
享保十一年正月	浮	『出世握虎昔物語』	享保10年竹田出雲「出世握虎稚物語」／同10年京「出世握虎」
享保十一年二の替り	歌	「傾城双子山」萬菊座（京）	
享保十一年二の替り	歌	「けいせい双子山」三保木（京）	八重桐、途中でスケに入る。
享保十一年二の替り	歌	「大友真鳥」中村座（江戸）	「大桜勢曽我」の切「幸四郎成。かね道の役にて詰合よし。曾我より真鳥への持込よし」
享保十一年四月八日	浄	「北条時頼記」豊竹座（大坂）	
享保十一年五月	歌	「大内裏大友真鳥」嵐座（大坂）	

享保十一年六月	浄	「大内裏大友真鳥」竹本座（奈良）	
享保十一年六月	浄	「右大将鎌倉実記」竹本座（奈良）	
享保十一年九月	歌	「大内裏大友真鳥」榊山座（大坂）	
享保十一年十一月	歌	「文武相生松」花松座（大坂）	
享保十一年十二月	歌	「大塔宮曦鎧」佐野川万菊座（京）	先年桐の谷あてられし芸
享保十二年正月	浮	『頼朝鎌倉実記』	享保9年竹田出雲「右大将鎌倉実記」／同9年京「頼朝鎌倉実記」
享保十二年正月	浮	『大内裏大友真鳥』	享保10年竹田出雲「大内裏大友真鳥」／同11年京「傾城双子山」、同11年坂「大内裏大友真鳥」
享保十二年春	歌	「年々鑑」三保木座（京）	
享保十二年正月	歌	「伊勢平氏年々鑑」花松座（大坂）	
享保十二年五月	歌	「北条時頼記」金子座（大坂）	
享保十二年七月	歌	「お国歌舞妓」森田座（江戸）	
享保十二年八月朔日	浄	「三荘太夫五人嬢」竹本座（大坂）	
享保十二年九月	歌	「伊勢平氏年々鑑」瀬川菊次郎座（京）	
享保十二年十一月	歌	「女歌舞妓千代ノ始メ」嵐三十郎座（大坂）	
享保十三年正月	浮	『北条時頼開分二女桜』	享保11年「北条時頼記」／同12年坂「北条時頼記」
享保十三年正月	浮	『記録曽我女黒船』	享保8年「記録曽我」、享保3年近松「曽我会稽山」等影響か／同10年京「木曽梯女黒船」

享保十三年顔見世	歌	「万代十四暦」吉太郎座（京）	「出世握虎」そのまま、との評あり
享保十三年五月二三日	浄	「加賀国篠原合戦」竹本座（大坂）	
享保十三年七月	歌	「加賀国篠原合戦」市山助五郎座（京）	
享保十三年七月	歌	「山椒太夫五人畸人」三十郎座（大坂）	
享保十三年秋以降	浄	「北条時頼記」豊竹座（奈良）	
享保十三年十一月顔見世	歌	「兜碁盤忠信」中村座（江戸）	「江戸七太夫のヒヅメの五郎　山本九郎義経を判官義経と思違への仕内。「鎌倉実記」の上るりノ格」
享保十三年正月	浮	後編『本朝会稽山』	
享保十四年正月	浮	『御伽平家』	享保11年竹田出雲「伊勢平氏年々鑑」、同7年松田和吉「仏御前扇車」／同12年京坂「伊勢平氏年々鑑」、同7年坂京「新御殿相生ノ小松」
享保十四年正月	浮	後編『風流扇子軍』	
享保十四年正月二日	浄	「後三年奥州軍記」豊竹座（大坂）	『浄瑠璃譜』「不入り」長谷川光信筆の絵番付「大あたり」
享保十四年正月	浄	「愛護若都の富士」辰松座（江戸）	正本
享保十四年三月	歌	「加賀国篠原合戦」三十郎座（大坂）	
享保十四年六月	浄	「新板大塔宮」竹本座（大坂）	
享保十四年九月以後	浄	「大内裏大友真鳥」竹本座（京都）	
享保十四年十二月一日	歌	「大内裏大友真鳥」嵐座（京）	

享保十五年正月	浮	『契情お国〔哥＋舞〕妓』	宝永5年近松「傾城反魂香」／享保12年坂「女歌舞伎千代ノ始メ」
享保十五年正月	浮	『富士浅間裾野桜』	
享保十五年二月十五日	浄	「三浦大助紅梅靮」竹本座（大坂）	
享保十五年二月二一日	歌	「大内裏大友真鳥」大黒屋座（京・北野七木松）	
享保十五年八月	歌	「三浦大助紅梅靮」三十郎座（大坂）	
享保十五年八月朔日	浄	「楠正成軍法実録」豊竹座（大坂）	
享保十五年十一月	歌	「寛活陸奥都」森田座（江戸）	
享保十六年正月	浮	『風流東大全』	「東大全」「安部宗任東大全」、享保14年並木宗輔等「後三年奥州軍記」／同15年江「寛活陸奥都」
享保十六年正月	浮	後編『奥州軍記』	
享保十六年九月十二日	浄	「鬼一法眼三略巻」竹本座（大坂）	
享保十六年九月頃	歌	「山椒太夫」（尾張）	
享保十六年十二月	歌	「鬼一法眼三略巻」嵐国石座（大坂）	
享保十七年正月	浮	『曦太平記』	享保8年竹田出雲・松田和吉「大塔宮曦鎧」、同15年並木宗輔他「楠正成軍法実録」／同9年坂「大塔宮曦鎧」
享保十七年正月	浮	後編『楠軍法鎧桜』	
享保十七年春	歌	「鬼一法眼」小六座（京）	

享保十七年三月	歌	「鬼一法眼三略巻」国石座（大坂）	浄瑠璃若竹春太夫、三味線鶴沢清七
享保十七年九月	歌	「鬼一法眼三略巻」岩井座（大坂）	
享保十八年正月	浮	『鬼一法眼虎の巻』	享保16年文耕堂・長谷川千四「鬼一法眼三略巻」
享保十八年正月	浮	『那智御山手管滝』	元禄15年近松門左衛門「一心五戒魂」、享保10年「復鳥羽恋塚」
享保十八年正月	浮	『高砂大嶋台』	「文武相生松」影響か。
享保十八年二月	浄	「大内裏大友真鳥」竹本座（大坂）	
享保十八年七月上旬	浄	「鬼一法眼三略巻」竹本座（京）	
享保十八年	歌	「頼朝鎌倉実記」四郎太郎座（京）	
享保十八年九月	歌	「木曽ノ梯女黒船絵盡」（尾張）	
享保十九年正月	浮	『三浦大助節分寿』	享保15年文耕堂・長谷川千四「三浦大助紅梅靮」
享保十九年正月	浮	『都鳥妻恋笛』	享保5年近松「雙生隅田川」
享保十九年正月二日	浄	「北条時頼記」豊竹座（大坂）	
享保十九年	歌	「愛護若都富士」十蔵座（大坂）	
享保十九年三月以降	歌	「大内裏大友真鳥」榊山四郎太郎座（京）	
享保十九年五月九日以前	浄	「伊勢平氏年々鑑」辰松座（江戸）	
享保十九年八月十三日	浄	「那須与一西海硯」豊竹座（大坂）	
享保十九年十月	歌	「山升太夫五人嬢」（堺南端舞台町芝居）	
享保十九年十二月	歌	「那須与一西海硯」四郎太郎座（京）	小次郎討死の首を見て愁嘆。

享保二十年正月	浮	『真盛曲輪錦』	享保13年竹田出雲・長谷川千四「加賀国篠原合戦」
享保二十年正月	浮	『咲分五人媳』	享保12年竹田出雲「三荘大夫五人嬢」
享保二十年正月	浮	『愛護初冠女筆始』	説教節「あいごの若」／元禄6年「都の富士」
			参照
享保二十年正月	浮	『略平家都遷』	海音「新板兵庫の築島」
享保二十年二月	浮	『風流西海硯』	享保19年並木宗輔他「那須与市西海硯」
享保二十年十二月五日	歌	「出世握虎稚物語」万太夫座（京）	
享保二十年十二月一日	歌	「山椒太夫五人畸」中村十蔵座（大坂）	
享保二十一年正月	浮	『風流軍配団』	古浄瑠璃「三浦北条軍法くらべ」

【資料2】著屋勘兵衛出版事項年表

年	『書名』作者	書誌など
寛文六年	『古今事文類聚』（『新編古今事文類聚』）	寛文六年歳次丙午大呂月　洛陽四条書店　上坂勘兵衛板
貞享二年	『本朝諸社一覧』坂内直頼著	著屋勘兵衛
貞享三年	『病名彙解』蘆川桂洲著	書林　上坂勘兵衛／植村藤右衛門／版行
元禄七年	『九想詩諺解』	著屋勘兵衛
元禄八年	『官職備考』三宅帯刀編（『本朝官職備考』）	京都　永田調兵衛／上坂勘兵衛／梶川儀兵衛
元禄十年	『梅花心易掌中指南（聚類参考梅花心易掌中指南）』馬場信武述	元禄十年丁丑正月吉日　書林　錦小路通新町西入町　永田調兵衛／押小路通麩屋町入町　上坂勘兵衛
元禄十六年	『初学擲銭抄（断易指南鈔、卜筮秘決／断易指南抄）』馬場信武	四月吉日　錦小路通新町西江入町　永田調兵衛／押小路通麩屋町東江入町　上坂勘兵衛
元禄頃か	『池坊　立華百瓶図』	京都四條通　著屋勘兵衛
宝永六年	『本朝藤陰比事』（『日本桃陰比事』改題本）	菊屋七郎兵衛／著屋勘兵衛
享保四年	『痘疹慈幼津筏』『治五絶法』明王名回線	京都　永原屋孫兵衛／著屋勘兵衛
享保六年	『通俗両国誌』入江兼通	享保六年辛丑正月吉日　皇都書林　四條通御幸町角　著屋勘兵衛
享保八年以前	『年中毎日参詣記』	著屋勘兵衛（『通俗台湾軍談』刊行目録）
享保八年	『通俗台湾軍談』上坂兼勝	享保八癸卯年　京　通俗作者　上坂勘兵衛兼勝／寺町仏光寺下町　著屋勘兵衛板行
享保九年	『新智恵海』	享保九年甲辰七月　四条通寺町西江入町　京都書林　めと木屋勘兵衛
享保十年序	『文字合かるた』源兼勝	寺町仏光寺下町　書林　めど木屋勘兵衛

享保十一年	『医療羅合』藤井自隆編	享保十一丙午十月吉日　四條通寺町西江入町　めと木屋勘兵衛
	『婦人寿草』香月啓益纂輯	享保十一歳丙午正月吉日求之　寺町通松原上ル町　菊屋七郎兵衛／寺町通仏光寺下ル町　蓍屋勘兵衛
	『官位俗訓』	京寺町仏光寺下ル町　蓍屋勘兵衛／西村源六／大野木市兵衛／銭屋儀兵衛／永田調兵衛／西村市郎右衛門
	『眼目精要』	四条通寺町西江入町　めと木屋勘兵衛
享保十二年	『初心算法早伝授』環衣中仙	享保十二歳次丁未正月吉日　書林　江戸　浪華　京　蓍屋勘兵衛
享保十三年	『なぞ　うしろひも』作者　以求子著	享保十三年戊申正月吉日　四條通寺町西入町　めと木屋勘兵衛
	『初製目付字』作者　源兼勝述	京　めと木や勘兵衛／大坂　大野木市兵衛／江戸　西村市郎右衛門
	『為貧説』天木時中	京師書肆　蓍屋勘兵衛刊行
	『謎遊』	めと木屋勘兵衛
享保十四年	『続戯艸』同（作者）　かねかつ	享保十四年巳酉八月吉日　京四條通寺町西へ入町　めと木屋勘兵衛
	『清少納言枕草紙装束撮要抄』壷井義知	享保十四年己酉卯月下旬　皇都四條通京極西入町　上坂勘兵衛源兼勝発梓
	『春曙抄』北村季吟	享保十四年巳酉卯月下旬　皇都四条通京極西入町　上坂勘兵衛源兼勝発梓
享保十五年序	『当世影絵姿鏡』環中仙い三作	蓍屋勘兵衛

享保十六年	『昔男時世妝』也来	めど木屋勘兵衛
享保十七年	『神儒仏三貫柏』田中親長作	享保十七壬子年春三月　平安城四條京極之西　上坂勘兵衛兼勝梓行
享保十八年	『千字文』蒙書先生書	著屋勘兵衛
	『さんげ袋』多賀谷環中仙作	めときや勘兵衛、宝暦十一年　京都　めと木や勘兵衛／江戸　鱗形屋孫兵衛／大坂　正木屋仁兵衛
享保二十年	『字学口荒』青江玄東	享保二十乙卯初冬　皇都書肆　著屋勘兵衛
享保二一年	『和歌山の下水』武陽　玄忠集	平安城四條京極之西　上坂勘兵衛兼勝梓行
元文二年	『百菊譜』作者　百菊亭児素仙	花洛書林　出雲寺和泉丈／中野宗左衛門／谷口七左衛門／上坂勘兵衛
	『怪談御伽桜』雲峰	京四條通御幸町西へ入町　めど木屋勘兵衛
	『渡世伝授車』京隠士都塵舎作	元文二年丁巳年仲冬望月　江戸書舗　木石町十軒店　植村藤三郎／大坂書林　高麗橋一町目　藤屋彌兵衛／皇都書庫　四條通御幸町西人町　上坂勘兵衛
	『惶根草』作者　洛東　牧翠述／洛北　常謙校訂	元文二丁巳年仲秋望日　江戸書舗　本石町十軒店植村藤三郎／大坂書林　高麗橋一町目藤屋弥兵衛／皇都書庫　四条通御幸町西入町上坂勘兵衛
元文四年	『築山庭造伝』北村援琴翁	著屋勘兵衛
	『歌仙解難抄』細川玄旨書	元文四年巳未六月吉良日　京都書房　吉田四郎右衛門／同　野田弥兵衛／同　上坂勘兵衛／江戸書林　野田太兵衛／大坂書肆　瀬戸物屋伝兵衛
	『天満宮霊験』洛東　上坂尹勝作	著屋勘兵衛（伝兵衛か）

元文五年	『諸社霊験記』 壱岐国 吉野秀政作	京四条通御幸町西入町 めと木屋勘兵衛
延享三年	『算髄』 山本格安	延享三年丙寅十一月日 京都書林 蓍屋勘兵衛版
寛延二年	『東山殿御香合』 大枝流芳記作	洛陽 上坂勘兵衛惟勝
寛延三年	『呉越春秋』 漢 趙曄撰	寛延二年己巳秋九月吉辰 皇都書舗 四条通寺町西入所 蓍屋勘兵衛／柳馬場通二下所 芳野屋弥十郎梓行
	『論衡』 南郭先生閲	京 上坂勘兵衛／山田三郎兵衛
寛延四年	『掌中指南』 泉田梅翁序	寛延四年新刻 永田調兵衛／四条通麩屋町東へ入町 上坂勘兵衛
宝暦二年	『拾遺記』	霊著軒 上坂勘兵衛／華文軒 中西卯兵衛
	『琴所山人稿刪』 澤維顯著	宝暦二歳壬申仲夏 平安書林 上坂勘兵衛／江州書肆 田中新治郎
	『李滄溟尺牘便覧』 篠蘭籬著	宝暦二年三月吉日 平安書林 山田三郎兵衛／河南四郎右衛門／上坂勘兵衛／中西卯兵衛 梓行
	『末代勧化翠松林』 観道著	皇都 上坂傳兵衛／上坂勘兵衛／浪花 渋川清右衛門／東京 西村源六
	『大日経覚華鈔』	村上勘兵衛／八尾清兵衛／上坂勘兵衛／中野総左衛門
宝暦三年	『譬喩願海鈔』 善以著	湖東田中新治／浪花渋川清右衛門／京師上坂勘兵衛
宝暦四年	『経史荘嶽音』 無相雄選	皇都 上坂傳兵衛／上坂勘兵衛／浪花 渋川清右衛門／東都 西村源六
	『医道便益』 平沢随貞著	蓍屋勘兵衛／藤屋弥兵衛／須原屋市兵衛／永楽屋東四郎
	『日本山海名物図会』 平瀬徹斎著／長谷川光信画	西村源六／蓍屋勘兵衛／兼屋喜兵衛／丹波屋伝兵衛／千種屋新右衛門

宝暦五年	『清詩選』	皇都　蓍屋仁兵衛／蓍屋勘兵衛
	『清詩選選』	赤石　有馬屋荘橘／京都　蓍屋勘兵衛／大坂　敦賀屋九兵衛／菊屋惣兵衛
	『酒茶論』	宝暦五年乙亥正月　書林　霊蓍軒／正始館
	『梅山種茶譜略』	宝暦五年乙亥正月　書林　霊蓍軒／正始館
宝暦六年	『狂歌興太郎』　九如館鈍水編	宝暦六年子三月上旬　京四條通麩屋町東へ入　蓍屋勘兵衛
	『古易対問一家言』　新井白蛾著・古維嶽輯	宝暦六丙子九月吉日　浪花　浅野弥兵衛／京都　野田藤八／武村嘉兵衛／上坂勘兵衛／桂源次郎↓宝暦六丙子九月　京都書肆　菱屋新兵衛／永田調兵衛／蓍屋勘兵衛
宝暦七年	『一筮万象』　大庭白嶺・古沢白泉編	宝暦七丁丑歳正月吉日　皇都書林菱屋新兵衛／蓍屋勘兵衛　壽梓
	『絵本野山声』	『江戸出版書目』による。
	『同（絵本）　宝乃市』	京　蓍屋勘兵衛
	『千字文註』　徐南	上坂勘兵衛
	『山鉾由来記』	宝暦七年五月吉日　四條通寺町西へ入町　めと木屋勘兵衛／寺町通五条上ル丁　よしのや為八／二條通御幸町西へ入町　山本長兵衛
	『祇園会細記』	宝暦七丁丑年五月吉日　四条通寺町西へ入町　めと木屋勘兵衛／祇園石だんの下　万屋仁右衛門／二条通御幸町西へ入町　山本長兵衛
宝暦七年二月	『易学小筌指南』	宝暦七年丑二月吉日　書林永田調兵衛／上坂勘兵衛／山口金兵衛／浅野弥兵衛

宝暦八年	『論語筆解』唐　韓愈	京　著屋勘兵衛
	『韻学発蒙』作者　了円	宝暦七丁丑年初夏上旬　京師書舗　寺町押小路下ル町　金屋三郎兵衛／四條通寺町西へ入町　著屋勘兵衛
宝暦九年	『官職知要』	著屋勘兵衛／山田三郎兵衛／秋田屋伊兵衛／白木屋半右衛門／長濱屋九郎右衛門／水田太郎／菱屋新兵衛／菊屋長兵衛
宝暦十一年	『大御法会庭儀図』惲徳作（本願寺聖人五百年忌大御法会庭儀之図）	京師　著屋勘兵衛　霊著軒
	『広大会記』惲徳作	明和二年乙酉五月　帝都書林新刊　山田三郎兵衛／中西卯兵衛／河南四郎右衛門／上坂勘兵衛
	『新刻　職原須知』速水房常著	永田調兵衛／著屋勘兵衛／金屋治助
明和二年	『李滄溟尺牘國字解』馬玄蔵正参著	上坂勘兵衛
明和四年	『袖玉御和讃』（『御和讃／袖玉』か。）	『明和書籍目録』
	『繰引御和讃』（『御和讃／操引』か。）	『明和書籍目録』
明和六年	『易術便蒙』片岡如圭	京　著屋勘兵衛
明和七年	『真宗安心芳談』粟津義圭	菊屋喜兵衛／池田屋七兵衛／著屋勘兵衛
明和九年	『物覚秘伝後集』藤逸章	京　著屋勘兵衛
	『孟喬和漢雑画』	皇都　上坂勘兵衛／梅村宗五郎／神枝宗八
	『以呂波音訓傳』慧眼著	京　田中屋半兵衛／出雲寺文次郎／著屋勘兵衛／大坂　柏原屋清右衛門
安永元年	『武道真砂日記』月尋作	明和九年辰正月　めと木屋勘兵衛

安永二年	『易話』	安永二年　書林　蓍屋勘兵衛／升屋喜八／野田藤八／藤屋弥兵衛
	『真宗安心浄穢対』	めとき屋勘兵衛
安永四年	『増続卜筮盲笷』	尾張　永楽屋東四郎／皇京　野田藤八／枡屋音六／蓍屋勘兵衛／江都　須原屋市兵衛／浪華　藤屋弥兵衛
安永五年	『増補卜筮盲笷』	皇京　蓍屋勘兵衛／浪華　藤屋弥兵衛／江都　須原屋市兵衛／張府　永楽屋東四郎
安永七年	『袖珍墨色考』見竜斎著	菊屋七郎兵衛／蓍屋勘兵衛
安永八年	『世尊記』川合元著	蓍屋勘兵衛／秋田屋平左衛門
	『皇都細見之図』洛下上坂對翠子作	小川多左衛門／四条通御幸町西へ入町　蓍屋勘兵衛／吉野屋為八
安永九年	『鼇頭定本・易学小筌』	安永九年庚子夏六月新刊　山崎金兵衛／永田調兵衛／上坂勘兵衛／浅野弥兵衛
天明二年	『四文神銭六甲霊卦』大江文坡	平安菱屋治兵衛／蓍屋勘兵衛／藤屋東七／銭屋惣四郎
	『孟子集注』	天明二壬寅年仲秋吉日　京極堂脇坂庄兵衛／蓍屋勘兵衛／菱屋次兵衛
寛政二年	『絵図註入教庭訓』下河辺拾水画	寛政七乙卯年免許　同十二庚申年正月刻製　大坂書林　奈良屋長兵衛／京都書林　鈴木半兵衛／蓍屋勘兵衛
寛政七年	『絵本古今桜』	須原屋茂兵衛／柏原屋清右衛門／菊屋喜兵衛／蓍屋勘兵衛／菊屋七郎兵衛
寛政十年	『絵本福寿笑顔湊』水争木々子著／花言秀山人校／後素軒清月画	蓍屋勘兵衛／伊勢屋庄助

	『浄土真宗玉林和歌集』先啓編	蓍屋勘兵衛／菊屋喜兵衛／銭屋庄兵衛
寛政十二年	『古易察病伝』	蓍屋勘兵衛
文化十年	一 女用文独稽古 トメ板 四丁張弐枚 〆八丁右之板木、銭屋長兵衛殿より我等方江買得仕候所、此度其元殿へ代金弐両ニ売渡申候所実正也。為後日売上一札、如件。文化十年酉九月八日 蓍屋勘兵衛 須原屋平左衛門殿	
文化十五年	『素絢山水画譜』山口素絢	平安書林 上田半三郎／藤井佐兵衛／野田嘉助／山中善兵衛／大谷仁兵衛／上坂勘兵衛
文政六年	『商人用文章』渡邊壺斎書	京都 蓍屋勘兵衛
文政八年	『商人書状蔵大全』西川龍章堂著	京都 鈴木半兵衛／吉文字屋佐兵衛／伏見屋半三郎／菊屋七郎兵衛／蓍屋勘兵衛
文政十二年	板木売上申一札之事 一 字音かなつかひ 相合三軒之壹分 六枚 一 国号考 半株 六枚 一 漢字三音考 同 八枚 一 玉あられ 同 七枚 一 玉矛百首 同 三枚 一 同 解 同 九枚 一 すかゝさ日記 同 拾枚 一 神代記山かけ 同 拾枚 一 真暦考 同 四枚 一 大祓詞後釈 同 拾五枚	

〆都合拾点　右之板行、此度相対を以、代銀四千五百匁ニ売し申候処明白也。代銀則慥ニ請取申候。然ル上は、外より妨申出候者、聊無之候。為向後日之、如件。文政十二年丑二月　銭屋利兵衛　蓍屋勘兵衛殿

文政十三年

板木売上申一札
一　国号考　半株　丸板賃壱匁此板へ五分取
一　三音考　半株　丸板賃壱匁此板へ五分取
一　玉あられ　半株　丸板賃壹匁弐分此板へ六分取
一　字音かな遣ひ　三軒壹軒　丸板賃九分此板へ六分取
一　玉鉾百首　半株　丸板賃四分此板へ弐分取
一　玉鉾百首解　半株　丸板賃壹匁八分此板へ九分取
一　菅笠日記　半株　丸板賃壹匁八分此板へ九分取
一　神代宇寿山陰　半株　丸板賃壹匁六分此板へ八分取
一　真暦考　半株　丸板賃八分此板へ四分取
一　大祓後尺　半株　丸板賃四匁此板へ弐匁取
一　勧化言々解　丸株
一　大光普照集　丸株
一　遠羅天釜　丸株
〆拾三点　右之板木、此度代銀六貫五百目ニ相定メ、其許殿へ永代売渡候処実正也。則代銀慥ニ請取申候。然ル上は、此板木ニ付、毛頭外方より故障等無御座候。万一故障等有之候ハヽ、我等罷出早速埒明、其許殿へ御難儀相掛申間敷候。為後日之売上一札、仍而如件。文政十三年寅十月　蓍屋勘兵衛　山城屋佐兵衛殿

天保二年

『京都買物独案内』永寿軒撰
天保二年辛卯年秋　三都書林　京都富小路四条下町　清水屋次兵衛／同四条烏丸東へ入町　蓍屋勘兵衛／同四条

		室町東へ入町　伊予屋佐右衛門／大坂心斎橋筋北久太郎町　河内屋喜兵衛／同本町西横堀長濱町　播磨屋五郎兵衛／江戸日本橋通二町目　山城屋佐兵衛
	『商人買物独案内』	清水屋次兵衛／著屋勘兵衛／伊予屋佐右衛門／河内屋喜兵衛／播磨屋五郎兵衛／山城屋佐兵衛
不明	『歴朝聖覧篆書百体千文』（清）孫枝秀編	京都　上坂勘兵衛
不明	『増補拾玉智恵海』	洛陽寺町通下ル町　書林著屋勘兵衛
不明	『祇園会祭礼記』	著屋勘兵衛
不明	『万世秘事枕』	めと木屋勘兵衛
不明	『節序紀原』如松著	上坂勘兵衛
不明	板木売上一札　一　西国順礼　三ツ切　半□　右之通、其元殿へ売渡し、則代金慥ニ請取申候。然ル上は此板木ニ付、外方より故障申者御座候ハヽ、罷出急度埒明可申候。為後日、仍而如件。亥四月五日　著や勘兵衛　山城屋佐兵衛殿	

（刊行年は基本的に日本古典籍総合目録データベースに拠る。その他、『日本書誌学大系97藤井文政堂板木売買文書』〈青裳堂書店、二〇〇九〉などに拠った。）

【資料3】北田清左衛門出版事項年表

	書名	書誌
元禄元年	『楊子方言』	元禄元年正月刊　北田清左衛門、元禄壬申孟春吉旦　浪華書林　心斎橋唐物町　北田清左衛門
元禄五年	『輶軒使者絶代語釈別国方言』	北田清左衛門
正徳五年	『薬種名寄帳』	鳥飼市兵衛／渋川清右衛門／北田清左衛門
享保十一年	『三才因縁弁疑』	享保十一天仲秋　浪花花賤翁　村上俊清撰／心斎橋筋唐物町　北田清左衛門
享保十四年	『薬種名寄帳後集』	鳥飼市兵衛／渋川清右衛門／北田清左衛門
元文二年	『荊楚歳時記』	元文二年丁巳首夏　大坂心斎橋筋唐物町古本屋／北田清左衛門版行
	『辨々道書』	作者　佐々木丹治（播州広峰住）／板元　本屋清左衛門（心斎橋唐物町）／出願　元文二年七月（『出版目録』）
	『大和小学』	元文二丁己年十月吉日／浪華書林　北田清左衛門板
元文四年	『天文図解発揮』	元文四己未歳五月吉日　心斎橋筋唐物町南江入東側　北田清左衛門梓
寛保元年	『神武有曽海』	以前「弁々破竹抄」と題せしを改題願出／板元　本屋清左衛門（唐物町四丁目）／出願　寛保元年五月（『出版目録』） 寛保元歳辛酉卯月中旬／書林　大坂心斎橋筋唐物町　北田清左衛門版
寛保三年	『神農本経』	寛保三癸亥歳正月吉日再版／浪華書林　心斎橋筋唐物町　北田清左衛門
延享三年	『幾難鉤解』	作者　恵光（紀州広浦）／板元　本屋清左衛門（唐物町四丁目）／出願　延享三年正月（『出版書目』）
延享四年	『天神籤』	作者　喜七郎（唐物町四丁目）／板元　本屋清右衛門（唐物町四丁目）／出願　延享三年三月（『出版目録』）

寛延元年	『文徴明茶詩』	筆者　菅生周次／板元　本屋清左衛門／出願延享四年四月（『出版目録』）
	『桃李園序』	筆者　烏石／板元　本屋清左衛門／出願寛延元年閏十月（『出版目録』）
寛延三年	『秋風帖』	筆者　菅生周次（南久太郎町六丁目）／板元　本屋清左衛門（唐物町四丁目）／出願　寛延三年七月（『出版目録』）
宝暦二年	『千代の友』	宝暦壬甲春／しんさいはし筋から物町／北田清左衛門」（福田安典氏蔵本）、宝暦二年壬申春／しんさいはし筋からもの町　北田清左衛門（国会図書館蔵本）、同壬申春／新曲千代の友　全一冊　喜田太治弥　墨付百十八丁／板元　大坂北田清左衛門　売出し　前川六左衛門（『享保以後江戸出版目録』（平成五年、臨川書店））
宝暦四年	『新曲松の青葉』	宝暦四甲戌五月／墨付百二枚／板元　大坂北田清左衛門　売出し　前川六左衛門（『江戸出版書目』）
	『傍詠本願和讃』	宝暦四甲戌歳八月吉日／大坂心斎橋通唐物町　北田清左衛門壽梓
宝暦六年	『傷寒五法』	作者　清、石臨初／板元　本屋清左衛門／本屋　吹田屋多四郎／出願　宝暦六年八月（『出版目録』）、宝暦八年戊寅春正月吉旦／浪速書房　心斎橋筋唐物町　北田清左衛門　高麗橋筋壹丁目　坂木多四郎　仝刻
	『宝玉節用集』	宝暦六年絶版（『出版目録』『絶版書目』）
宝暦八年	『新刻陳養晦先生傷寒五法』	北田清左衛門／坂木多四郎
	『大耶麻騰沙汰文』	作者　立石彦次郎（泉州岡本村）／板元　本屋清左衛門／出願（『出版目録』）
	『神仏弁従』（宝暦十一年跋『神儒弁疑』か）	作者　立石彦次郎（泉州井原庄岡本村）／板元　本屋清左衛門／出願　宝暦九年四月（『出版目録』）

	『秋興八首』	筆者　細井廣澤／板元　本屋清左衛門（唐物町四丁目）／出願　宝暦九年六月（『出版目録』）
宝暦九年	『伊勢国大絵図』	作者　天野重次郎(京都)／板元　本屋清左衛門／出願　宝暦九年十一月(『出版目録』)
宝暦十年	『鮫皮精鑑録』	作者　浅尾遠視（錫屋町）／板元　本屋清左衛門（唐物町四丁目）／出願　宝暦九年閏七月（『出版目録』）、宝暦十庚辰年春正月吉日　書林　大坂心斎橋通唐物町　北田清左衛門梓
	『花重連理鵑』	作者　甘笑（京都）／板元　本屋清左衛門（唐物町四丁目）／出願　宝暦九年九月（『出版目録』）
宝暦十一年	『小野篁甘露雨』	作者　文秀（京都）／板元　本屋清左衛門（唐物町四丁目）／出願　宝暦十一年四月（『出版目録』）、宝暦十二壬午歳春正月／浪花書林　心さいはし筋から物町　喜多田清左衛門板
宝暦十四年	『漫遊雑記』	作者獨独嘯庵（長門）／板元　本屋清左衛門（唐物町四丁目）／出願　宝暦十四年六（『出版目録』）、明和元年甲申九月吉日／剞劂　藤村善右衛門／書林　大坂心斎橋筋唐物町　北田清左衛門梓
明和元年	『握機経』	作者　唐土古風后／板元　本屋清左衛門（唐物町四丁目）／出願　明和元年十二月（『出版目録』）
明和二年	『梅花無尽蔵』	作者　甲斐徳本／板元　本屋清左衛門（唐物町四丁目）／出願　明和二年正月（『出版目録』）
	『浄土和讃嘗解』	作者　定専坊月筌（天満）／板元　藤屋彌兵衛／板元　本屋清左衛門（唐物町四丁目）／出願明和二年八月（『出版目録』）

	『高僧和讃嘗解』	作者　定専坊月筌（天満）／板元　藤屋彌兵衛／板元　本屋清左衛門（唐物町四丁目）／出願　明和二年八月（『出版目録』）
明和三年	『正像末浄土和讃連環解』	作者　奉巌（摂州小曽根村）／板元　本屋清左衛門（唐物町四丁目）／板元　藤屋弥兵衛（高麗橋一丁目）／出願　明和三年二月（『出版目録』）、安永五年　淺野弥兵衛　澁川清右衛門　北田清左衛門
	『字引節用集大成』	以前「萬世節用集」と題せしものに拾二丁彫足し改題願出／板元　本屋清左衛門／出願　明和三年十一月（『出版目録』）
明和五年	『女文硯四季玉章』	明和五子正月／墨付八十三丁／板元　大坂北田清左衛門　吉文字や次郎兵衛（『江戸出版書目』）、以前「女教文海智恵袋」と題せしを改題申出／板元　伊丹屋正治郎／右板元より申出でを聞届け板行／申出年月日　明和四年十二月（『出版書目』）
	『誹諧むくの葉後編』	板元　本屋清左衛門／右板元よりの申出でを本屋行司にて聞届け板行／申出年月　明和四年十一月（『出版目録』）、明和五年戊子正月吉祥日　浪花書舗心斎橋通唐物町北田清左衛門梓
	『字引節用集』	作者　北田君質（唐物町四丁目）／板元　伊丹屋庄次郎（北久宝寺町三丁目）／板元　本屋清左衛門（唐物町四丁目）／出願　明和五年三月　許可　明和五年四月（『出版目録』）
	『誹諧場附集』	作者　片十（南本町四丁目）／板元　本屋清左衛門（唐物町四丁目）／出願　明和五年十月　許可　明和五年十一月廿三日（『出版目録』）

明和七年	『類字新選字引節用集』	作者　北田君質（唐物町四丁目）／板元　伊丹屋庄次郎（北久宝寺町三丁目）／板元　本屋清左衛門（唐物町四丁目）／出願　明和七年四月　許可　明和七年五月十三日（『出版目録』）、安永二癸巳春正月／浪花書林　鳥飼市兵衛　浅野彌兵衛　北田清左衛門　柳原喜兵衛
明和九年	『和讃掌解科』	作者　定専坊月筌／板元　本屋清左衛門／出願　明和八年十一月　許可　明和九年三月九日（『出版目録』）、明和八年　浅野弥兵衛　浅野彌兵衛　澁川清右衛門　北田清左衛門
	『名體辨義』	作者　沙門黎雲（越中余川目谷）／板元　本屋清左衛門（唐物町四丁目）／出願　明和九年二月　許可　明和九年三月九日（『出版目録』）
安永二年	『大経和讃二十二首即席法談』	藤屋弥兵衛／北田清左衛門／菊屋喜兵衛／丁字屋九郎衛門
安永三年	『草訣百韻國字解』	作者　善春卿（南本町三丁目）／板元　本屋清左衛門（唐物町四丁目）／出願　安永三年八月（『出版目録』）
	『天象管闚鈔』	作者　長玄珠（常州水戸）／板元　本屋清左衛門（唐物町四丁目）／出願　安永三年十月　許可　安永三年十一月（『出版目録』）、安永三年歳次甲午冬十一月發行　浪華　北田清左衛門　鳴井正二郎　浅野弥兵衛／平安　左々木總四郎
	『蘭亭記十八跋』	筆者　晋、王羲之　筆者　元、趙子昂　校正人　北田宜卿（唐物町四丁目）／板元　本屋清左衛門（唐物町四丁目）／出願　安永三年十一月　許可　安永三年十二月十一日（『出版目録』）

正徳四年 安永四年	『正信念仏偈自得解』	作者 義端（住吉中在家）／板元 本屋清左衛門（唐物町四丁目）／板元 田原屋平兵衛（車町）／出願 安永四年三月 許可 安永四年四月二十三日（『出版目録』）
安永四年	『小倉百人一首姫鏡』	舊板の「小倉百人一首」に口畫三丁半奥半丁を彫り足し改題板行申出／板元 本屋清左衛門／申出年月 安永四年十一月（『出版目録』）
	『立身寶貨占』	作者 文坡（京都）／板元 本屋清左衛門（唐物町四丁目）／出願 安永四年十二月 許可 安永四年十二月廿三日（『出版目録』）、安永五丙申年春正月刊行／浪華書林 心斎橋筋唐物町 北田清佐衛門／同 南久宝寺町 木村嘉助／同 安堂寺町 堀内庄兵衛
	『居行士』	北田清左衛門
安永五年	『滝本原泉第二帖』	校正人 細合八郎右衛門（今橋二丁目）／板元 本屋清左衛門（唐物町四丁目）／板元 江嶋屋庄六（今橋二丁目）／出願 安永三年十月 許可 安永三年十一月（『出版目録』）
	『蘭亭記十八跋譯文』	作者 北田宜卿（唐物町四丁目）／板元 千種屋新右衛門（江戸堀三丁目）／板元 本屋清左衛門（唐物町四丁目）／出願 安永五年三月 許可 安永五年三月二十五日（『出版目録』）
安永六年	『黄庭内景經』	筆者 晋、王羲之／板元 本屋清左衛門（唐物町四丁目）／出願 安永六年六月 許可 安永六年八月五日（『出版目録』）
安永七年	『薬品手引草』	作者 加地井高茂（和泉佐野）／板元 本屋清左衛門（唐物町四丁目）／出願 安永七年五月許可 安永七年七月二日（『出版目録』）、安永七年戊戌冬十一月／攝陽書舗 順慶町五丁目 柏原屋清右衛門 唐物町四丁目 本屋清左衛門 心斎橋南へ四丁目 吉文字屋市兵衛

安永九年	『羲之筆陣圖』	筆者　晋、王羲之／板元　本屋清左衛門（唐物町四丁目）／出願安永九年二月十四日許可　安永九年二月二十八日（『出版目録』）
天明元年	『落花詩』	筆者　元、趙子昂／板元　本屋清左衛門（唐物町四丁目）／出願　天明元年六月　許可　天明元年六月二十七日（『出版目録』）
	『六百番歌合』	承応壬辰年孟冬吉祥／大坂心斎橋筋唐物町／北田清左衛門
	『増補陰陽新撰八卦抄』	大坂心斎橋筋唐物町　本屋清左衛門求板
	『天満宮六十四首歌占御鬮抄』	『立身寶貨占』附載「好古堂占書目」所載。
	『馬銭秘決占』	右に同じ。
	『観音籖三十二卦占』	右に同じ。
寛文二年	『選擇註解抄』	北田清左衛門
不明	『日本永代蔵』	北田清左衛門（押し紙）

（福田安典氏「大坂書肆北田清左衛門覚書」掲載データに多くを拠る。刊行年は、基本的に日本古典籍総合目録データベースに拠る。）

初出一覧

本書は、博士論文「江島其磧の基礎的研究——時代物浮世草子を中心に」をもとに、その後執筆した論文と書き下ろしを加えたものである。本書執筆にあたり、全ての旧稿に加筆・訂正を施した。

序章（書き下ろし）

第一章　時代物浮世草子の習作——其磧の赤穂浪士もの

第一節　『けいせい伝受紙子』論——「陸奥」の人物造型を中心に——（『国文目白』四三号、二〇〇四年二月）

第二節　『けいせい伝受紙子』の独自性——男色描写と野村事件——（『日本女子大学大学院の会会誌』二二号、二〇〇三年三月）

第三節　『忠臣略太平記』試論——其磧作の可能性を求めて——（『日本文学』五五—四号、二〇〇六年四月）

第四節　まとめ（書き下ろし）

第二章　其磧と演劇——時代物浮世草子を考えるために

第一節　其磧と荻野八重桐——『風流七小町』『桜曽我女時宗』『女将門七人化粧』を中心に——

（『日本女子大学大学院文学研究科紀要』十三号、二〇〇七年三月）
第二節　『安倍清明白狐玉』論――浄瑠璃・歌舞伎における晴明ものの系譜として――（書き下ろし）
第三節　『鬼一法眼虎の巻』と「鬼一法眼三略巻」――浄瑠璃ずらし――（『国文目白』四五号、二〇〇六年二月）
第四節　時代物浮世草子作者論（書き下ろし）
第五節　まとめ（書き下ろし）

第三章　時代物浮世草子の消長――演劇と江島其磧への視座から
第一節　八文字屋本の中の都賀庭鐘――『四鳴蝉』私論――（書き下ろし）
第二節　其磧と初期洒落本――『本草妓要』「漂游総義」を中心に――（『上方文芸研究』九号、二〇一二年六月）
第三節　上田秋成『諸道聴耳世間狙』と歌舞伎――團十郎を中心に――（『日本文学』六二―四号、二〇一三年四月）
第四節　其磧没後の浮世草子――『怪談御伽桜』とその周辺――（『近世文芸』九九号、二〇一四年一月）

結章（書き下ろし）

資料
1　時代物浮世草子典拠作一覧
2　著屋勘兵衛出版事項年表（『日本女子大学大学院文学研究科紀要』十八号、二〇一二年三月）
3　北田清左衛門出版事項年表

あとがき

初めての近世文学との出会いは、西鶴だった。

日本舞踊を長年続けていた母は、お七やお夏、椀久をよく演じており、長唄を流すだけでなく、ストーリーを噛み砕いて語り聞かせてくれたものだった。特に私はお七が好きで、よくせがんだ覚えがある。恋のために破滅していく少女の姿が、舞台上の姿と重なり生き生きと眼前に生じ、幼心にもひどく魅力的に感じた。

その思い出が、大学時代に近世文学を選ばせ、演劇と浮世草子に興味を抱かせ、最終的に本書につながったと思うと、感慨深い。

本書は、時代物浮世草子とは面白いのか、という素朴な疑問から出発した。あれだけ多くの作品が刊行された時代の要請と近世の読者レベルを肯定的に位置づけることを目指したが、不備な点も多く、其磧以外の時代物浮世草子との関係性など未だ明確にしきれなかった反省は否めない。しかし、まずは時代物浮世草子研究のスタートラインに立ったということに、ささやかな自負が持てれば、と思う。

今まで多くの先生方にご指導を賜ってきた。

本書のもととなった博士論文では、福田安典先生を主査とし、篠原進先生、児玉竜一先生、石井倫子先生、村井早苗先生に副査として審査戴き、多くの貴重なご指摘を賜った。全ての課題を検討できていないことが悔やまれるが、今後の課題として励みたい。

日本女子大学の指導教官として、四人の先生との出会いに恵まれた。

まずは、博士論文の主査であった福田安典先生。先生のご指導がなければ、本書出版には至っていなかったと思う。院生ではなくなっていた私を見捨てず、熱心にご指導下さり、時に厳しくも激励し続けて下さったおかげで、本書は在る。感謝の念は言い尽くせない。

浅野三平先生、鈴木健一先生には、浮世草子及び八文字屋本への興味を育てて戴いた。

児玉竜一先生には、特に演劇研究からの視点をご教示戴いてきた。博士論文提出が先生の母校在職中に間に合わなかったことに後悔しきりではあるが、先生には大学を移られてからも変わらず親身なご指導を戴き、感謝の念に堪えない。

浮世草子研究会、西鶴研究会では、多くの御学恩を賜った。大著『浮世草子の研究』は本書の出発点であり指針でもあったが、長谷川強先生に初めてご教示戴けた時の感激は未だ薄れない。同研究会では、博士論文の副査も引き受けて下さった篠原進先生に、親身なご指導を戴いた。母校で講義も担当下さった先生の語る浮世草子の面白さ、奥深さが、私にとって研究を続ける大切な原動力であった。佐伯孝弘先生には、多くのご教示を戴いた。暢気な私をいつもにこやかに激励して下さった温かなお人柄に励まされてきた。

所属する学会や研究会の諸先生方、大学の先輩・後輩など多くの方々に、大変お世話になっている。全ての方のお名前を記すことはできないが、その御学恩に心より感謝申し上げる。また、資料の閲覧及び図版掲載に際し御高配を賜りました諸機関に厚く御礼申し上げる。

最後に、本書の出版に際して、笠間書院及び編集部の西内友美氏には多大なご尽力を賜った。記して篤く御礼申し上げる。

なお、本書は、独立行政法人日本学術振興会平成二七年度科学研究費助成事業（科学研究費補助金　研究成果公開促進費〈課題番号15HP5028〉）の交付を受けて出版するものである。

平成二七年十二月

宮本祐規子

索引凡例

・索引項目から、「井原西鶴」「江島其磧」は除いた。
・各作品の登場人物名は除いた。
・大正期以降の人物は除いた。
・注及び資料に関しては除いた。

索引（作品名）

き

く

け

こ

さ

し

す

せ

そ

た

ち

索引（人名）

［著者］

宮本祐規子（みやもと・ゆきこ）

昭和 52 年（1977）生まれ。平成 14 年（2002）、日本女子大学大学院文学研究科日本文学専攻博士前期課程修了。平成 20 年（2008）、日本女子大学大学院文学研究科日本文学専攻博士後期課程単位取得満期退学。平成 23 年（2011）9 月、日本女子大学大学院文学研究科において博士の学位（文学）取得。現在、清泉女子大学・日本女子大学非常勤講師。

時《じ》代《だい》物《もの》浮《うき》世《よ》草《ぞう》子《し》論《ろん》
江《え》島《じま》其《き》磧《せき》とその周縁《しゅうえん》

平成 28（2016）年 2 月 29 日　初版第 1 刷発行

［著者］
宮 本 祐 規 子

［発行者］
池 田 圭 子

［装幀］
笠間書院装幀室

［発行所］
笠 間 書 院
〒101-0064　東京都千代田区猿楽町 2-2-3
電話 03-3295-1331　FAX03-3294-0996
http://kasamashoin.jp/　mail：info@kasamashoin.co.jp

ISBN978-4-305-70787-1　C0093　

印刷／製本　モリモト印刷